afgeschreven

CIRRUS FLUX

CiRR

Van Matthew Skelton
verscheen eerder
ENDYMION SPRING

MATTHEW SKELTON

US

Vertaling
**WIEBE
BUDDINGH'**

FLUX

De Harmonie, Amsterdam

Voor Thomas en Oliver

'De zomer van het jaar 1783 was verbazingwekkend en onheilspellend, vol van ijzingwekkende verschijnselen...'

Gilbert White *The Natural History and Antiquities of Selborne*

Proloog

De zuidpoolcirkel, 1756

De jongen hoort iets krassen tegen het schip, een constant geschraap, alsof de zee nagels heeft gekregen en door de romp heen probeert te klauwen. Zijne Majesteits bark *Destiny* zeilt al weken door onbekende wateren en heeft vele nieuwe breedtegraden gepasseerd, maar is nu op een ondoordringbare wal van ijs en mist gestuit, die de verdere weg naar het zuiden afsnijdt.

Is dit het? denkt de jongen. Hebben we nu echt de rand van de wereld bereikt?

Hij gaat ongemakkelijk verliggen onder zijn stapel dekens en probeert de slaap weer te vatten, maar het is zo koud dat de haartjes in zijn neus aan elkaar vastvriezen. Hij is een paar uur in slaap gewiegd door dromen waarin hij terugkeerde naar Londen en het Tehuis voor Vondelingen, waar hij nog maar een paar jaar geleden touw maakte en visnetten knoopte. Maar nu ligt hij wakker, aan de andere kant van de wereld, en zijn bloed verandert langzaam in ijs.

De kou dwingt hem om een besluit te nemen. Hij móét bewegen.

De jongen zwaait zijn benen over de rand van de hangmat en laat zich op de grond zakken. Overal liggen slapende gedaantes en hij doet zijn best om hen niet wakker te maken terwijl hij over het bedompte onderdek naar de trap sluipt. Voor veel mannen is het hun tweede of zelfs derde reis naar de poolzee en ze zijn aan de ontberingen gewend. Hun gezichten zijn getekend door regen en wind en hun baarden zien wit van de ijskristallen.

De jongen ziet Felix Hardy, met wie hij al vanaf zijn kindertijd bevriend is, onderuitgezakt tegen de deur in het schot liggen. Eigenlijk hoort Felix, groot en zwaargebouwd, boven op wacht te staan om ervoor te zorgen dat het schip niet op een ijsschots loopt, maar kennelijk is hij 's nachts naar beneden geslopen en in slaap gevallen, met zijn dikke duffelse jekker nog aan. De jongen blijft even staan, maar kan het niet over zijn hart verkrijgen om hem wakker te maken. Hij ruikt een warme zweem van rum op de adem van Felix en ziet een glimlach op zijn rode gezicht. Hij slaat zijn eigen jekker wat dichter om zijn smalle schouders en klimt de houten trap op naar het dek.

Buiten is het licht oogverblindend. De ijzige mist die hen wekenlang hardnekkig gevolgd heeft, vanaf de ronding van Kaap Hoorn, is eindelijk opgetrokken en de lucht is een bleek blauw. Rond het schip drijven ijsbergen, zo groot als kathedralen.

De jongen heeft nog nooit zo'n schitterende, verlaten plek gezien. Plotseling vergeet hij alle ellende – het verschrikkelijke eten, het zware lichamelijke werk, de aanvallen van zeeziekte – en voelt hij alleen nog pure opwinding. Hij herinnert zich hoe opgetogen hij was toen hij in Deptford Yard voor het eerst aan boord ging, dromend van een leven vol avontuur, en schaatst van de ene kant van het dek naar de andere, genietend van het wonderschone uitzicht.

Maar dan hoort hij iets. Een zacht gekraak, een ondefinieerbaar geluid, alsof het ijs zelf ademhaalt.

De stem van meneer Whipstaff, die hem lesgeeft in de kunst van het navigeren, klinkt in zijn hoofd: 'De wereld wordt geregeerd door onzichtbare krachten en hoewel we niet altijd hun oorsprong kennen, voelen we wel hun aanwezigheid. Laat je geest je kompas zijn en dan zul je zelden een verkeerde koers varen.'

Een paar tellen later zit de jongen al in het want en klimt naar de top van de mast om beter te kunnen zien. De touwen zijn bedekt met ijs en glijden weg onder zijn voeten, maar hij is het gewend om zo hoog te klimmen, zelfs met stormwind, en staat al snel op een klein houten platform, hoog boven het dek. Daar is het nóg kouder en er vormen zich ijskristallen in zijn wimpers, maar hij veegt ze weg met zijn mouw en staart in de verte.

Niets. Alleen een immense, glanzend witte uitgestrektheid van ijs en water. Hij haalt een kleine koperen telescoop uit zijn zak en houdt de koude lens voor zijn oog. Zijn handen zijn zo verkleumd dat het beeld schokt en trilt, maar desondanks laat hij zijn blik over de levenloze ijswoestenij glijden.

Plotseling ontsnapt zijn adem in een zilveren wolk, een bevroren schreeuw, want tegen de horizon tekent zich vaag iets anders af: een torenhoge klif van ijs. Die is groter dan alles wat hij tot nu toe gezien heeft, misschien wel zo groot als een heel continent: een stralend witte barrière die uit fonkelend licht lijkt te bestaan en de horizon afsluit, als de poort naar een andere wereld.

Het hart van de jongen bonst wild. Hij moet de kapitein waarschuwen!

Hij heeft al één voet op het want, klaar om weer naar beneden te klimmen, maar aarzelt dan. Hij krijgt een angstig voorgevoel. Opeens verschijnen er felblauwe vlammen boven de mast en flikkert de lucht, vol stille intensiteit. Als de jongen opkijkt, ziet hij hoog boven zich een flonkerende stroom deeltjes heen en weer golven.

De jongen verstijft en vraagt zich af of zijn verbeelding hem parten speelt. Dan kijkt hij vlug even naar het bolletje dat hij aan een koord om zijn hals draagt, de miniatuurwereldbol waarop hij zijn reizen bijhoudt. Sommige deeltjes zweven omlaag, omcirkelen het bolletje en worden met korte, felle lichtflitsjes geabsorbeerd door het metaal.

Langzaam begint het bolletje te gloeien, alsof het gevuld is met een wonderbaarlijke substantie.

Geschrokken laat de jongen zijn kijker vallen, die over de rand van het kraaiennest rolt en met een harde klap op het dek terechtkomt. Onmiddellijk lost het licht weer op en het geluid van de klap wordt weerkaatst en vermenigvuldigd door het omringende ijs. Oorverdovende knallen verscheuren als kanonsalvo's de stilte. Er kalven grote stukken van de ijsbergen af en enorme golven beuken tegen het schip. De jongen wordt bijna uit de mast geslingerd.

Beneden klinkt rumoer. Paniekerige kreten, voetstappen op de trap. Half aangeklede mannen verschijnen aan dek en speuren koortsachtig naar de oorzaak van het lawaai. Felix laat de scheepsbel luiden. Het hele schip is in rep en roer.

Nog versuft van schrik drukt de jongen zich tegen de mast. Tot zijn ontzetting is het schimmige land in de verte weer verzwolgen door een snel opkomende muur van mist. Flintertjes poederijs zweven voor zijn ogen en benemen hem het zicht. Het enige dat resteert van het ijzige continent en het vuur boven de boot, is een vage nagloed.

'Ahoi! Jij daar, jongen!'

De jongen kijkt omlaag en ziet meneer Whipstaff en de kapitein. Hij doet zijn mond open om antwoord te geven, maar zijn stem weigert dienst. Hij staart naar het wereldbolletje, dat nog steeds flauwtjes gloeiend op zijn borst hangt, en verbergt het dan gauw onder zijn jas. Hij beseft instinctief dat niemand hem zal geloven als hij vertelt dat glanzende deeltjes zijn neergedaald uit de hemel en het bolletje hebben gevuld met licht.

Nog trilleriger dan tijdens zijn allereerste dag op zee klimt hij naar beneden en dwingt zijn onvaste benen om hem naar de plek te brengen waar de kapitein staat.

'Wat was dat?' vraagt 'Vrolijke Jack' met zijn gebruikelijke norse frons.

De kapitein, een lange, statige man in een donkerblauw uniform met goudgalon, die toch al bijna nooit lacht, is helemaal in een slecht humeur sinds het schip verdwaald is in deze ijzige poolzeeën.

'Zeg op, jongen.'

'Vol matroos James Flux, kapitein,' fluistert meneer Whipstaff in zijn oor.

'Wat is er gebeurd, Flux?'

James slaat zijn ogen neer. 'Mijn kijker, kapitein,' zegt hij en hij strijkt door zijn golvende haar. 'Hij glipte uit mijn vingers in het kraaiennest en... en viel op het dek. Het spijt me.'

'Vrolijke Jack' kijkt eerst naar James en dan naar Felix, die schaapachtig komt aanlopen met de gedeukte kijker in zijn hand. De achterdochtige groene ogen van de kapitein versmallen zich.

'Dus jij stond op de uitkijk?' vraagt hij aan James.

'Ja, kapitein,' zegt James, die niet naar Felix durft te kijken uit angst dat die door de mand valt.

'En zag je iets wat je aanleiding gaf om het schip zo ruw te wekken, Flux?'

De jongen betwijfelt opnieuw of iemand hem zal geloven: hij heeft te veel verhalen gehoord over zeelui die een doodgewone lichtflits voor een bovennatuurlijk fenomeen gehouden hebben. 'Nee, kapitein. Niets te zien, kapitein. Alleen ijs en water.'

De kapitein denkt lang na voor hij zijn oordeel velt. 'Goed dan,' zegt hij uiteindelijk. 'Je hebt in elk geval voor een gunstige wind gezorgd en daar moeten we je dankbaar voor zijn, neem ik aan.'

James kijkt op en voelt nu pas de snijdende wind op zijn wangen.

De kapitein heft zijn eigen kijker en speurt de horizon af, maar ziet niets dat hem kan boeien en overhandigt het instrument weer aan meneer Whipstaff, die het opbergt in een glanzende koker. De kapitein rilt en wendt zich dan tot zijn onderbevelhebber.

'Hijs de zeilen, meneer Whipstaff. We keren terug naar Nieuw-Holland. Ik ben dit ellendige klimaat beu.'

De mannen juichen als ze dat horen en zijn even later druk bezig de klapperende en opbollende zeilen te hijsen.

'En wat jou aangaat, Flux,' zegt de kapitein, die zich vooroverbuigt zodat alleen James hem kan verstaan, 'je bent óf een ongelooflijke geluksvogel óf ongelooflijk loyaal aan je vrienden. Begrijp je wat ik bedoel?'

'Jawel, kapitein.'

'Vooruit, aan de slag. En ik hou je in de gaten.'

'Jawel, kapitein.'

Even later, als het schip door de golven ploegt, sluipt James naar de achtersteven en kijkt hoe de ijsbergen in de verte verdwijnen. Hij merkt eerst niet dat er iemand naast hem komt staan.

'Je hebt iets gezien daarboven, hè?' zegt Felix. Zijn roodbruine haar wappert in de wind. Net als de meeste zeelui heeft hij het vastgebonden in een staartje, al lijkt dat in zijn geval meer op een gerafeld stuk touw dan op een paardenstaart.

James is nog in gedachten verzonken, maar weet ook dat Felix hem pas met rust zal laten als hij zijn geheim met hem gedeeld heeft. Een tijdje heerst er een vriendschappelijke stilte en dan slaagt James er weer in om te glimlachen.

'Ja, iets heel vreemds en indrukwekkends, Felix,' zegt hij. Hij staart naar de golven die klotsen en deinen in hun kielzog en ieder teken van hun voorbijkomst onmiddellijk weer uitwissen. Onder zijn jekker streelt hij zijn wereldbolletje en zijn vingers tintelen.

'Ik denk dat ik de Adem van God gezien heb,' zegt hij ten slotte.

Zevenentwintig jaar later

Londen, 1783

HOOFDSTUK EEN

De Galgenboom

Niemand kon zich een tijd herinneren dat de kinderen niet gefascineerd waren geweest door de Galgenboom. De zwarte, grillige eik stond in een veld aan de rand van de stad, niet ver van de onverharde weg die naar het noorden leidde, naar de lage heuvels van Hampstead en Highgate. Je kon de eik alleen goed zien vanaf de bovenverdieping van het Tehuis voor Vondelingen en de kinderen gingen graag bij elkaar zitten in de betovering van het maanlicht en fluisterden dan vreemde verhalen over de boom.

'Zien jullie die schaduw in de bovenste takken?' vroeg Jonas op een avond, toen de jongens aanstalten maakten om naar bed te gaan. 'Weten jullie wat dat is?'

De andere jongens verdrongen zich rond het raam en hun adem vormde schimmige vlekken op het glas. Ze onderscheidden iets kleins en ronds in de donkere boomkruin.

'Wat is dat, Jonas?'

'Vooruit, zeg op.'

De stem van Jonas klonk duister en dreigend. 'Wat dat is?

Nou, gewoon, het hoofd van Aaron,' zei hij. 'De jongen die vroeger in *dat* bed sliep.'

Hij wees op een van de smalle britsen en de jongen die er nu sliep, slaakte een geschrokken kreet. Hij was pas vijf jaar oud, had zijn verzorgster op het platteland net vaarwelgezegd en was nog niet gewend aan het leven op de jongensslaapzaal. Zijn ogen werden groot van angst en er drupten tranen op zijn nachthemd.

Stemmen cirkelden door de zaal.

'Wat is er dan gebeurd, Jonas?'

'Vooruit, vertel.'

Jonas keek naar zijn geboeide toehoorders en stak zijn wijsvinger op, net zoals dominee Fairweather deed als hij aan een preek begon. 'Jullie moeten beloven dat jullie het niet verder vertellen. Niet aan de Regent, niet aan de dominee, zelfs niet aan onze Lieve-Heer. Beloven jullie dat?'

'Beloofd, Jonas.'

'Dat zweren we.'

De jongens mompelden het plechtig, alsof het een geheime eed was. Zelfs Tobias, de nieuweling, prevelde iets instemmends.

Toen het weer stil was op de zaal, begon Jonas te vertellen. Hij was mager en bleek, met warrig zwart haar en donkere kringen rond zijn oogkassen, alsof hij permanent twee blauwe ogen had.

'Aaron was zo dom om te vluchten uit het Tehuis,' zei hij. 'Hij was het beu om vondeling te zijn en wilde zijn fortuin zoeken.'

Zijn blik bleef even rusten op Brokkel, die languit op bed

lag en deed alsof hij niet luisterde, en gleed toen weer naar de andere jongens, die met gekruiste benen op de grond zaten.

'Maar het enige wat hij vond, was Billy de Gier.'

'Billy de Gier?' vroeg de nieuweling angstig.

'Een bandiet,' fluisterde een van de anderen.

De oudere jongens wisten dat Jonas loog. Aaron was gewoon in de leer gegaan bij een pruikenmaker in Londen. Maar Jonas woonde het langst van iedereen in het Tehuis en kon als een van de weinigen lezen en schrijven. Hij was een wandelende encyclopedie van gruwelijkheden, van ijzingwekkende details die hij had opgepikt uit de strooibiljetten en volksboeken die bezoekers soms achterlieten in de kapel. Hij wist alles, van de kleinste bijzonderheden uit de levens van terechtgestelde misdadigers tot de namen van alle criminelen in de gevangenis van Newgate. Billy de Gier was zijn meest angstaanjagende creatie tot nu toe: een struikrover die 's nachts de omgeving onveilig maakte en jonge vondelingen ontvoerde uit hun bed.

Jonas streek het haar uit zijn ogen en boog zich naar Tobias. 'De schurk wachtte Aaron op bij Black Mary's Hole en sneed hem de keel door met een grijns... en een roestig mes.'

De jongen die nu op de plaats van Aaron sliep sprintte naar de piespot in de hoek.

De stem van Jonas achtervolgde hem. 'Billy hing het hoofd in de Galgenboom om jou in de gaten te houden, Tobias. Om ons te waarschuwen dat we je niet mogen laten ontsnappen. Want als je dat doet, zal hij je weten te vinden en —'

'Hou op! Je maakt hem bang!'

Iedereen keek naar Brokkel, die rechtop op bed stond. Hij

droeg een gekreukt wit nachthemd dat tot zijn knieën kwam en leek net een woedende engel, alleen zagen zijn enkels zwart van het vuil en glansde zijn verwilderde, vlasblonde haar warrig in het maanlicht. Zijn adem floot tussen zijn gebarsten en beschadigde tanden.

Jonas stapte naar hem toe en een paar tellen lang keken de twee jongens elkaar woedend aan, met hun neuzen bijna tegen elkaar. Toen wierp Jonas een blik op de nieuweling in de hoek.

'Hebben we je bang gemaakt, Tobias?' vroeg hij vol geveinsde bezorgdheid.

Tobias, die gehurkt op de grond zat, keek van de ene jongen naar de andere. Toen hij zag dat zich een groepje vormde rond Jonas, slikte hij zijn tranen weg.

'Nee,' mompelde hij. 'Ik ben helemaal niet bang.'

'Bah!' zei Brokkel. Hij liet zich weer op bed vallen en keerde zijn gezicht naar de muur. 'Naar de hel met jullie!'

'Sst! Er komt iemand aan,' zei een jongen aan de andere kant van de zaal. Cirrus drukte zijn oor nog steviger tegen de deur, luisterde ingespannen en deinsde terug toen hij de zware voetstappen van de Regent hoorde op de trap.

Vlug maar geruisloos glipten de jongens terug in hun bed, terwijl Cirrus haastig van het ene raam naar het andere holde en de hoge houten luiken sloot die ze geopend hadden om het maanlicht binnen te laten. Hij staarde even naar de donkere velden en weiden en de lage heuvels aan de horizon. Toen hij bij het laatste raam was, zag hij de Galgenboom.

Het was waar wat Jonas gezegd had: in de bovenste takken bevond zich een hoofdvormige schaduw, maar nu zag Cirrus ook het onmiskenbare silhouet van een man naast de boom.

Hij kon alleen een schim onderscheiden, maar het was alsof de man een lange zwarte jas droeg, net als een struikrover, en een driekantige hoed die laag over zijn voorhoofd was getrokken. Zijn handen vormden een kommetje om een dansende vlam die een flakkerend schijnsel wierp op de onderkant van zijn gezicht. Eerst dacht Cirrus dat het een lantaarn was, maar toen steeg de vlam langzaam op uit de handen van de man en zweefde omhoog.

Een sleutel knarste in het slot.

Cirrus draaide zich om en zag een smalle lichtstreep onder de deur. Vliegensvlug deed hij de luiken dicht, holde naar zijn bed, dook onder de dekens en bleef doodstil liggen, vurig hopend dat zijn bonzende hart hem niet zou verraden.

Er scheen licht door de zaal en Cirrus zag de gedrongen gedaante van meneer Chalfont, de Regent. Met een kaars in zijn hand liep hij tussen de bedden door en controleerde de jongens, die vredig leken te slapen en af en toe snurkten.

Van onder zijn dekens zag Cirrus hoe het kaarslicht steeds dichterbij kwam en hij hield zijn adem in toen de vlam even pauzeerde naast zijn bed. Hij rook de vertrouwde geur van pijprook en brandewijn die altijd om de Regent heen hing en moest terugdenken aan de tijd, jaren geleden, toen meneer Chalfont hem 's avonds de schatten op zijn werkkamer had laten zien. Cirrus was toen nog maar vier of vijf geweest en had meer belangstelling gehad voor de gekonfijte gember die de Regent bewaarde in een blikje in zijn bureau dan voor de dramatische zeegezichten aan de muren.

'Welterusten, jongens,' zei meneer Chalfont uiteindelijk, de gedachtegang van Cirrus verstorend. 'Slaap lekker.'

Hij liep weer naar de deur, trok die achter zich dicht en deed hem op slot.

Meteen stond Cirrus weer bij het raam en tuurde naar buiten. De gedaante met de lantaarn – als het tenminste een lantaarn was geweest – was verdwenen en de boom was nu een luguber silhouet, een grillige schim aan de kant van de weg. Cirrus speurde de velden af, maar ook die waren verlaten. De mysterieuze vreemdeling was nergens meer te bekennen.

'Waar kijk je naar?' vroeg een schuchter stemmetje. Tobias zat overeind in bed en keek met betraande ogen naar Cirrus. 'De geest van Aaron?'

De andere jongens lachten en kreunden als spoken onder hun lakens, maar Cirrus negeerde hen en liep op blote voeten naar het bed van de nieuweling.

'Het is niets,' zei hij zacht en hij stopte Tobias in. 'Je bent hier veilig. Ga nu maar slapen.'

Met een lichte huivering liep hij terug naar het raam en keek nogmaals. Pas toen hij er absoluut zeker van was dat er niemand meer te zien was keerde hij terug naar zijn eigen bed, naast de gedoofde haard. Naast hem mompelde Brokkel iets over Jonas en de Galgenboom.

'Zullen we er morgen 'ns tussenuit knijpen en hem een poepje laten ruiken, Cirrus?'

Maar Cirrus luisterde niet. Hij dacht aan andere dingen: aan de raadselachtige gedaante onder de boom en de vuurbol die door de lucht had gezweefd.

HOOFDSTUK TWEE

Het meisje achter het gordijn

D e volgende ochtend, toen Pandora boven de ramen aan het zemen was, zag ze twee jongens stiekem wegglippen uit het Tehuis. Ze klommen in een appelboom in de boomgaard, bonden een touw aan een tak die over de tuinmuur hing, lieten zich zakken en verdwenen uit het zicht.

Pandora bleef nog even kijken en zag toen haar eigen spiegelbeeld in het glas. Een opstandig kijkend meisje met vreselijk haar – het resultaat van mevrouw Kickshaws onbedwingbare knipwoede – staarde haar aan en Pandora trakteerde haar op een woedende blik. Waarom moest zij er zo stom uitzien, van die stomme kleren dragen en dag in dag uit hetzelfde stomme huishoudelijke werk doen, terwijl de jongens lekker buiten rondzwierven? Het was gewoon niet eerlijk.

Ze plukte aan het rode lint waarmee de ruwe bruine stof van haar jurk was afgebiesd en merkte dat de antwoorden een

25

keurig rijtje vormden in haar hoofd, als gehoorzame school-kinderen: *omdat ze een meisje was, omdat ze een vondelinge was, omdat de Regent zo goed was geweest haar vrijwel direct na haar geboorte op te nemen in het Tehuis en te voeden en te kleden, omdat ze nergens anders heen kon...*

Pandora slaakte een zucht en haar dubbelgangster verdween toen het glas besloeg. Ze herinnerde zich de doek in haar hand en begon met tegenzin haar zucht weg te poetsen.

Plotseling klonken er voetstappen en de deur ging open. Instinctief verschool Pandora zich achter de plooien van het dikke, halfgesloten gordijn. Ze sloot haar hand om de sleutels in de zak van haar schort, zodat die niet zouden rammelen, en gluurde voorzichtig om de rand van het gordijn heen.

Meneer Chalfont, de Regent, een gezette man met rollen pluizig, wit haar, stak zijn hoofd om de deur en liet zijn blik door de schemerige kamer gaan. Die leek verlaten, dus deed hij een stap opzij en liet de meest adembenemende vrouw binnen die Pandora ooit gezien had.

Ze was lang, gracieus en gekleed in een zilverachtige japon waarover duizend fonkelende ijskristallen leken rond te dansen als ze bewoog. Pandora hunkerde ernaar om de stof te strelen en vroeg zich af of haar vingers dan zouden prikken van de kou. Het haar van de vrouw was een ingewikkelde toren van golven en krullen die zonder enige steun op hun plaats leken te blijven. Pandora had nog nooit zoiets gezien.

Ze voelde blozend aan haar eigen korte krulletjes en de vochtige doek in haar hand streek langs haar huid. Het was nu te laat om nog te doen alsof ze druk aan het schoonmaken was en ze kon ook niet haar excuses maken en ertussenuit knijpen. Meneer Chalfont zou natuurlijk denken dat ze zich misdragen had: dat ze had liggen slapen, iets had gestolen of, nog erger, haar werk niet had gedaan... terwijl ze alleen maar even uit het raam had gestaard en ervan gedroomd had om ergens anders te zijn, het maakte niet uit waar.

Maar nu zat ze in de val.

Gelukkig leken meneer Chalfont en zijn bezoekster het lichtjes bewegende gordijn en het hyperventilerende meisje erachter niet te hebben gezien. Pandora kon nu nog maar één ding doen: zich blijven verbergen.

Ze trok haar rok op, klauterde op de vensterbank, knielde op de dikke fluwelen kussens en drukte haar oog tegen de spleet tussen de gordijnen, want ze wilde zien wat er gebeurde.

'De jongen,' zei de vrouw een paar tellen later, toen meneer Chalfont de donkere houten deur dichtdeed. Hij viel met een zachte, heimelijke klik in het slot. 'Is hij hier?'

'Cirrus Flux?'

'U weet heel goed wie ik bedoel. Hebt u mijn brief niet ontvangen?'

Meneer Chalfont liep naar de schouw, al was het buiten niet nat en koud, alleen maar bewolkt en schemerig. Er gloeiden niet veel kooltjes meer in de beroete haard, maar nadat hij het vuur had opgerakeld met een koperen pook, begonnen er schaduwen door de kamer te dwalen.

Eén vreselijk moment dacht Pandora dat de Regent het gordijn zou opentrekken, om meer licht binnen te laten, maar hij had kennelijk andere dingen aan zijn hoofd. Hij sprak zacht, al was niet duidelijk waarom.

'Ik ben bang dat ik u niet van dienst kan zijn, beste mevrouw,' zei hij, terwijl hij een brief uit zijn jaszak haalde en die openvouwde. 'Cirrus is nog maar een kind, en bovendien niet het meest handelbare kind.'

Zijn blik gleed naar het raam en Pandora probeerde zich zo klein mogelijk te maken.

'Ik vermoed dat hij op dit moment weer spijbelt en kattenkwaad uithaalt,' zei hij. 'Het is heel lastig om een meester te vinden die hem in de leer wil nemen.'

'Dat is precies de reden waarom ik hier ben,' zei de vrouw en haar ogen versmalden zich. 'Om hem een betrekking aan te bieden. Hem een vak te leren.'

Meneer Chalfont staarde zwijgend naar de haard en gooide toen met een achteloos gebaar de brief in de vlammen. Die laaiden even op terwijl het papier verkrulde tot een gebalde rode vuist.

De vrouw liep naar een rijkversierde tafelklok.

'Weet u wel wie ik ben?' vroeg ze, terwijl ze het deksel openmaakte en de wijzerplaat inspecteerde.

Meneer Chalfont boog zijn hoofd. 'Uiteraard, mevrouw Orrery.'

'*Madame* Orrery,' zei de vrouw op scherpe toon. 'Lid van het Genootschap van Empirische Wetenschappen.'

Meneer Chalfont keek op.

'Het Genootschap van Empirische Wetenschappen,' herhaalde ze. 'Denk dus alstublieft niet, meneer Chalfont, dat ik me door mijn afkomst of geslacht ergens van laat weerhouden. Ik ben gewend om mijn zin te krijgen.'

'Daar twijfel ik niet aan,' mompelde meneer Chalfont, friemelend aan zijn kanten halsdoek. Hij had zijn gezicht afgekeerd, zodat Pandora heel goed moest luisteren om hem te kunnen verstaan.

'Desondanks ben ik bang dat ik uw verzoek niet kan inwilligen, madame Orrery,' vervolgde hij. 'De jongens uit het Tehuis voor Vondelingen worden altijd bij een meester ondergebracht, niet bij een meesteres. Bovendien is Cirrus –' zijn ogen flitsten even naar de deur, alsof hij het liefst stiekem weggeglipt zou zijn, net als Pandora '– bovendien is Cirrus anders dan andere vondelingen. Hij is een speciaal geval. Zijn omstandigheden waren... *zijn*... uitzonderlijk.'

Het kostte meneer Chalfont kennelijk moeite om de juiste woorden te vinden en zijn toch al flauwe glimlach werd nog zuiniger.

Madame Orrery's bepoederde gezicht stond strak van achterdocht. Ze keek de Regent even aan, tuitte toen haar lippen en hief haar hand op, die gedomineerd werd door een grote ring met een ovale, maankleurige steen. Ze streek met haar vingers over de steen en haalde een piepklein sleuteltje uit een geheim vakje.

'Ik heb zijn vader gekend,' zei ze zacht en het was alsof haar woorden lang nagalmden in de kamer.

Meneer Chalfont werd bleek. 'Aha,' zei hij. Hij veegde zijn voorhoofd af met een grote linnen zakdoek en plofte in een stoel. 'Ik neem aan dat die... dat hij niet meer leeft?'

Pandora hoorde het antwoord niet. Net als de meeste vondelingen wilde ze dolgraag weten waar ze vandaan kwam en wie haar ouders waren en toen ze madame Orrery over de vader van Cirrus hoorde spreken, stak ze haar hand diep in de zak van haar schort, onder de sleutelbos, en zocht het stukje stof dat ze altijd bij zich droeg, een roze lapje waar één enkel woord op was geborduurd:

H ↭ O ↭ O ↭ P

Het was het enige dat ze van haar moeder had, een aandenken dat ze in de werkkamer van de Regent had gevonden en zich ongevraagd had toegeëigend. Ze keek naar de goudkleurige letters en probeerde troost te putten uit hun simpele boodschap.

Toen ze weer opkeek, zat meneer Chalfont onrustig te draaien in zijn stoel. De vrouw had een zilveren horloge uit de plooien van haar japon gehaald en wond dat nu langzaam op met het sleuteltje, terwijl ze meneer Chalfont strak aankeek. Pandora hoorde het uurwerk snorren en tikken.

'Desondanks, madame Orrery...' herhaalde meneer Chalfont zwakjes. 'Cirrus is een speciaal geval. Zijn omstandigheden zijn uitzonderlijk...'

Zijn stem stierf weg. Kennelijk was hij te moe of te lusteloos om verder te gaan.

Op dat moment werd er op de deur geklopt.

Madame Orrery deed het deksel van het horloge dicht en stopte het weer weg, terwijl de Regent verward en met slaperige ogen opkeek.

'Wat is er?' vroeg hij, toen een dikke vrouw van middelbare leeftijd in de deuropening verscheen.

'Een heer wil u spreken,' zei de vrouw met een lichte kniebuiging. 'Over een kind.'

30

'Goed, goed. Breng hem naar de wachtkamer,' zei meneer Chalfont. 'Ik kom zo.'

'Zoals u wilt,' zei de vrouw met een achterdochtige blik op madame Orrery. 'Voelt u zich wel lekker? U ziet een beetje pips.'

'Nee, nee, ik voel me prima,' zei meneer Chalfont, verwoed met zijn ogen knipperend. 'Een kleine aanval van jicht, zoals wel vaker.' Hij glimlachte. 'Dank u, mevrouw Kickshaw. Dat is alles.'

'Goed, meneer,' zei mevrouw Kickshaw. Ze maakte een kleine kniebuiging en deed de deur achter zich dicht.

Madame Orrery bleef even voor het haardvuur staan en keek naar de Regent. 'Kan ik u echt niet op andere gedachten brengen?' zei ze. 'Wat de jongen aangaat...'

Meneer Chalfont stak zijn handen op, in een verontschuldigend gebaar, maar schudde tegelijkertijd zijn hoofd.

'Goed,' zei madame Orrery. 'Dan zal ik u niet langer ophouden, meneer Chalfont. Goedendag.'

Het was alsof meneer Chalfont wakker schrok uit een onaangename droom en hij sprong overeind.

'Madame Orrery,' riep hij en hij liep haastig naar de deur om haar tegen te houden. 'Als u iemand zoekt om u te helpen bij uw werk, komt dan niet een van onze andere vondelingen in aanmerking?'

Hij legde zijn arm op haar kanten mouw en loodste haar terug naar het haardvuur. 'We hebben ook vrouwelijke vondelingen... meisjes, bedoel ik,' zei hij, bijna struikelend over zijn woorden in zijn poging zichzelf nuttig te maken. 'Zijn die niet iets voor u? We zoeken altijd goede betrekkingen voor onze meisjes.'

De vrouw zweeg even. 'Een meisje?' zei ze, alsof dat een vreemd woord was waar ze aan moest wennen.

'Heel gehoorzame meisjes,' zei meneer Chalfont, die weer wat gekalmeerd leek. Hij haakte zijn duimen achter zijn revers en onthulde zijn tonronde buik. 'Bedreven in naaien en schoonmaken en huishoudelijk werk. We beschikken momenteel over diverse meisjes die dringend om werk verlegen zitten, in de leeftijd van tien tot —'

'Genoeg!' zei mevrouw Orrery.

Meneer Chalfont zweeg abrupt en staarde als een geslagen hond naar de vloer. Zijn hoopvolle uitdrukking vervaagde.

Madame Orrery keek hem even aan en zei toen: 'Dank u, meneer Chalfont. Dat is een goede suggestie.'

Haar blik gleed door de kamer en er verscheen een kille glimlach op haar gezicht, als een enkel zonnestraaltje op een koude winterdag.

'Als u er geen bezwaar tegen hebt, denk ik dat ik het meisje neem dat zich achter het gordijn verschuilt.'

HOOFDSTUK DRIE

Een bende rovers!

'Het lijkt helemaal niet op een hoofd,' mopperde Brokkel toen hij en Cirrus bij de Galgenboom kwamen. Ze deden haastig hun bruine wollen jassen uit, gooiden die op de grond en staarden omhoog naar de donkere vlek tussen de takken. Het was duidelijk een soort nest: een slordige verzameling twijgjes die met modder aan elkaar was geplakt.

'Wat voor vogel zou dat gebouwd hebben?' vroeg Cirrus, terwijl hij aan de vlooienbeten in zijn hals krabde. 'Het is te groot voor een kraai.'

'Geen idee,' zei Brokkel, 'maar daar kom ik wel achter.'

Hij deed zijn schoenen en kousen uit, stopte zijn hemd in zijn broek en liep naar de Galgenboom. De oude eik was lang geleden getroffen door de bliksem en wasemde nog steeds een vage, houtskoolachtige geur uit.

'Help 'ns even,' zei hij en hij zette een groezelige voet tegen de knoestige stam, die begroeid was met klimop: het enige groene aan de boom, die al jaren dood was.

Cirrus gaf zijn vriend een zetje, zodat hij bij een lange, grillige tak kon.

'Die Jonas!' zei Brokkel. 'Hij denkt dat ie alles weet, omdat hij toevallig kan lezen. Nou, ik kan hem nog wel een paar dingetjes leren!'

Lenig hees hij zich op de tak boven hem en kroop snel naar een volgende.

'Jonas doet er niet toe,' zei Cirrus, met een blik over zijn schouder. 'Je kunt je beter zorgen maken om mevrouw Kickshaw. Als we niet gauw terug zijn, luidt ze zo dadelijk de bel.'

'Ik heb anders helemaal geen haast,' zei Brokkel. Hij bleef even zitten en keek uit over het landschap. 'Zag je hoe ze naar me keek? Ze heeft een koud bad voor me in petto, let op m'n woorden.'

Cirrus pulkte aan de verkoolde boomschors, maar zei niets. Aan de horizon pakten zich donkere wolken samen.

'En ze heeft 't ook op jou gemunt,' vervolgde Brokkel. 'Met die schaar van haar. Zodra er een meester aanklopt, wil ze je natuurlijk weer *toonbaar* maken.'

Cirrus streek door zijn krullen, die nog warriger en plukkeriger aangroeiden dan eerst. Hij was de laatste keer dat mevrouw Kickshaw zijn haar geknipt had nog niet vergeten. 'Moet je jezelf 'ns zien,' had ze uitgeroepen en hem door de keuken achternagezeten met een angstaanjagende schapenschaar. ''t Gezicht van een engel maar de hoorns van een duivel! Ik weet niet wat er van je worden moet!' Cirrus trok een gezicht toen hij eraan terugdacht.

'Zodra we eenmaal bij een meester in de leer zijn, hoeven we nooit meer een koud bad te nemen,' ging Brokkel verder.

'Altijd warm water, mooie kleren en net zoveel te eten als we maar willen. Dan worden we twee echte heertjes, Cirrus, let maar op.'

Cirrus voelde een warme gloed vanbinnen. In tegenstelling tot de andere jongens, die een betrekking bij een kleermaker of stoffenhandelaar in Londen al prima zouden vinden, waren Brokkel en hij van plan hun geluk te zoeken in het buitenland en samen de hele wereld af te reizen, op jacht naar avontuur.

'En dan hoeven we ook niet meer naar die stomme verhalen van Jonas te luisteren,' zei Brokkel met een blik op het nest, dat in de vork tussen twee takken geklemd zat. 'Aarons hoofd, m'n —'

Op dat moment stootte een stel kraaien, dat had zitten kibbelen op een naburige mesthoop, plotseling een oorverdovend gekras uit en vloog in de richting van Black Mary's Hole, een groepje vervallen hutjes rond een in onbruik geraakte put, een paar velden verderop. Het was een beruchte plek waar vaak dieven en moordenaars rondhingen, als je Jonas mocht geloven.

Cirrus keek de kraaien na, bukte zich toen en pakte een takje dat op de grond gevallen was. 'Geloof jij wat Jonas zegt?' vroeg hij zo nonchalant mogelijk. 'Over Billy de Gier?'

Hoog in de boom klonk gegiechel.

'Ben je soms bang, Laffe Flux?'

'Nee hoor,' zei Cirrus, maar hij moest aan de schimmige gedaante denken die hij de avond daarvoor had gezien. 'Maar als —'

'Niks als,' zei Brokkel. 'Geloof gewoon geen woord van wat Jonas zegt. Hij doet niks anders dan liegen. Geen wonder dat ie nog geen meester gevonden heeft.'

35

Cirrus liet het takje fluitend door de lucht zwiepen.

'Ja, misschien,' zei hij, maar zonder veel overtuiging.

Hij voelde aan de penning die aan een koordje om zijn hals hing – een koperen schijfje met de afbeelding van een lam erop, waaraan hij herkend kon worden als vondeling – en keek naar het Tehuis. Overal rukte de bebouwing op en knabbelde aan de open velden, maar het Tehuis was nog steeds wat het altijd geweest was: een toevluchtsoord voor ongewenste kinderen.

De blik van Cirrus gleed over de massieve bakstenen gevels en bleef toen rusten op de ramen onder de dakrand van de westvleugel. De jongensslaapzaal. *Maar als Jonas nou toch gelijk had*, wilde hij eigenlijk vragen. *Als ze de nou hele tijd in de gaten werden gehouden door iemand als Billy de Gier?*

Hij kon dat vermoeden maar niet van zich afzetten en liep in de richting van de weg.

Er knerpte iets onder zijn voeten.

Cirrus keek en zag een paar botsplinters liggen op een verschroeid uitziend stukje gras. Hij knielde en bestudeerde ze wat beter. De broze splinters waren verpakt in bruine, sponzige pakketjes: net de braakballen van een uil, maar dan groter. Tussen de pakketjes lagen grijze veren, die zo licht waren dat ze bijna wegwaaiden door zijn adem. Ze hadden een zweem van oranje, als de laatste nagloed van een uitdovend vuur. Hij streek over een van de zachte, donzige veren, die meteen verpoederde en een donkere veeg achterliet op zijn vingers. Hij snoof eraan. As.

Verbaasd keek hij omhoog naar het nest. 'Kun je zien wat erin zit?' riep hij naar Brokkel, die bijna boven was.

36

'Nog even!'

Brokkel had zijn benen om een dunne tak geslagen en hees zich centimeter voor centimeter omhoog. Hij was bijna een kop kleiner dan Cirrus en een geboren klimmer. Niets was veilig voor hem, zelfs niet de leuning van de statige houten trap in het Tehuis, iets waardoor hij al vaak in aanvaring was gekomen met de Regent.

Zodra hij hoog genoeg was, stak hij zijn hand uit en voelde in het nest.

Boven hem klonk een oorverdovend kabaal.

Kraa-aa! Kraa-aa! Kraa-aa!

De kraaien waren terug! Deze keer waren het er zes of zeven en ze verduisterden de hemel met hun vleugels. Ze cirkelden venijnig krassend rond de boomkruin en vielen Brokkel toen aan.

Brokkel slaakte een geschrokken kreet en klom razendsnel omlaag, maar de kraaien waren hem te vlug af. Binnen een oogwenk hadden de woedende dieren hem omsingeld en begonnen ze naar hem te pikken en te krabben.

'Maak dat je wegkomt! Rot op!' gilde Brokkel. Hij maaide wild met zijn armen, maar de vogels hipten behendig van de ene tak op de andere en bleven buiten zijn bereik. Plotseling verloor Brokkel zijn evenwicht, tuimelde omlaag en smakte op de grond.

'Gadsakke!' zei hij terwijl hij wankelend overeind kwam, versuft en bont en blauw, maar gelukkig niet echt gewond.

Cirrus rende naar hem toe en probeerde de kraaien weg te jagen met zijn stok, maar zonder succes. Ze cirkelden in een wilde dans om de jongens heen, stijgend en dalend als zwarte vlammen. Vleugels zwiepten langs hun gezicht en klauwen streken door hun haar. Cirrus en Brokkel schreeuwden het uit, grepen hun spullen die onder de boom lagen en holden naar het Tehuis, meer dan honderd meter verderop.

De kraaien achtervolgden hen.

Kraa-aa! Kraa-aa! Kraa-aa! krasten ze en ze scheerden laag over de jongens heen, die probeerden weg te duiken terwijl ze door het veld zigzagden, met hun jassen over hun hoofd.

Halverwege het veld staakten de kraaien plotseling hun achtervolging. Ze hielden op met krassen, fladderden terug naar de Galgenboom en streken in de bovenste takken neer.

De jongens ploften dankbaar tegen de muur van het Tehuis.

'Volgende keer neem ik m'n katapult mee!' zei Brokkel woedend. Hij streek met zijn mouw over zijn voorhoofd, dat nat was van het zweet en overdekt met streepjes bloed, waar takken hem geschramd hadden. 'Die vogel heeft me gebeten!'

'Welke vogel?'

'Die in dat nest.'

'Laat zien.'

Cirrus pakte de pols van zijn vriend en vouwde zijn vingers open. Op een van zijn vingertoppen zat een lelijke witte striem.

'Dat was geen kraai,' zei Cirrus. 'Je hebt je ergens aan gebrand.'

Hij keek naar de Galgenboom en dacht aan de veren die hij op de grond had zien liggen. Op dat moment kwam er iemand aanlopen vanuit de richting van Black Mary's Hole, een man met een driekantige hoed en een donkere jas.

'Wie is dat?' vroeg Brokkel, die de man ook zag. 'Het lijkt wel een struikrover.'

'Geen idee,' zei Cirrus, maar er liep een koude rilling over zijn rug toen hij de man herkende. 'Volgens mij houdt hij het Tehuis in de gaten.'

De jongens verroerden zich niet, maar keken nerveus toe terwijl de man bij de Galgenboom bleef staan en een stomp, glanzend voorwerp uit zijn jas haalde, dat hij op de jongens richtte.

'Een pistool!' piepte Brokkel en hij verschool zich haastig achter Cirrus.

De jongens drukten zich zwaar ademend tegen de muur en schrokken zich een ongeluk toen achter hen plotseling een geweldig kabaal klonk. Mevrouw Kickshaw luidde de bel.

'Cirrus! Abraham!' riep ze.

Brokkel werd slap van opluchting. 'Ik ben weg!' hijgde hij.

Hij was in een oogwenk verdwenen. Hij holde de hoek van het Tehuis om, langs de begraafplaats aan de achterkant, klom in het touw dat ze aan een overhangende tak hadden gebonden en sprong over de tuinmuur, zodat Cirrus het in zijn eentje op mocht nemen tegen de duistere man aan de andere kant van het veld.

Zijn blik bleef nog een paar angstige seconden lang op Cirrus gericht, maar toen mevrouw Kickshaw opnieuw riep, liet hij het koperkleurige voorwerp zakken en vestigde hij zijn aandacht op de boom.

Hij hief een gespierde arm op.

Eerst dacht Cirrus dat hij wuifde of een signaal gaf, maar toen vloog een van de kraaien op, streek op zijn schouder neer en begon aan de rand van zijn hoed te pikken. In de ogen van Cirrus, die vol ontzetting toekeek, was het net alsof de vogel hem een geheim toefluisterde.

Zonder nog achterom te kijken liep de man terug in de richting waar hij vandaan gekomen was, over het lange kronkelpad naar Black Mary's Hole, terwijl de andere kraaien ook opvlogen en hem geruisloos volgden, als een bende rovers.

HOOFDSTUK VIER

Het huis aan Midas Row

Pandora's hart ging wild tekeer. Zodra madame Orrery had verraden dat ze zich achter het gordijn schuilhield, haalde meneer Chalfont haar tevoorschijn en ging hij hen voor naar zijn werkkamer. Hij liet een belletje rinkelen om een dienstmeid te ontbieden, boog zich toen voorover en keek op de penning die Pandora om haar hals droeg.

'Nummer 4002,' zei hij en hij liep naar een grote houten kast.

Hij pakte een dik leren grootboek van een van de planken, legde dat op tafel en begon het door te bladeren. Zijn vinger gleed over de keurig met de hand geschreven kolommen en bleef rusten bij half mei 1771.

'Daar zijn we. Kind nummer 4002,' zei hij. 'Vrouwelijk geslacht, ongeveer drie dagen oud, redelijk gezond.' Hij keek even op en zijn stem werd somberder. 'Te vondeling gelegd met een tweelingbroertje, dat later is overleden.'

Pandora staarde naar de grond en voelde haar gezicht rood worden. Heel even was ze niet meer in de werkkamer van de

Regent, maar stond ze weer in een tochtige keuken, ergens op het platteland. Een moddervette vrouw – mevrouw Stockton, die eigenlijk voor haar hoorde te zorgen – lag op de grond, met een lege beker jenever in haar hand. In de hoek stond een klein, snikkend jongetje met snot rond zijn neus en wangen die vlekkerig waren van de koorts... haar broertje.

Ze voelde tranen prikken.

'Lieve hemel, kind. Niet huilen!' zei meneer Chalfont en hij liep haastig naar haar toe.

Ze stond weer in de werkkamer van de Regent, op een kleed voor het haardvuur.

Meneer Chalfont omhelsde haar zo stevig dat ze bijna stikte. Het enige dat ze nog voelde, was de rand van zijn halsdoek die in haar huid sneed. Uiteindelijk liet hij haar weer los.

'Ik weet het al. Wat dacht je van een stukje gember? Er is geen kwaal die niet genezen kan worden door gember!'

Hij liep naar een sierlijk bureautje bij het raam en haalde een gelakt blikje uit een van de lades. Pandora zag ook nog andere spulletjes: een glanzend zilveren medaillon, een kam gemaakt van schildpad en een merkwaardige hanger in de vorm van een wereldbol. Boven het bureau hing een vrouwenportret.

De Regent zag haar kijken en deed de la snel dicht.

'Mijn vrouw,' zei hij, met een gebaar naar het ovale portret. Hij hield Pandora het blikje voor. 'Ze is kort na ons huwelijk overleden.'

Pandora wist niet wat ze moest zeggen. Ze stak gehoorzaam haar vingers in het blikje en pakte een van de goudgele brokjes.

'Goed zo,' zei meneer Chalfont. 'Stop maar in je mond.'

Pandora hield het juweeltje van gember nog even in haar hand, genietend van de intense kleur, en legde het toen voorzichtig op haar tong. Er laaide een vuurtje op in haar mond en haar gezicht werd rood van de hitte.

Meneer Chalfont was duidelijk in zijn nopjes. 'Zo,' zei hij en hij veegde haar wangen af met zijn zakdoek. 'Is dat beter?'

Pandora knikte braaf en keek naar madame Orrery, die een groot schilderij boven de schoorsteenmantel bestudeerde: een schip onder volle zeilen, omringd door kliffen van ijs.

'*De reis van de* Destiny,' zei madame Orrery, met een blik op het opschrift op de lijst. 'Is dat niet een merkwaardig onderwerp voor een kindertehuis?'

'Helemaal niet,' zei de Regent, die zelf ook een groot stuk gember nam en terugliep naar de tafel. Hij haalde een document uit een dikke stapel papieren en begon dat in te vullen met een ganzenveer. 'Vroeger gingen veel van onze jongens naar zee, en er hebben er zelfs meerdere aan boord van de *Destiny* gediend.'

'Werkelijk?'

Madame Orrery staarde eerst even naar de Regent en keek toen naar de andere voorwerpen in de kamer: een telescoop, een nautilusschelp, een scheepsmodel. Uiteindelijk bleef haar blik rusten op een rij kasten tegen de muur. Ze bevatten smalle lades en een ervan stond een stukje open, zodat er een heleboel verschillende voorwerpen zichtbaar waren.

'Wat bewaart u in die lades, meneer Chalfont?' vroeg madame Orrery en ze deed een stap in zijn richting.

Pandora greep het stukje stof in haar zak nog steviger beet

en hoopte vurig dat de Regent niet zou ontdekken dat ze dat gestolen had. Ze wist maar al te goed wat de lades bevatten: honderden netjes uitgestalde prulletjes.

'Aandenkens,' zei meneer Chalfont. 'Knoopjes, ringen, stukjes papier. Alles wat de arme moeders die hun kinderen hier achterlaten maar als herkenningsteken kunnen gebruiken.'

Madame Orrery keek hem geïntrigeerd aan. 'Heeft u voor ieder kind zo'n aandenken?'

'Uiteraard. Dat is een van de voorwaarden van het Tehuis.' Meneer Chalfont legde zijn ganzenveer even neer. 'De meeste moeders die bij ons aankloppen zijn jong en berooid. Hun aandenken is gewoonlijk een voorwerp dat wel een persoonlijke betekenis heeft, maar weinig intrinsieke waarde. Inderdaad niet meer dan een aandenken voor hun kinderen. We beschrijven ieder voorwerp,' zei hij, met een gebaar op het grootboek, 'omdat er een kleine kans bestaat dat een moeder ze misschien ooit weer ophaalt. Haar kinderen, bedoel ik, niet het aandenken.' Hij kneep even in zijn neus en staarde voor zich uit. 'Al vrees ik dat dat maar zelden voorkomt.'

Madame Orrery deed een lade open en liet haar vingers door de inhoud gaan. 'Wat... tragisch,' zei ze en ze veegde haar stoffige hand af aan haar jurk.

Ze begon de andere lades te inspecteren terwijl de Regent druk zat te schrijven.

'En wat doet u precies, madame Orrery?' vroeg hij na een tijdje, terwijl hij zijn veer in de inkt doopte.

'Ik hou me bezig met mesmerisme,' zei ze. 'Een vorm van dierlijk magnetisme. Ik genees het lichaam en heel de ziel.'

44

Meneer Chalfont fronste zijn voorhoofd. 'Met die tak van wetenschap ben ik helaas niet bekend.'

Madame Orrery glimlachte, liep naar het schilderij van zijn overleden vrouw en streelde het portret met haar vingers. 'Ik verlos het lichaam van fysieke kwalen en de geest van mentale klachten,' zei ze. 'Ik wis de pijnlijke herinneringen die ons soms kwellen.' Ze keek meneer Chalfont bedachtzaam aan. 'Eén sessie zou al voldoende kunnen zijn om uw kwalen te verlichten, meneer Chalfont.'

Meneer Chalfont stond op en schraapte zijn keel. 'Bedankt, madame Orrery, maar dat is niet nodig.' Zijn gezicht werd een beetje rood. 'En nu, als u zo vriendelijk zou willen zijn...' Hij gebaarde naar het formulier. 'Alleen nog even uw handtekening en dan is het meisje van u.'

Pandora kreeg het plotseling benauwd. Wel honderd woorden tegelijk kwamen klem te zitten in haar keel, smeekbedes aan de Regent om haar toch vooral niet te laten gaan, maar meneer Chalfont glimlachte alleen maar toen hij haar angstige gezicht zag en Pandora keek hulpeloos toe terwijl madame Orrery met één soepele pennenstreek haar handtekening zette.

'Mooi zo,' zei meneer Chalfont en hij sloeg Pandora op haar schouder. 'Kind nummer 4002, je bent nu officieel toegewezen aan madame Orrery uit Midas Row.'

Er arriveerde een dienstmeid met een bundeltje kleren. Dat drukte de Regent in Pandora's handen en vervolgens leidde hij hen door een reeks lange, sombere gangen naar de uitgang van het Tehuis.

'Ik zou iets aan uw jicht moeten doen, meneer Chalfont,'

45

zei madame Orrery toen ze de Regent zag hinken.

'Dat is echt niet nodig, madame Orrery,' zei hij. 'Laat mij maar rustig voortstrompelen. En als u me nu zou willen excuseren...' Hij boog en liep haastig weg.

Pandora keek hem na. Afgezien van een paar jaar op het platteland onder de hoede van mevrouw Stockton, de verzorgster die haar mishandeld had, had ze haar hele leven binnen de muren van het Tehuis doorgebracht. Ze was altijd vroeg opgestaan, had haar werk gedaan en voor de jongere meisjes gezorgd, maar nu opende het Tehuis zijn poorten en spuwde haar uit. Ze vertrok op vrijwel precies dezelfde manier als waarop ze gekomen was: in het gezelschap van een vrouw die haar eigenlijk helemaal niet wilde.

Ze knipperde met haar ogen in het scherpe licht toen de deur openging.

Pas toen ze bij het ijzeren hek waren dat het Tehuis voor Vondelingen scheidde van de buitenwereld, bleef madame Orrery even staan en keek afkeurend naar haar jonge pupil.

'Wat een lastig kind ben je,' zei ze. 'Heb je geen kist? Geen andere bezittingen?'

Pandora schudde haar hoofd, maar kon geen woord uitbrengen. Het weinige dat ze bezat, afgezien van de schone kleren die meneer Chalfont in haar handen had gedrukt, droeg ze bij zich. Haar enige andere bezit lag onder haar kussen op de meisjesslaapzaal, maar ze had geen tijd gehad om het te halen: het boek dat juffrouw Stitchworthy, hun lerares, haar had gegeven omdat ze zo ongewoon goed kon lezen. Ze keek even op, maar er was niemand om haar uit te zwaaien en ze zag geen vriendelijke gezichten voor de ramen.

'Goed dan, kind. Volg me.'

Er stonden twee rijtuigen voor de poort van het Tehuis en Pandora klom in de koets met het zilveren horloge op de deur. De banken waren bekleed met dure maar dunne zijde, zodat het hout eronder toch hard aanvoelde. Madame Orrery ging naast haar zitten en haar rokken vulden bijna de hele koets. De deur sloeg dicht, het rijtuig zette zich met een schok in beweging en het Tehuis verdween in een wolk van stof.

Pandora tuurde in gedachten verzonken door een spleet in de gordijntjes naar de passerende menigte. Ze had nog nooit zoveel mensen bij elkaar gezien. Overal spoedden zich sjofele gedaantes door de straten: werkvrouwen met manden vol steenkool en brandhout, voermannen die tonnen en vaten transporteerden, kinderen die blootsvoets tussen de karrenwielen door zigzagden en stiekem op wagens meeliftten. Ze keek eerst een tijdje naar de kinderen, jaloers op hun vrijheid, en toen naar de daken van de hoge gebouwen, in de hoop dat ze een glimp zou opvangen van de lucht, maar ze zag alleen dichtgespijkerde ramen, gebarsten dakpannen en zwarte schoorstenen die rook uitbraakten.

De stad had hen verzwolgen.

Vol ellende zocht Pandora in haar zak naar het lapje stof dat ze altijd bij zich droeg, maar voelde metaal prikken en besefte tot haar schrik dat ze haar sleutels niet had teruggegeven aan de Regent. Ze had er plotseling alles voor willen geven om madame Orrery te kunnen vragen de koets te laten stoppen en terug te gaan, maar na één blik op de hooghartige vrouw naast haar besefte ze dat het daar te laat voor was. Er was geen terugkeer mogelijk: ze was geen vondeling meer.

Huiverend drukte ze zich nog verder in de hoek en plukte aan de zoom van haar jurk. In tegenstelling tot de meeste meisjes in het Tehuis kon ze absoluut niet naaien en ze was zelfs twee keer opgesloten in de Donkere Kamer, een benauwde kleine ruimte onder de trap, omdat ze gevloekt had toen ze haar vingers prikte aan een naald. Wat wilde madame Orrery in hemelsnaam met haar?

Uiteindelijk verstomde het rumoer op straat. De herrie van venters en straatzangers maakte plaats voor het gerinkel van paardentuig en geruststellend hoefgeklepper. Madame Orrery trok haar gordijntje op, zodat het weinige zonlicht dat door de stoffige hemel drong naar binnen kon schijnen.

Pandora begon ietsje minder somber te worden toen ze grote, roomwitte huizen zag, met donkere stoephekken en ijzeren lantaarns op ranke palen. De huizen waren misschien niet zo vreselijk hoog, maar des te voornamer. Er was zelfs een privépark met statige iepen, waar de bewoners konden flaneren.

Opgevrolijkt door die ontdekking stapte Pandora meteen uit zodra het rijtuig tot stilstand kwam en volgde madame Orrery naar een groot stenen huis aan de oostzijde van het plein.

De deur werd vrijwel onmiddellijk geopend door een merkwaardig heerschap. Hij was niet groter dan Pandora en droeg een duifgrijze jas, een lichtblauwe kniebroek, smetteloze kousen en schoenen met extra hoge hakken. Plukken dun, pluizig haar rezen als stoomwolken omhoog vanaf zijn kruin. Hij boog onderdanig toen ze binnenkwamen en deed de deur achter hen dicht.

Pandora stond in een ijzig witte hal, met aan weerszijden

deuropeningen met gordijnen ervoor en een vloer die zo glom dat haar gezicht er bijna in weerspiegelde. Een sierlijk gebogen centrale trap liep naar een klein balkon dat uitkeek op de hal en twee smalle deuren die uitkwamen op het balkon leidden blijkbaar naar privévertrekken.

Madame Orrery kwam naast haar staan.

'Die Regent is een dwaas,' verkondigde ze en haar stem weerkaatste tussen de gladde witte muren. 'Al heb ik de indruk dat hij meer probeert te beschermen dan de jongen alleen.'

Ze liep twee treden van de marmeren trap op en bleef toen staan. Haar gezicht was plotseling ondoorgrondelijk. 'Een van mijn privésessies lijkt me op zijn plaats, meneer Sorrel. Ik moet zo snel mogelijk weer toegang zien te krijgen tot het Tehuis.'

De man boog. 'Zoals u wilt, mevrouw.'

'Prima. Breng het meisje naar haar kamer en zorg ervoor dat ze zich nuttig maakt.'

De man keek even naar Pandora en boog opnieuw.

'Goed, mevrouw.'

Zonder verder nog iets te zeggen liep madame Orrery de trap op en verdween door een van de deuren. Pandora ving even een glimp op van goud en fonkelende spiegels en toen ging de deur weer dicht.

'Hoe heet je?' vroeg de man met een hoge, fluitende stem.

'Pandora, meneer Sorrel,' zei ze met een kniebuiging.

De man glimlachte flauwtjes. 'Goed, Pandora. Deze kant op.'

Door een spleet in het gordijn voor een van de deuropeningen zag Pandora iets wat op een groot houten vat leek, versierd met zwierige linten. Het vat werd omringd door stoelen en was bezet met korte, elleboogvormige uitsteeksels.

'Wat is dat?' vroeg ze en ze bleef even staan.

'Dat,' zei meneer Sorrel en hij schoof het gordijn opzij, 'is het Crisiskabinet. De ruimte waar madame Orrery haar helende krachten uitoefent.'

Pandora keek met grote ogen naar de ligbanken langs de muren. 'Is het waar?' vroeg ze, terugdenkend aan wat madame Orrery tegen meneer Chalfont had gezegd. 'Kan ze werkelijk herinneringen van mensen uitwissen?'

Meneer Sorrel keek haar aan alsof hij een klap in zijn gezicht had gehad. 'Ja, natuurlijk! Madame Orrery is de befaamdste mesmeriste van Londen. Haar patiënten komen van heinde en verre om geholpen te worden door haar behandelingen. Mesmerisme is een heel overtuigende tak van wetenschap. Ze heeft het in Parijs geleerd, van monsieur Mesmer in eigen persoon!'

Pandora zag een merkwaardig instrument in de hoek staan. Het leek op een orgeltje waarop wel dertig glazen kommen bevestigd waren, in oplopende orde van grootte.

'Ah, de glasharmonica,' zei meneer Sorrel toen hij haar zag kijken. 'Die brengt de meest hemelse muziek voort.' Hij balde zijn vuisten even en ontspande zijn vingers toen weer. 'Dat is *mijn* taak: het spelen van kalmerende melodieën terwijl de patiënten weer bijkomen. En als je me nu zou willen volgen...'

Met haar bundeltje kleren in haar armen volgde Pandora hem naar het achterhuis, waar een reeks trappen naar de zolder leidde.

'Jij maakt iedere ochtend het Crisiskabinet schoon, voor de cliënten arriveren,' zei meneer Sorrel, die met korte schuifelpasjes voor Pandora uit liep. 'En je zorgt ervoor dat het mesmerismevat dagelijks gevuld wordt met vers, gemagnetiseerd water.' Hij bleef even staan en bekeek Pandora kritisch. 'Ik hoop dat je sterk genoeg bent. De flessen zijn zwaar en het vorige meisje kon het werk niet aan.'

Pandora slikte ongemakkelijk en verzekerde meneer Sorrel ervan dat ze sterker was dan ze eruitzag.

'Verder mag je madame Orrery niet storen tijdens haar sessies,' zei meneer Sorrel. 'Haar patiënten zijn vaak uiterst gevoelig en worden snel van hun stuk gebracht.'

Ze waren inmiddels bij een smoezelige gang, helemaal boven in het huis. Aan het eind was een sjofele kamer met een schuin plafond, een piepkleine haard en een hard bed.

'Hier slaap je,' zei meneer Sorrel. 'Er ligt beddengoed in de kist en er zit water in de lampetkan. Ik zie je zo dadelijk beneden.'

Hij deed de deur achter zich dicht.

Pandora bleef even staan en wist niet of ze nou blij moest zijn omdat ze haar eigen kamer had, of in snikken moest uitbarsten omdat die zo armzalig was. Vanuit het raam van de meisjesslaapzaal had ze een vrijwel ononderbroken uitzicht gehad over de velden, maar hier kwam het enige licht door één enkel raam, hoog in de muur, dat bijna ondoorzichtig was van het vuil.

Ze duwde de kist tegen de muur en ging erop staan, zodat ze naar buiten kon kijken. Eindeloze rijen daken en schoorstenen strekten zich in alle richtingen uit. Bijna recht tegenover haar zag ze een witte kerktoren, met op de dakrand het beeld van een geharnaste heilige die een draak aan zijn speer reeg. Zijn glanzende ronde schild weerkaatste het weinige dat Pandora kon zien van de straat beneden. Ze probeerde het raam open te doen, maar kon het maar een paar centimeter omhoogschuiven.

Ze stapte neerslachtig van de kist en besloot de kleren op te bergen die ze op het bed had neergegooid. Behalve een extra paar kousen waren er twee witte linnen hemden, een zakdoek en een jurk die was afgebiesd met rood: het uniform van een vondeling.

Ze raapte ze op en wilde ze in de kist doen toen er iets omlaagdwarrelde.

Een stukje papier.

Haar hart sprong op. Had meneer Chalfont haar een brief geschreven? Opgewonden vouwde ze het papier uit, maar tot haar teleurstelling stond bovenaan, in strenge letters, het woord 'INSTRUCTIES'.

LEERLING, JE BENT BIJ EEN MEESTER ONDERGE-
BRACHT DOOR DE REGENT VAN HET TEHUIS. JE
BENT ALS KIND BIJ ONS BINNENGEKOMEN, HULPE-
LOOS, VERLATEN, ARM EN EENZAAM. DOOR ONZE
LIEFDADIGHEID BEN JE GEVOED, GEKLEED EN ON-
DERWEZEN...

De woorden begonnen in elkaar over te lopen en ze sloeg een paar regels over.

ER ZULLEN VELE VERLEIDINGEN OP JE PAD KOMEN
NU JE HET TEHUIS HEBT VERLATEN, MAAR TRACHT
DIE TE WEERSTAAN...

Pandora keek even naar het raam en voelde zich net een ge-
kooide vogel. Het werd haar allemaal te veel. Ze gooide zich
op het bed in de hoek en begroef haar gezicht in een kussen
dat al snel nat was van de tranen.

HOOFDSTUK VIJF

Meneer Leechcraft

'Doe niet zo dom, kind! Kom hier!'
Cirrus, die bang was dat zijn haar opnieuw geknipt zou worden, rende gauw om de tafel heen
en dook weg toen mevrouw Kickshaw hem probeerde te pakken. Haar handen grepen alleen maar lucht en een regen van
bloem dwarrelde omlaag. Brokkel viel bijna van zijn kruk van
het lachen, piepend als een speenvarken.

'En hou jij je mond, lelijke kleine aap,' zei mevrouw Kickshaw, die zijn wangen zo grondig geschrobd had dat ze glom-
men. 'Denk maar niet dat ik je streken niet doorheb. Ik zie
aan je ogen dat je iets in je schild voert!'

Ze bukte zich om een paar broodjes op te rapen die op de
grond waren gevallen en deed die in de plooien van haar schort.
Zodra ze zich had omgedraaid, probeerde Brokkel opnieuw een
broodje te jatten uit de stapel die op tafel lag af te koelen.

Mevrouw Kickshaw was hem te vlug af en gaf hem een
draai om zijn oren.

'Die zijn niet voor vervelende ventjes zoals jij, maar voor

brave kinderen die doen wat ze gezegd wordt. Jullie zijn allebei even erg, ik zweer het. Ik heb nog nooit van m'n leven
twee van zulke luie flierefluiters meegemaakt!'

Ondanks die uitbarsting verscheen er een glimlach op haar
mollige gezicht en ze begon de overgebleven bergen deeg op
tafel met haar vuisten te bewerken.

'En, wat hebben jullie vandaag allemaal gezien?' vroeg ze.
'Iets interessants?'

'Een nest,' zei Brokkel. 'In de Galgenboom.' Hij zag Cirrus
van onder de tafel naar hem kijken en grijnsde. 'Er zat een
vuurvogel in.'

'Je meent het?' zei mevrouw Kickshaw, die niet echt luisterde. Ze veegde een made weg die in de richting van het deeg
kroop.

'En een man,' zei Brokkel. 'Volgens Cirrus houdt hij het
Tehuis in de gaten.'

'Wat voor soort man?'

'Een struikrover,' zei Brokkel. 'Hij had een pistool!'

Mevrouw Kickshaw stak haar arm uit, greep een tegen-
stribbelende Cirrus bij zijn kraag en hees hem overeind. 'Is
dat waar?' vroeg ze en ze keek hem doordringend aan.

Cirrus probeerde zich los te rukken, maar ze hield hem te
stevig vast. 'Dat konden we niet zien. Hij was te ver weg,' zei
hij. Hij moest op zijn tenen staan en snakte naar adem. 'Hij
had iets in zijn hand dat een pistool geweest zou kunnen zijn.'

Mevrouw Kickshaw keek hem nijdig aan, maar liet hem
toen los. Haar gezicht was zo bruin als broodkorst door de
vele jaren in de warme keuken en haar wangen waren getekend door de pokken.

'Als dit weer zo'n onzinverhaal is om de kleintjes de stuipen op 't lijf te jagen, zorg ik ervoor dat jullie dadelijk twee weken lang niet kunnen zitten!' zei ze.

'Nee,' zei Cirrus vlug. 'Het is waar.'

Hij keek woedend naar Brokkel, die gauw het broodje naar binnen werkte dat hij gestolen had.

Cirrus vond het vreselijk om mevrouw Kickshaw teleur te stellen. Ze was per slot van rekening altijd een soort moeder voor hem geweest en toen hij nog klein was had ze op hem gepast en voor hem gezorgd. Hij hield van de bedrijvigheid en de geuren in de keuken, de manier waarop het brood opzwol in de oven, vliegen ruzieden op de melkemmers en overal krenten verspreid lagen, als muizenkeutels.

Mevrouw Kickshaw fronste haar voorhoofd. 'Om 't zekere voor 't onzekere te nemen komen jullie niet meer in die velden. Horen jullie? 't Is daar gevaarlijk! Pas is er nog ingebroken in de Blue Lyon en Molly zegt dat er lakens gestolen zijn uit 't washuis.'

Er rinkelde een bel aan de muur en Cirrus keek op, blij met die afleiding. Er rinkelden altijd bellen in het Tehuis: om de vondelingen erop attent te maken dat het tijd was voor het gebed, dat de lessen begonnen of dat ze naar bed moesten. Belgerinkel kondigde zelden iets leuks aan en dit keer bleek geen uitzondering.

'Dat is de Regent, denk ik,' zei mevrouw Kickshaw. 'Hij zat al op jullie te wachten. Er is een meester die een geschikte jongen zoekt.'

Brokkel kwam overeind.

'Een nieuwe meester?' Hij veegde de kruimels van zijn jasje, spuwde in zijn handen en streek daarmee door zijn haar. 'Waarom heeft u dat niet eerder gezegd?'

'Jullie waren er niet.'

Cirrus kreeg een hol gevoel vanbinnen. De laatste meester die het Tehuis had bezocht had één blik op zijn onhandelbare haar geworpen, dat nota bene speciaal voor de gelegenheid geborsteld was, en had toen zijn voorhoofd gebet met een geparfumeerde zakdoek. 'Een pruikenmaker heeft een gracieus en innemend voorkomen,' had hij gezegd tegen meneer Chalfont, die ervoor moest zorgen dat de jongens bij leermeesters werden ondergebracht. 'En deze knaap zou ik niet bepaald... is dat haar, of zijn het duivelshoorns?'

Brokkel was het niet veel beter vergaan. Zodra hij zijn mond opendeed om iets te zeggen, was hun bezoeker vol afkeer achteruitgedeinsd. 'Wat krijgen ze hier te eten, meneer Chalfont?' had hij gezegd toen hij Brokkels tanden zag. 'Gebroken glas?' Uiteindelijk was zijn keuze op Aaron gevallen, en dat alleen maar omdat zijn hoofd was kaalgeschoren vanwege luizen.

'Kom op, Cirrus!' zei Brokkel, die al ongeduldig bij de deur stond.

Voor Cirrus naar buiten kon glippen stak mevrouw Kickshaw de punt van haar schort in zijn oor en boende er stevig op los.

'Ga nou maar,' zei ze en ze veegde het meel uit zijn krullen. 'Misschien heb je deze keer geluk.'

Ze loodste hem naar de deur en duwde hem de gang op. Brokkel holde al langs de kapel, op weg naar de grote zaal waar kandidaat-leerjongens geïnspecteerd werden door mogelijke nieuwe meesters.

Cirrus nam wat meer de tijd. Hij streek met zijn vingers over de muren van rode baksteen en over de spil van de grote trap die helemaal tot aan de slaapzalen boven leidde. Uiteindelijk kwam hij bij de Tranenzaal, waar moeders wachtten terwijl hun baby's onderzocht werden op ziektes. Jonas had hem ooit verteld dat, als je je oor maar goed genoeg tegen de deur drukte, je binnen een spookachtig gejammer kon horen.

'Ah, daar ben je,' zei meneer Chalfont. Zijn omvangrijke silhouet vulde de deuropening van de zaal aan de andere kant van de overloop. 'Precies de jongen die ik zocht.'

Hij liet Cirrus binnen in een ruimte vol olieverfschilderijen, met ramen die uitkeken over de velden achter het Tehuis. Acht jongens stonden netjes in de rij op een kleed voor de haard, gerangschikt aan de hand van hun lengte, met Jonas aan het ene uiteinde en een rusteloze Brokkel aan het andere. Het was alsof ze wachtten op een bezoek van de Luizendokter, maar in plaats van de afstotelijke gedaante van meneer Mudgrave, die de jongens maandelijks met zijn groezelige vingers inspecteerde op luizen en neten, zagen ze nu een lijkbleke heer met een paarse jas met kanten manchetten en een stok van barnsteen.

Cirrus had op het eerste gezicht al een hekel aan hem en schuifelde achteruit, maar botste tegen meneer Chalfont die vaderlijk achter hem stond. Meneer Chalfont pakte Cirrus bij zijn schouders en zette hem naast Jonas, aan het begin van de rij.

'Jongens,' zei de Regent, 'dit is meneer Leechcraft, een zeergeleerde heer en natuurwetenschapper die de hele aarde heeft afgereisd. Hij heeft dingen gezien die jullie je niet eens kunnen voorstellen en komt vandaag een stoere knaap uitkiezen die hem zal assisteren in zijn museum in Leicester Fields.'

De jongens schuifelden onbehaaglijk met hun voeten en keken naar de onberispelijk geklede heer. Nog opvallender dan zijn jas en kanten manchetten was het halssnoer dat hij droeg: een ketting van schelpen, kralen, stukjes bot en de vlijmscherpe tanden van een onbekend dier.

'Haaientanden,' zei hij, als reactie op de gefascineerde en angstige blikken van de jongens. Hij had een lang, mager gezicht en droeg een donkergrijze pruik.

De man liep langzaam langs de rij met jongens, zwaaiend met zijn barnstenen stok. 'Wat ik zoek,' zei hij met schrille stem, 'is een jongen die een ster aan mijn firmament zal zijn. De grootste attractie van mijn Zaal der Wonderen. Een jongen die beschikt over uitzonderlijk veel moed, discipline en bovenal Deugd.'

Hij sprak dat laatste woord op zo'n manier uit dat bij veel jongens een rilling over hun rug liep.

Het was alsof meneer Leechcraft dat merkte, want hij slenterde naar Cirrus en legde een hand op zijn hoofd. Cirrus rook net zo'n geur als rond de Galgenboom hing en zag spoortjes vuil op de huid van meneer Leechcraft.

Cirrus schraapte al zijn moed bij elkaar, keek meneer Leechcraft aan en zei: 'Neemt u me niet kwalijk, meneer, maar wat is een natuurwetenschapper?'

Meneer Leechcraft siste geërgerd en boog zich nog dichter naar Cirrus, die zijn slechte adem rook. 'Een natuurwetenschapper, jongeman, probeert te doorgronden hoe het immense heelal waarin wij leven werkt,' zei hij. 'Hij bestudeert de natuurkrachten en verdiept zich in de goddelijke wetten.' Er brandde een hooghartig licht in zijn ogen en zijn stem snorde van trots. 'Iets wat zwakkeren van geest nooit zullen begrijpen.'

Hij liet het hoofd van Cirrus los en zette zijn inspectie van de vondelingen voort. Zijn blik bleef bijna hongerig rusten op Brokkel, die gefascineerd naar zijn halssnoer staarde.

'Wat een engelachtig kind,' zei hij. 'Wie zou zo'n gezicht kunnen weerstaan? Hoe heet deze jongen?'

'Abraham Browne, met uw welnemen,' zei de Regent, die vlug naar meneer Leechcraft liep. 'Al noemen de andere jongens hem geloof ik meestal Brokkel, vanwege zijn tanden.'

'En zou u hem omschrijven als energiek en opgewekt?' vroeg meneer Leechcraft. Hij stak zijn hand uit en streelde de wang van Brokkel, die nog steeds glom na de poetsbeurt van mevrouw Kickshaw.

'Niemand is energieker en opgewekter,' zei meneer Chalfont. 'Brokkel – Abraham, bedoel ik – klimt altijd wel ergens in. De bomen in de tuin, de puien van de kapel... ik heb hem zelf weleens van de leuning van de grote trap zien glijden.'

Brokkel grijnsde breed.

'Hoewel hij er toen, helaas voor zijn gebit, ook van afgevallen is,' voegde meneer Chalfont eraan toe en hij drukte Brokkels lippen haastig op elkaar.

Maar meneer Leechcraft leek die informatie juist te verwelkomen. 'Een dappere jongen, met andere woorden,' zei hij. 'Een jongen met pit. Eentje die niet bang is voor een beetje pijn.' Hij bestudeerde Brokkel nog wat nauwkeuriger. 'Zijn tanden kunnen uiteraard vervangen worden. Er is slechts één ding dat ik nog moet vaststellen, en dat is zijn Deugd.'

Hij trok een paar zijden handschoenen aan en begon krachtig over zijn stok te wrijven, tot die glansde in het licht van het haardvuur. Toen hief hij zijn stok met een zwierig gebaar op en hield hem boven het hoofd van Brokkel.

Er gebeurde iets verbijsterends. Brokkels warrige blonde haar ging plotseling recht overeind staan, alsof het leefde. Dunne sliertjes krulden om de stok en maakten een zacht, knetterend geluid toen meneer Leechcraft zijn stok over het haar heen en weer bewoog. De andere jongens keken met stomheid geslagen toe.

Meneer Chalfont riep met een bezorgde blik uit: 'Meneer Leechcraft, ik moet protest aantekenen! Wat doet u met dat arme kind?'

'Ik stel alleen maar de kwaliteit van zijn Deugd vast,' zei meneer Leechcraft. 'Ieder schepsel Gods is doortrokken van een zekere hoeveelheid Ether, die uit zijn lichaam ontsnapt in de vorm van elektriciteit, of Deugd, zoals ik het liever noem. Volkomen pijnloos, dat kan ik u verzekeren.'

Meneer Chalfont was nog niet gerustgesteld. Hij knielde naast Brokkel neer en bestudeerde hem aandachtig. 'Heb je pijn, Abraham? Zeg iets, kind!'

Brokkel probeerde vergeefs een gegiechel te onderdrukken. 'Het kietelt,' zei hij, terwijl hij van de ene voet op de andere ging staan. 'Het voelt alsof er een spin ronddanst in m'n haar.'

De glimlach van meneer Leechcraft werd een grijns. 'Uitstekend!' zei hij. 'Deze jongen lijkt me heel geschikt, meneer Chalfont. Ik heb mijn keus gemaakt.'

Cirrus kreeg een hol gevoel in zijn maag. Hij had al veel

jongens zien komen en gaan gedurende zijn tijd in het Tehuis, maar hij had nooit gedacht dat hij Brokkel zou zien vertrekken. Hij was er altijd van uitgegaan dat ze samen bij een meester in de leer zouden gaan. Wat moest er nu van hun plannen terechtkomen?

Hij keek hulpeloos toe terwijl meneer Chalfont opgetogen glimlachte tegen Brokkel.

'Je hoort het, Abraham. Er staat je een nieuwe carrière te wachten,' zei de Regent. 'Een nieuwe start in het leven. Je moet alles doen wat meneer Leechcraft van je verlangt en hem zo goed mogelijk van dienst zijn, begrepen?'

Brokkel keek slecht op zijn gemak naar Cirrus en knikte toen, te verbijsterd om iets te kunnen zeggen.

'Een jongen die beseft dat zwijgen soms goud is,' zei meneer Leechcraft. 'Nóg beter.'

Hij bleef nog even de goochelaar uithangen, maar trok zijn stok toen terug en tikte ermee op de grond, om de betovering te verbreken. Brokkels haar viel weer omlaag, al zat het nu nog warriger dan eerst.

De andere jongens mochten gaan en slenterden somber terug naar hun lessen terwijl meneer Chalfont en meneer Leechcraft, met Brokkel in hun kielzog, zich naar de werkkamer van de Regent begaven om de benodigde papieren in orde te maken.

Cirrus sjokte naar een harde houten bank naast de Tranenzaal en ging zitten. Hij voelde zich versuft en duizelig. Brokkel was zijn enige vriend, die altijd het initiatief nam bij hun kattenkwaad en avonturen. Hoe moest hij het volhouden in het Tehuis als Brokkel er niet meer was?

'Nu zijn alleen jij en ik nog over, Flux,' zei Jonas, die op dat moment voorbijkwam. 'Wij zijn de oudsten.'

Cirrus keek niet op en probeerde het misselijke gevoel in zijn buik te negeren.

Even later kwam Brokkel aanhollen. 'Meneer Leechcraft zegt dat ik splinternieuwe tanden krijg,' zei hij en zijn gezicht glom van opwinding. 'En mooiere kleren!'

Cirrus probeerde te glimlachen, maar dat lukte niet erg. Waarom wilde Brokkel zo graag weg? Wat moest er nu van hun vriendschap worden? Net toen hij daar iets over wilde zeggen, verscheen de heer met de donkergrijze pruik.

'Vooruit, mee jij,' zei Brokkels nieuwe meester kortaf. 'Er is werk aan de winkel. Jij gaat me beroemd maken.'

Brokkel en hij liepen het bordes voor het Tehuis af. Cirrus volgde op veilige afstand en keek hoe de hand van meneer Leechcraft zich steeds steviger om Brokkels schouder sloot naarmate ze de poort naderden. En toen, voor Cirrus zelfs maar afscheid kon nemen, stapte zijn vriend in een onopvallend zwart rijtuig, dat wegreed in de richting van de stad.

Cirrus draaide zich om en rende naar de keuken.

'Een kwakzalver, als je het mij vraagt,' zei mevrouw Kickshaw toen Cirrus haar alles verteld had. 'Ik heb wel vaker over dat soort lui gehoord. Een doodgewone charlatan, een schurk! Bah!' Ze spuwde in het haardvuur. 'De Regent zou beter moeten weten en geen jongens moeten meegeven aan oplichters!'

Ze zag de bezorgde blik en het gefronste voorhoofd van Cirrus en omhelsde hem zo stevig dat Cirrus de doordringende giststank van haar bruine schort rook. 'Maak je geen zorgen om Abraham,' zei ze en ze wiegde Cirrus heen en weer. 'Die redt zich wel, daar kun je van op aan.'

'En ik dan?' vroeg Cirrus zwakjes.

Ze keek hem glimlachend aan. 'Vooruit, kop op,' zei ze en ze veegde de tranen weg die ongewild prikten in zijn ogen. 'Jouw tijd komt nog wel, Cirrus. Jouw tijd komt nog wel. Je zult zien. Er komt heus ook iemand voor jou.'

Twaalf jaar eerder

Het Genootschap van

Empirische Wetenschappen

Londen, 1771

Het bootje dobbert naar de trap in de buurt van Strand Lane en twee mannen gaan aan wal. De een draagt een donkerblauw marine-uniform dat strak om zijn borst spant en de ander een dikke duffelse jekker. Iets verderop verrijst het massieve gebouw van het Genootschap van Empirische Wetenschappen: een architectonische parel aan de oever van de Theems, met ruim honderd vensters die nu verlicht worden door een zee van kaarsen.

De mannen drukken allebei een munstuk in de hand van de veerman die bij de boeg staat en lopen dan haastig de trap op. Een schemerige doorgang leidt naar een geplaveide binnenplaats en de ingang van het genootschap: een enorme hal vol hoge zuilen en marmeren bustes. Vanaf hun sokkels volgen oude zieners de twee mannen met ogen van steen.

Zij hebben geen aandacht voor hun luisterrijke omgeving, maar volgen een bediende via een brede trap naar een indrukwekkende dubbele deur op de bovenverdieping. De deuren zijn van eikenhout en er is een goddelijke hand in uitgesneden die uit een wolkenpartij tevoorschijn komt. Boven de deur vermeldt een Latijnse spreuk *Ligatur mundus arcanis nodis*: 'De wereld wordt door geheime knopen bijeengehouden'.

De deuren gaan open en de mannen betreden een grote zaal. In het midden, onder een glazen dak waar een vaag maanlicht doorheen schijnt, staat een lange tafel met daaraan sommige van de meest vooraanstaande mannen van Londen en één vrouw.

Een man met een rode jas spreekt de aanwezigen toe.

'De Adem van God. Denkt u zich eens in,' zegt hij galmend. 'De subtielste en ongrijpbaarste kracht die bestaat, het nobelste van alle elementen. Al veel dappere zeelui hebben getracht het te vinden. Stelt u zich eens voor dat we die bron zouden kunnen aanboren, dat we die energie zouden kunnen beteugelen en benutten. Dan zouden we als goden zijn! We zouden over onbegrensde krachten beschikken!' Hij slaat met zijn vuist op tafel. 'Wij willen die krachten hebben, heren, en we zullen ze krijgen ook, zowaar als ik hier sta!'

Een windvlaag giert om het gebouw en het vuur in de haarden buldert goedkeurend.

'Maar hoe wilt u het vinden?'

Het is maar een zweempje achterdocht in heel die grote zaal, maar toch verstijft de spreker, met zijn wijnglas half opgeheven. Zijn blik glijdt langs de aanwezigen, tot hij ziet wie het waagde hem te onderbreken: een cartograaf met een jas vol zakken, waar hij een aantal strak opgerolde kaarten uithaalt.

'Volgens de geruchten bevindt de Adem van God zich voorbij de rand van de wereld,' zegt de cartograaf. 'Verder dan ooit iemand geweest is. Zo'n expeditie zou toch dwaasheid zijn?'

De voorzitter van het Genootschap haalt diep adem en zet zijn glas met een klap neer, zodat hij wijn morst op het tafellaken.

'Dwaasheid? Waarom zijn de Fransen, de Spanjaarden en de Portugezen er dan allemaal zo driftig naar op zoek? Waarom sturen zij hun schepen naar de uithoeken van de aarde? Terra Australis Incognita? Denkt u echt dat ze dat zoeken? Dat is alleen om ons om de tuin te leiden! Hun werkelijke doel is de Adem van God!'

'Maar de zuidpool wordt omgeven door een barrière van nevel en ijs,' houdt de cartograaf vol. 'Een ondoordringbare barrière, zegt iedereen.'

Hij rolt een kaart uit met een netwerk van zorgvuldig getekende lijnen, die steeds geringer in aantal worden naarmate ze de zuidpool naderen. Het onderste gedeelte van de kaart is blanco.

'Wie moet ons naar die mysterieuze Ether leiden?'

De voorzitter kijkt naar de deur en glimlacht. 'Ik weet precies wie daarvoor in aanmerking komt,' zegt hij, met een gebaar naar de twee laatkomers. 'Mag ik de heer James Flux voorstellen, eerste luitenant bij de marine.'

James, blozend en gladgeschoren en inmiddels dertig jaar oud, loopt naar de tafel.

Iedereen kijkt hem aan.

'Hij is nog maar een jongen,' zegt iemand die aan de linkerkant zit, een man met wangen als blauwdooraderde kaas. 'En zeker geen heer.'

James trotseert de vele afkeurende blikken. Zijn donkere krullen en de koperen knopen op zijn pas geborstelde jas glanzen in het licht van het haardvuur.

'Ik verzeker u dat luitenant Flux geen jongen is,' zegt de voorzitter van het Genootschap. 'In zijn nog prille loopbaan heeft hij al een eilandengroep in de Stille Zuidzee in kaart gebracht en razendsnel promotie gemaakt bij de marine. Men beweert dat de wind hem altijd gunstig gezind is en dat de zee zich voor hem in haar kalmste gedaante toont. In heel Engeland is geen betere zeeman te vinden.'

'En wie is die lummel met die aftandse duffelse jas?' vraagt iemand anders smalend. 'Toch niet een of andere wilde die hij heeft meegenomen van zijn eilandengroep?'

Iedereen lacht en James voelt het massieve lichaam van zijn beste vriend Felix verstijven. Samen hebben ze de ijzigste stormen en vijandigste zeeën getrotseerd en hij hoopt dat de beledigingen hem nu even weinig zullen raken als opspattend water.

'Meneer "Duffel" Hardy is mijn onderbevelhebber,' zegt James. Hij gebruikt de bijnaam waaronder zijn vriend algemeen bekendstaat bij de marine. 'Ik zou mijn leven aan hem toevertrouwen.'

Een van de kooplui wuift zijn opmerkingen weg.

'Allemaal goed en wel, maar vertelt u ons liever eens waarom we zo'n missie aan u zouden toevertrouwen, luitenant Flux. U wilt dat we elk een fortuin investeren in een speurtocht naar iets wat misschien helemaal niet bestaat. Waarom gelooft u in die ongrijpbare "Adem van God"?'

'Heel simpel,' zegt James, die de man recht aankijkt. 'Omdat ik hem gezien heb.'

Even is het doodstil in de zaal, zo stil dat James de kaarsen kan horen knetteren. Iedereen staart hem aan en voor het eerst bekijkt hij het gezelschap eens goed: links de trotse kooplui en de bankiers met hun zuinige mondjes, rechts de filosofen met hun doordringende blik en aan het uiteinde van de tafel een geestelijke en een astronoom met een lome oogopslag. Naast James zit een adembenemend mooie vrouw met zilverkleurig haar, fraaie jukbeenderen en een hoog voorhoofd met rechts van haar, in een houten stoel op wielen, een verschrompeld mannetje dat niet groter is dan een kind.

'U kent madame Orrery en de heer Sidereal, neem ik aan?' zegt de voorzitter.

James buigt even. 'Van reputatie.'

Heel Londen is onder de indruk van madame Orrery's onderzoek naar de menselijke geest, en van Neville Sidereal, de zoon van een rijke koopman, wordt beweerd dat hij de intelligentste man op aarde is. Hij heeft een ingenieus lenzenstelsel ontwikkeld waardoor hij vanuit zijn observatorium, hoog op het dak van zijn huis, de hele stad kan overzien.

Door aan een knop op de armleuning van zijn stoel te draaien zet meneer Sidereal een reeks tandwielen in beweging en hij rijdt ietsje dichter naar James toe. 'Hebt u het gezien?' vraagt hij.

'Dat klopt,' zegt James. 'De Adem van God verscheen boven de bark *Destiny* toen ik nog maar een jongen was en loste vrijwel direct weer op, maar ik weet zeker dat ik toen een glimp heb opgevangen van de oorsprong van de Adem: een enorm continent van fonkelend ijs, omgeven door een wonderbaarlijk licht.'

'Wat zei ik?' roept de geestelijke aan het uiteinde van de tafel en hij springt overeind. 'Wat kan het poolijs anders zijn dan het bevroren water van de Zondvloed, de reusachtige watermassa waarmee God de zondige mensheid strafte? En de nevel die het ijs omgeeft? Dat kan ook maar één ding zijn: de zielen van de verdronkenen. Het is kristalhelder, heren. De Adem van God bevindt zich op de overgang tussen deze wereld en de volgende. Wat u ontdekt heeft is niets minder dan de hemelpoort, meneer Flux! Daar ben ik van overtuigd!'

'Maar beschikt u over bewijs dat die goddelijke ether ook werkelijk bestaat?' vraagt een van de filosofen een stuk sceptischer. 'Of moeten we u maar op uw woord geloven?'

James voelt Felix nijdig bewegen.

'Inderdaad,' zegt hij.

'Kunt u ons niet wat meer vertellen?'

'Eerst wil ik zelf iets eisen.'

Een koopman met grote robijnen ringen om zijn vingers snuift schamper. 'Een eis? Wel, wel. En wat wil zo'n omhooggevallen vlerk als u dan wel van ons eisen?'

James slikt. 'Een huis voor mijn vrouw en een jaarlijkse toelage,' zegt hij. 'Ze is in verwachting.'

Voor het eerst lijkt madame Orrery geïnteresseerd in het gesprek. Ze buigt zich voorover, met haar hand onder haar kin. 'Is dat alles? Vraagt u verder niets, voor uzelf?'

Even denkt James aan zijn ziekelijke vrouw, in het piepkleine kamertje dat ze huren in een krot naast de stinkende ijzergieterijen op de zuidoever van de Theems. Hij herinnert zich wat ze eerder die avond tegen hem zei: 'Ik wou dat je niet ging, James. Niet zo lang en zo ver. Er kan van alles gebeuren... Wacht in ieder geval tot je kind geboren is.'

James wordt rood, maar verdringt zijn twijfels en bedenkingen. 'Ik moet allereerst aan mijn vrouw en kind denken. Hun welzijn is mijn grootste zorg.'

'Goed dan,' zegt madame Orrery. 'Ik zal er persoonlijk op toezien dat uw wensen vervuld worden. En hoe wilde u ons overtuigen van het bestaan van de Adem van God?'

'Hiermee,' zegt James.

Hij haalt diep adem, knoopt de kraag van zijn uniformjas open en pakt een rond voorwerp dat aan een koordje om zijn hals hangt. Het is het wereldbolletje dat hij al draagt sinds zijn allereerste zeereis, de miniatuurglobe met verre landen erin gegraveerd.

'Een hanger?' zegt de filosoof. 'Moet dat klompje metaal ons overtuigen?'

'Kijkt u eerst even,' zegt James.

Hij draait aan de twee helften van het bolletje, tot de omtrekken van de continenten op hun plaats vallen en de lijn rond de evenaar opensplijt. James werpt een blik op Felix, die enigszins afkeurend kijkt maar toch tegen de bedienden gebaart dat ze de kaarsen moeten doven. Het wordt donker in de zaal, afgezien van het schuin invallende maanlicht.

Heel voorzichtig verwijdert James het noordelijk halfrond.

De aanwezigen snakken naar adem als er een schitterend, blauw met wit schijnsel uit het bolletje ontsnapt. Het licht verspreidt zich door de zaal en zweeft in ijzige golven boven de tafel. Alle aanwezigen springen overeind en strekken hun handen uit.

'Magnifiek,' mompelt madame Orrery met een blik op het

73

hemelse licht. 'Mag ik het even vasthouden?' Ze steekt haar hand uit naar het wereldbolletje.

James aarzelt. Hij wil de globe liever niet loslaten, maar legt hem dan toch op haar handpalm. Onmiddellijk klampen haar vingers zich om de bol en sluiten het licht op in een omhulsel van huid en bot.

'Verbijsterend,' zegt ze, terwijl er een zachte gloed op haar gezicht straalt. 'Ik voel de energie door me heen stromen. Het is alsof al mijn levenskracht vernieuwd wordt!'

James wendt zijn blik af. Hij kent de verlokkingen van het licht maar al te goed. In de loop der jaren heeft hij het bolletje al vaak geopend, altijd verbaasd dat er nog licht in zat en bang dat het op een dag op zou zijn.

Een van de kooplui buigt zich over tafel.

'Laat mij eens zien!' roept hij, maar meneer Sidereal is hem te vlug af. Verbluffend snel manoeuvreert hij zijn stoel naar madame Orrery en grist het voorwerp uit haar hand.

'Wat een volmaakte helderheid,' zegt hij terwijl hij het bekijkt met een speciale loep. 'Wat een licht! Dit moet nader bestudeerd worden!'

'Geef hier, ondermaatse dwerg!' gromt de koopman met de robijnen ringen.

Maar dan komt Felix tussenbeide. Hij rukt het bolletje uit de hand van meneer Sidereal en geeft het terug aan James, die de twee helften weer op elkaar schroeft. Langzaam sterft het wonderbaarlijke licht weg en steken de bedienden die bij de muren staan de kaarsen weer aan. Hun licht lijkt armzalig en dof, vergeleken met de stralende gloed uit de bol.

'En, heren?' zegt de voorzitter van het Genootschap en hij

kijkt naar de aanwezigen. 'Wat vindt u? Zijn we het erover eens? Ondernemen we deze missie?'

Er klinkt opgewonden geroezemoes en algauw wordt een unaniem besluit genomen.

'Mooi zo,' zegt de voorzitter met een zelfvoldane glimlach tegen James. 'Met behulp van onze intellectuele en financiële steun, Flux, om nog maar te zwijgen over de allernieuwste navigatiemiddelen, moet succes verzekerd zijn. Als u vaststelt waar de Adem van God zich bevindt, en zo mogelijk nog meer van deze hemelse ether mee terugneemt, zal u rijkelijk beloond worden.'

Opnieuw hoort James in gedachten de bezorgde stem van zijn vrouw en hij ziet de dubieuze uitdrukking van Felix, maar de verleiding om op onderzoek uit te gaan is te groot en hij accepteert de opdracht. 'Ik wacht uw instructies af,' zegt hij eenvoudigweg.

De voorzitter knikt. 'Zorg ervoor dat de missie een succes wordt. De glorie van onze natie hangt ervan af.'

James en Felix verlaten de zaal en lopen de trap af naar de uitgang van het Genootschap. Het is nu nog kouder en het begint lichtjes te sneeuwen. Kleine, ijzige vlokken dwarrelen als bevroren sterrenbeelden omlaag.

'Ik vind het maar niks,' zegt Felix terwijl ze teruglopen naar de rivier. 'Zag je hoe ze elkaar bijna naar de keel vlogen? Het is niet verstandig om zulke mensen nog meer macht te geven.'

'Onzin,' zegt James. 'Als dit lukt, is onze reputatie gevestigd.'

Felix kijkt zijn vriend aan. 'Volgens mij word je verblind door ambitie.'

James fronst geërgerd zijn voorhoofd en luistert naar het klotsen van het donkere water. 'Ben je er werkelijk zo op tegen?' vraagt hij en zijn stem klinkt nu wat jonger en minder zelfverzekerd. 'Zou je echt liever hier achterblijven?'

Felix staart voor zich uit en het duurt lang voor hij antwoord geeft. Aan de overzijde van de rivier glanzen lantaarns. Uiteindelijk slaat hij zijn kraag op, stampt met zijn voeten en schudt de kleine hoopjes sneeuw af die zich op zijn laarzen gevormd hebben.

'Je zou moeten weten dat je nooit aan me hoeft te twijfelen,' zegt hij en zijn sombere gezicht montert weer een beetje op. 'Ik zal tot het einde bij je blijven. Alleen zou ik graag willen weten waar dat einde zal zijn.'

Twaalf jaar later

Londen, 1783

HOOFDSTUK ZES

Het huis van mesmerisme

*P*andora stapte iets dichter naar het uitgestrekte lichaam. De
vrouw lag nog precies op de plek waar ze de vorige avond was
neergevallen; haar mond was open en er steeg een weeïge stank
op uit haar kleren.

Pandora luisterde aandachtig. Ze verwachtte gesnurk of in ieder geval
ademhaling te horen, maar het was doodstil. De lippen van de vrouw
waren opengesperd in een geluidloze brul. Op dat moment streek er een
vlieg neer op haar wang. Hij kroop over haar open oog, zonder dat ze daar
ook maar even mee knipperde, en Pandora besefte dat mevrouw Stockton
dood was. Haar verzorgster was bezweken aan de jenever.

Pandora liep naar het jongetje dat toekeek vanaf een bed van stro in een
hoek van de kamer. Hij was net zo oud als zij, bijna vijfenhalf, maar zo
mager en schriel dat hij bijna een geest leek. Zijn wangen waren opge-
zwollen en hij jammerde van de kou. Ze pakte hem bij de hand en leidde
hem naar de deur.

Misschien wist de vrouw in de boerderij naast hen wat ze moesten doen.
Misschien zou ze hen in huis nemen en een moeder voor hen zijn, of de
kinderen meenemen naar het huis waar mevrouw Stockton altijd over zat

te mopperen en waar ze oorspronkelijk vandaan kwamen, het 'Thuis voor
Vonnelingen' in Londen, heel ver weg...

Pandora's ogen gingen abrupt open. Nee! Ze wilde niet meer
aan hem denken. Haar broertje Hopegood was dood. Ze had
zelf gezien hoe hij werd begraven, in een naamloos graf buiten
de muren van het Tehuis. Ze had hem niet kunnen redden.

Met een rilling stond ze op en liep naar het raam. Ze voelde weer de zuigende modder onder haar voeten terwijl ze over
het landweggetje sjokte en de zwakke, koude vingers van haar
broertje langzaam uit haar hand gleden... Had ze maar meer
voor hem kunnen doen!

Ze klom op de dekenkist onder het raam, keek naar buiten
en probeerde die herinnering uit te bannen. De stad ging
schuil onder een stinkend waas en de zon scheen als een bleke
blaar door de nevel heen.

Pandora stapte van de kist, deed haar door onrustige dromen verkreukte nachthemd uit, trok haar vondelingenjurk van
ruwe bruine stof aan en liep de deur uit.

Meneer Sorrel was al beneden, in de keuken.

'Goed geslapen?' vroeg hij terwijl ze naar het ijzeren wa-
terreservoir bij de muur liep.

'Nee, niet zo best. Ik heb weer over mijn broertje gedroomd,' zei ze en ze plensde koud water in haar gezicht. 'Ik
blijf maar aan hem denken.'

'Je moet madame Orrery eens naar je dromen laten kijken,'
zei meneer Sorrel. 'Eén behandeling door haar en je bent van
je obsessie met het verleden af.'

Pandora wist niet zeker wat hij bedoelde, maar huiverde

toch. 'Nee, dank u,' zei ze. Het was nog steeds een raadsel wat zich precies afspeelde achter de gordijnen van het Crisiskabinet, maar ze had de afgelopen weken zoveel gekrijs en gekreun gehoord dat een behandeling door madame Orrery haar niet bepaald aanlokkelijk leek.

Meneer Sorrel ging er verder niet op in. Hij schepte klonterige havermout op, strooide er wat krenten over en gaf het bord aan Pandora.

Die ging aan tafel zitten, begon te eten en keek hoe meneer Sorrel onrustig heen en weer drentelde. Ze had hem vaak over haar verleden en zelfs over haar tweelingbroertje verteld, maar hij had nog nooit iets over zichzelf losgelaten.

'Vertel me eens over madame Orrery,' zei ze, in de zoveelste poging hem aan de praat te krijgen. 'Hoe is ze mesmeriste geworden?'

Meneer Sorrel keek haar even aan en ging toen zitten. Hij wierp een blik over zijn schouder, alsof hij bang was dat madame Orrery meeluisterde, en zei toen op vertrouwelijke fluistertoon: 'Madame Orrery was ooit de meest bewonderde vrouw in Frankrijk. Ze stond wijd en zijd bekend om haar schoonheid, intelligentie en charme. Zij en haar man waren graag geziene gasten aan vrijwel ieder hof en in de beroemdste salons.'

'Haar man?' vroeg Pandora verbaasd.

'Inderdaad,' zei meneer Sorrel. 'Haar man was een befaamd klokkenmaker, de beste van het land.'

Pandora herinnerde zich het zilveren uurwerk dat ze madame Orrery tevoorschijn had zien halen. 'Haar horloge,' mompelde ze.

Meneer Sorrel knikte. 'Een geschenk van haar man. Een hartvormig zilveren horloge, dat nooit opgewonden hoefde te worden en nooit achterliep. Een symbool voor zijn eeuwige liefde.'

Pandora's hart bonsde. 'Maar ik heb zelf gezien dat ze het opwond,' zei ze. 'Een paar weken geleden, in de werkkamer van de Regent. Wat is er gebeurd?'

Meneer Sorrel werd rood. 'Niet lang nadat madame Orrery dat uurwerk cadeau had gekregen, kwam ze erachter dat haar man nóg een horloge had gemaakt,' zei hij zachtjes. 'Maar dan van goud, voor een meisje dat half zo oud was als zij en dat al maanden zwanger van hem was.' Hij sloeg zijn ogen neer. 'Ze zeggen dat madame Orrery's bloed in ijs veranderde toen ze van zijn bedrog hoorde en dat het zilveren horloge bleef stilstaan, alsof het gebroken was, net als haar hart. Daarna heeft het nooit meer goed gewerkt.'

Pandora drukte haar hand tegen haar mond. 'En toen?'

Meneer Sorrel haalde diep adem. 'Toen is ze zich gaan verdiepen in de mysteriën van het lichaam, en vooral in de circulatie van het bloed en de relatie tussen hart en geest. Haar onderzoek leidde haar naar de wonderen van het mesmerisme.'

Het duizelde Pandora. Ze deed haar best om het allemaal te verwerken, maar zag dat meneer Sorrel nogal slecht op zijn gemak leek, alsof hij er spijt van had dat hij zijn mond voorbij had gepraat.

'En u, meneer Sorrel?' vroeg ze behoedzaam. 'Hoe bent u hier terechtgekomen?'

Meneer Sorrel staarde naar de grond. 'Dat kan ik je helaas niet vertellen, Pandora,' zei hij zacht.

Zijn blik gleed naar de zware flessen met gemagnetiseerd water die in de bijkeuken waren opgeslagen en Pandora's schouders zakten. Ze zou vandaag verder niets meer uit hem loskrijgen.

Alsof meneer Sorrel haar gedachten had gelezen zei hij: 'Madame Orrery ontvangt vanochtend cliënten. Ik wil dat je zoals gewoonlijk het Crisiskabinet klaarmaakt en dan de hal schrobt.'

'Ja, meneer Sorrel,' zei ze met een kleine kniebuiging en ze liep naar de deur.

'En Pandora,' zei meneer Sorrel, die zijn hand uitstak om haar tegen te houden, 'geen woord tegen madame Orrery over wat we zojuist besproken hebben. Begrijp je wat ik bedoel? Ik wil niet dat ze erachter komt dat ik... loslippig ben geweest.'

'Ik begrijp het, meneer Sorrel.'

'Goed zo.' Meneer Sorrel ontspande zich weer een beetje. 'Madame Orrery laat vanmiddag haar haar doen, want ze wil een bezoek brengen aan het Tehuis voor Vondelingen. Als je klaar bent met je werk, kun je de rest van de dag vrij nemen.'

Pandora keek op. 'Het Tehuis?' zei ze en ze moest terugdenken aan wat ze een paar weken geleden in de werkkamer van de Regent had gezien.

Meneer Sorrel glimlachte aarzelend. 'Madame Orrery heeft de Regent ervan overtuigd dat het verstandig zou zijn als hij zich liet behandelen,' zei hij. 'Blijkbaar heeft hij door het merkwaardige weer van de laatste tijd erg veel last van jicht. Het is de bedoeling dat ze hem vanavond in het Tehuis mesmeriseert.'

Pandora's vingers gleden naar de sleutelbos die nog steeds in de zak van haar schort zat, de sleutels die ze vergeten was terug te geven aan de Regent. Maar voor ze verder nog vragen kon stellen, rinkelde er een bel aan de muur. Meneer Sorrel sprong overeind, pakte een blad met gekonfijte dadels – het ontbijt van madame Orrery – en verliet haastig de keuken.

Brandend van nieuwsgierigheid sjouwde Pandora de zware flessen met gemagnetiseerd water naar het Crisiskabinet en ging toen langzaam verder met haar andere werk. Er spookten wel honderd vragen door haar hoofd. Wat voerde madame Orrery in haar schild? Nog maar een paar weken geleden had ze tegen meneer Sorrel gezegd dat ze een manier moest zien te vinden om terug te keren naar het Tehuis, omdat de Regent meer dan alleen Cirrus Flux beschermde. Het was haar duidelijk niet om de gezondheid van meneer Chalfont te doen. Wat speelde er nog meer mee?

Het was donker en bedompt in het Crisiskabinet en Pandora deed de luiken open om meer licht binnen te laten. Haar blik gleed opnieuw over de merkwaardige voorwerpen in de ruimte en bleef rusten op de glasharmonica in de hoek. Een paar dagen geleden had meneer Sorrel laten zien hoe die werkte. Hij had plaatsgenomen op een houten krukje en een ritme getikt op een voetpedaal, waardoor de kleurige glazen kommen op het instrument waren gaan rondtollen. Tot Pandora's verbijstering had hij zijn vingers vervolgens in een waterige oplossing gedoopt en had daarmee over de randen van de rondwervelende kommen gestreken die een werkelijk tenenkrommend geluid hadden voortgebracht, een symfonie van gejammer die aan een krijsend kattenkoor deed denken. Pandora had nog nooit zoiets verschrikkelijks gehoord.

'Ah, de harmonie der sferen,' had meneer Sorrel gezegd, blijkbaar onaangedaan door de herrie die hij maakte. 'Sommigen beweren dat die tot krankzinnigheid kan leiden, maar volgens mij tilt het mensen juist naar een hoger plan.'

Net toen Pandora het ranzig ruikende water in het vat vervangen had, arriveerden de eerste cliënten. Ze deed vlug de luiken dicht, raapte haar spullen bij elkaar, maakte dat ze wegkwam en keek hoe meneer Sorrel een reeks modieuze jongedames door de hal begeleidde. Hun schitterende, kleurige japons sleepten als pauwenstaarten achter hen aan.

Pandora keek om toen ze zijde hoorde ruisen en trok zich snel terug.

Madame Orrery had haar privévertrekken verlaten en daalde nu de marmeren trap af. Ze gooide de gordijnen van het Crisiskabinet open en ging naar binnen, maar het was alsof ze Pandora voelde kijken, want plotseling draaide ze zich om en trakteerde haar op een ijzige blik.

Pandora herinnerde zich wat meneer Sorrel gezegd had: de patiënten mochten onder geen enkel beding gestoord worden.

Ze keerde haastig terug naar de keuken en goot het oude water weg op de binnenplaats. Vanuit de hal klonk het geluid van madame Orrery's behandeling: gesnik, gezucht en af en toe een doordringende gil. Dat werd gevolgd door een schril gejank toen meneer Sorrel weer plaatsnam achter zijn glasharmonica.

Pandora voelde plotseling een onbedwingbaar verlangen om meer te weten te komen. Ze liep op haar tenen naar de' hal, sloop naar het Crisiskabinet en gluurde voorzichtig tussen de gordijnen door.

Het kostte haar moeite om niet geschokt naar adem te snakken. De vrouwen lagen roerloos op de grond en ademden nauwelijks, alsof ze op sterven na dood waren. Madame Orrery stond tussen hen in, met haar zilveren horloge in haar hand.

Meneer Sorrel stormde de kamer uit en liep haar bijna omver.

'Pandora!' riep hij. 'Wat doe jij hier? Vooruit, aan het werk!'

Pandora wierp nog één angstige blik op de dames op de grond. 'Komt het weer goed met ze?' vroeg ze terwijl ze meneer Sorrel volgde naar de keuken.

'Ja, ja, natuurlijk. Dat hoort allemaal bij de behandeling,' zei hij. Er stonden zweetdruppels op zijn voorhoofd. 'Om hun geest te kunnen zuiveren moeten we eerst koorts opwekken. Straks brengt madame Orrery hen weer bij.'

Hij haalde een stenen fles uit de provisiekelder, ontkurkte hem, schonk een heldere vloeistof in een aantal hoge, smalle glazen en zette die op een dienblad. Pandora zag de vloeistof borrelen en bruisen.

'Wat is dat?' vroeg ze.

'Medicinaal water,' zei meneer Sorrel. 'Het heeft een stimulerende werking. Wees maar niet bang, als de patiënten dadelijk weer bijkomen, zullen ze zich niets meer herinneren van wat er gebeurd is. Ze zullen alleen het gevoel hebben dat er een loodzware last van hen is afgevallen. Al hun pijnlijke gedachten en herinneringen zijn dan uitgewist.'

Hij legde een hoopje gekonfijte dadels op een bord, zette dat naast de glazen en keerde snel terug naar de hal. Pandora wilde hem volgen, maar de blik van meneer Sorrel hield haar tegen.

Ze bekeek de fles op tafel eens wat beter. De inhoud leek op water en rook naar water, maar er spatte een bubbeltje in haar neus en ze sprong geschrokken achteruit.

Niet veel later klonk er geroezemoes in de hal. De bezoeksters waren kennelijk weer bijgekomen en namen nu afscheid.

Meneer Sorrel kwam weer binnen. 'Je boft dat madame Orrery je niet betrapt heeft,' zei hij. 'Mesmerisme is een subtiele kunst, waarbij men niet gestoord mag worden.' Hij keek naar de vloer. 'En doe nu wat ik gezegd heb en ga de hal schrobben. Zo dadelijk komt de kapper.'

'Goed, meneer Sorrel.'

Met een vuurrood hoofd vulde Pandora een koperen ketel en zette die op het vuur. Zodra het water warm genoeg was goot ze het in een emmer, strooide er kruiden en zand in en nam het mee naar de hal. Ze goot het dampende water op de grond, knielde en begon te schrobben.

Het was zwaar, vermoeiend werk. Al snel deden haar vingers zeer en zaten ze onder de blaren en de borstel liet pijnlijke splinters achter in haar hand.

Toen Pandora bijna boven aan de trap was, stopte er een koets voor het huis en rinkelde de bel. Voor ze haar spullen bij elkaar kon rapen had meneer Sorrel de deur al opengedaan en een gezette heer van middelbare leeftijd met een bepoederde pruik binnengelaten. Hij werd gevolgd door een jongen met een doos vol borstels en strengen haar.

Pandora concentreerde zich op haar werk toen het gezelschap de trap op liep naar de vertrekken van madame Orrery. De gezette heer liep met een boog om haar heen, alsof ze een vieze plas water langs de weg was, maar de jongen bleef een ogenblik staan. Ze keek even op en zag dat hij naar de rode rand langs haar vondelingenjurk staarde. Ze herkende iets in zijn ogen: een trieste, gekwelde blik.

De dubbele deuren gingen open en madame Orrery verscheen, zoals gewoonlijk gekleed in een zilverkleurige japon. 'Ah, meneer Fopmantle,' zei ze. 'Aangenaam om u weer te zien. Maar wat een verschrikkelijk weer, nietwaar?'

De man gaf haar een handkus. 'Zegt u dat wel, mevrouw, zegt u dat wel. Het is buiten zo heet als de hel en het stinkt er net zo erg, wil ik wedden.' Hij drukte een geparfumeerde zakdoek tegen zijn neus en zei toen tegen de jongen: 'Vooruit, Aaron, niet zo verlegen. Geef me mijn borstels. We moeten madame vandaag nóg mooier maken dan gewoonlijk.'

Madame Orrery glimlachte flauwtjes. 'Ik zie dat u uw nieuwe leerjongen weer heeft meegenomen,' zei ze en ze streelde zijn wang. 'Ik heb de vorige keer echt genoten van zijn verhalen over het Tehuis voor Vondelingen en hoop er vandaag nog meer te horen. Kom verder.'

Pandora, die haar ogen had neergeslagen zodra madame Orrery verscheen, keek nu weer op, verbaasd over haar vriendelijke toon. Dus de jongen was ook een vondeling. Maar wat voor verhalen had hij te vertellen?

De jongen volgde zijn meester naar het boudoir van madame Orrery en de deur ging achter hen dicht. Meneer Sorrel liep meteen de trap weer af en zei in het voorbijgaan tegen Pandora dat ze niet moest treuzelen.

Zodra hij verdwenen was, stond ze op en rekte zich uit,

want haar armen en benen waren stijf. Toen ze stemmen hoorde, zette ze haar emmer wat dichter bij de deur en begon de vloer lichtjes te schrobben, in de hoop dat ze zou kunnen horen wat er gezegd werd.

De stem van madame Orrery klonk zacht en gedempt en Pandora kon maar een paar woorden verstaan. 'Ik moet u mijn complimenten maken,' dacht ze dat ze madame Orrery hoorde zeggen. 'De jongen die ik zoek bevindt zich inderdaad daar.'

Pandora's hart bonsde in haar keel. Had madame Orrery het over Cirrus Flux?

Ze drukte haar oog tegen het sleutelgat, maar kon niet veel meer onderscheiden dan de zoom van madame Orrery's rokken. Toen zag ze Aaron onderuitgezakt in een stoel zitten. Het was alsof hij sliep en madame Orrery liep naar hem toe, met een zilverachtig glinsterend voorwerp in haar hand. 'Vertel eens, Aaron,' zei ze. 'Heb je ooit –'

Ze zweeg abrupt, draaide zich om en liep met grote passen naar de deur.

Voor Pandora overeind kon krabbelen, ging de deur al open en stond madame Orrery voor haar.

'Genoeg geschrobd,' zei ze ijzig, terwijl Pandora haar borstel verwoed heen en weer liet gaan, alsof ze druk bezig was. 'Ga naar de keuken. Ik heb je vandaag verder niet meer nodig.'

'Goed, madame Orrery,' zei Pandora met een kniebuiging. Ze pakte haar borstel en emmer en ging haastig naar beneden. Ze durfde niet achterom te kijken, want ze voelde dat madame Orrery nog boven aan de trap stond.

Haar wangen waren vuurrood en haar gedachten maalden rond. Wat voerde madame Orrery in haar schild?

Ze rende door de keuken naar de binnenplaats om het water weg te gooien en zag dat meneer Sorrel op weg was naar de stallen, waar de koetsier het rijtuig klaarmaakte voor de reis naar de andere kant van de stad. Ze holde achter hem aan.

'Ik moet iets weten,' zei ze. De woorden vlogen bijna vanzelf uit haar mond. 'Waarom gaat madame Orrery naar het Tehuis voor Vondelingen? Heeft het iets met Cirrus Flux te maken?'

Meneer Sorrel wilde haar niet aankijken. 'Geen vragen meer, Pandora,' zei hij geïrriteerd. 'Sommige dingen kun je beter niet weten.'

Ze staarde hem boos aan, maar besefte dat hij verder toch niets zou zeggen.

Zuchtend keek ze naar het rijtuig, zag het zilveren horloge dat op de deur geschilderd was en ze nam een besluit. Als meneer Sorrel niet wilde helpen, zou ze zelf het heft in handen nemen. Ze zou madame Orrery volgen naar het Tehuis en achter de waarheid proberen te komen.

HOOFDSTUK ZEVEN

Black Mary's Hole

Cirrus kon er niet langer tegen. Terwijl de andere jongens in de rij stonden voor een koud bad, kneep hij ertussenuit en klom over de tuinmuur.

Sinds het vertrek van Brokkel, een paar weken geleden, had hij geprobeerd de Galgenboom in de gaten te houden vanuit de ramen op de bovenverdieping, maar hij had de man uit Black Mary's Hole niet meer gezien. Nog erger was dat niet één van de andere jongens hem geloofd had toen hij had verteld wat hij en Brokkel hadden gezien. Zelfs Jonas had hem voor leugenaar uitgemaakt, maar Jonas werkte inmiddels bij een uitgever en boekhandelaar in Londen. Die had een jongen met sterke benen en krachtige longen nodig gehad om het nieuws rond te bazuinen tegen voorbijgangers, zodat Cirrus verlost was van zijn hatelijke opmerkingen en pesterijtjes. Maar wat de andere jongens ook dachten, Cirrus was ervan overtuigd dat tot voor kort iemand het Tehuis in de gaten had gehouden en hij was vastbesloten erachter te komen wie en waarom.

Zodra niemand keek, glipte hij weg uit de rij en sprintte hij over het grasveld naar de appelboom waar hij en Brokkel al eerder in waren geklommen om over de muur te komen. De bladeren van de boom waren bruin en droog, al was het nog veel te vroeg in het jaar; sommige waren zelfs al afgevallen. De lucht was stoffig en nevelig.

Voor iemand kon merken dat hij 'm gesmeerd was klom hij in de boom, kroop over de takken tot hij aan de andere kant van de muur was en liet zich toen voorzichtig zakken aan het touw dat nog steeds aan de boom bungelde.

Cirrus stak het veld over. Hier en daar doemden omtrekken op uit de nevel, maar hij bleef pas staan toen hij bij de Galgenboom was, die als een zwarte bliksemschicht oprees naast de onverharde weg.

Het nest dat hij en Brokkel hadden gezien was nu nergens meer te bekennen en er lag alleen nog een hoop kapotte takjes en twijgjes op de grond. Cirrus woelde de takjes om met zijn voet, maar niets wees erop wat voor dier in het nest had gewoond. Geen eierschalen, geen veren, zelfs geen braakballen, zoals de laatste keer. Had hij zich dan toch vergist? Waren al zijn verdenkingen ongegrond geweest?

Plotseling hoorde hij een geluid.

Tik-tik-tik.

Het was alsof iemand ijzer smeedde en het geluid kwam van een of twee velden verderop, uit de richting van Black Mary's Hole.

Er liep een koude rilling over zijn rug en hij miste opnieuw het gezelschap van Brokkel, die hem zou steunen en moed in zou spreken. Hij keek even naar het grauwe silhouet van de stad in het zuiden en vroeg zich af hoe zijn vriend zich daar nu redde, helemaal in zijn eentje. Toen vermande hij zich en liep in de richting van het geluid.

Er slingerde een pad door het gras aan de overkant van de weg en dat volgde hij, in de wetenschap dat het naar Black Mary's Hole leidde. Even kwamen alle griezelverhalen die Jonas 's avonds laat verteld had weer bij hem op en zijn hart bonsde in zijn keel. Nog angstaanjagender dan het verhaal van Billy de Gier was de legende van de heks die haar baby had verdronken in de inmiddels opgedroogde waterput waaraan het gehucht zijn naam ontleende. Het lange gras van het pad was platgetrapt, alsof iemand iets groots en zwaars had voortgesleept. Brandnetels, half verscholen tussen de andere planten, prikten hem met hun venijnige bladeren.

Cirrus kwam uit bij een smalle beek, of eigenlijk meer een slootje. Een vervallen houten bruggetje lag over het stinkende water. Langs de oevers groeide riet en grote wolken muggen dansten in de lucht.

Opnieuw klonk het geluid, maar nu harder. Het kwam van de andere kant van het stroompje.

Tik-tik-tik.

Cirrus bleef staan. Aan de overkant van het bruggetje rezen wat vervallen huisjes als paddenstoelen op uit de grond. Cirrus probeerde het kille gevoel van angst in zijn keel weg te slikken, haalde diep adem en stak langzaam het wiebelende en krakende bruggetje over.

Iets verderop klonk het geluid opnieuw.

Langs de huisjes liep een pad en dat volgde Cirrus, in de richting van een open plek, nerveus om zich heen kijkend en gespitst op elke beweging. De huisjes waren allang niet meer bewoond en hadden nu donkere gaten als ramen. De wind voerde een zware, doordringende geur mee die Cirrus aan teer deed denken.

Net voor de open plek stond een oude koeienstal, een stenen gebouw met bemoste muren en een half ingestort dak. Het tikkende geluid kwam van de andere kant van de schuur. Cirrus deed nog een paar passen en verstijfde toen.

Op de balken van de schuur zat een zwerm kraaien, wel twintig of dertig, met de zwarte koppen van beulen. Cirrus durfde zich niet te verroeren en zelfs geen adem te halen. Hij verwachtte half-en-half dat de kraaien hem zouden aanvallen, in een storm van vleugels en lawaai, maar ze bleven zitten en staarden hem alleen maar aan met hun boosaardige ogen. Toen draaiden ze langzaam hun koppen weer om en keken naar iets wat Cirrus niet kon zien.

Cirrus dwong zichzelf om verder te gaan, met kleine, aarzelende pasjes.

De geur van teer was nu sterker en hij dacht dat hij een vuurgloed zag. Bijna dubbelgebogen liep hij langs de stalmuur, tot hij bij een raampje aan de westkant was. Voorzichtig kwam hij overeind en gluurde naar binnen, zich maar al te bewust van de dreigende aanwezigheid van de kraaien.

De man die hij al eerder gezien had stond binnen over een grote mand van wilgentenen gebogen. Een lange, T-vormige metalen paal stak uit de mand en aan het dak hing een enorm net van stof. Er bengelden ook allerlei andere voorwerpen aan de balken: potten en pannen, een kompas en zelfs een klein anker. Op andere plaatsen lagen repen stof die veel weg hadden van de lakens die volgens mevrouw Kickshaw gestolen waren uit het washok. Ze waren in stukken geknipt en in een vloeistof gedoopt die het linnen een fraaie gouden glans gaf.

Een flakkerend vuur, net buiten het gezichtsbereik van Cirrus, wierp rusteloze schaduwen op de muren. Af en toe laaide het vuur hoger op en uiteindelijk keek de man op.

'Heb je soms honger?' zei hij met een ruwe, schorre stem en hij krabde op zijn hoofd.

Hij had zijn hemdsmouwen opgerold, zodat zijn gespierde onderarmen zichtbaar waren, gebruind door de zon en bedekt met vreemde, donkere lijnen. Tatoeages. Cirrus herinnerde zich dat Jonas daar weleens iets over verteld had. Aan zijn broekriem hing een korte koperen koker en Cirrus zag nu dat het geen pistool was, zoals hij en Brokkel eerst gedacht hadden, maar iets totaal anders.

Een verrekijker.

Plotseling legde de man zijn gereedschappen neer en liep naar een zak van canvas die bij de deuropening aan een spijker hing. Hij haalde er verscheidene lange, dunne dingen uit die aan een touwtje gebonden waren en gooide ze in de richting van het vuur.

Het waren ratten! Dode ratten!

Het vuur begon onmiddellijk te knetteren en Cirrus zag heel even iets wat een vleugel van vlammen had kunnen zijn. Er klonk een schor gekrijs en Cirrus sprong geschrokken achteruit. Het zweet liep over zijn rug.

Hij dook nog net op tijd weg, want op dat moment keek de man in de richting van het raam.

'Het duurt nu niet lang meer,' hoorde Cirrus hem zeggen.

95

'Niet lang meer, Alerion, dat beloof ik. Dan gaan we naar het Tehuis, halen we waar we voor gekomen zijn en zien ze ons nooit meer terug. Dan kunnen we eindelijk weg uit deze godvergeten stad, hè meisje?'

Cirrus kwam weer overeind. Tegen wie had hij het? En wat wilde hij gaan halen in het Tehuis? Hij keek over de velden in de richting van het Tehuis en overwoog om terug te hollen en de Regent te waarschuwen, maar toen hoorde hij een zacht geritsel en gluurde hij weer door het raampje.

De man sleepte de massa linnen naar de open plek. Cirrus holde bijna dubbelgebogen langs de buitenmuur met hem mee.

Boven de oude put in het midden van de open plek, waar mensen ooit water hadden gehaald, was een houten stellage gebouwd. Met behulp van een touw en een takel hees de man de stof als een zeil op boven de stellage, keerde toen terug naar de stal, sleepte de mand van wilgentenen naar buiten en zette hem schuin, zodat de T-vormige paal zich precies boven de oude waterput en onder het linnen bevond. Vervolgens bevestigde hij een reeks touwen aan de onderkant van het zeil en aan de randen van de mand en knoopte ze stevig vast. Hij veegde het zweet van zijn voorhoofd, keek weer naar de stal en zei: 'Kom je nog? Of moet ik dit geval in m'n eentje de lucht in zien te krijgen?'

Cirrus verstijfde, bang dat hij ontdekt was, maar besefte toen dat de man sprak tegen iemand of iets in de stal.

Een bol van vuur schoot uit de deuropening, cirkelde boven de open plek en streek neer op de ijzeren stang boven de mand. Cirrus wankelde achteruit en snakte verbijsterd naar adem. Het was een vogel, een vogel van vuur! Maar dat kon toch helemaal niet?

Hij wreef in zijn ogen en staarde naar het felle, vurige wezen. De vogel had flikkerende, rood met gouden veren en straalde zo'n intense gloed uit dat het pijnlijk was om naar te kijken. Tegelijkertijd was het dier van zo'n oogverblindende schoonheid dat het moeilijk was om níét te kijken. Zelfs de kraaien hadden zich verzameld en staarden vol bewondering naar het tafereel.

De man had dikke leren handschoenen aangetrokken en streelde de glanzende borst van de vogel. 'Zo mag ik 't zien, meisje,' zei hij. 'Heb je zin om je vleugels 'ns te strekken? Met dit weer ziet toch niemand ons.'

De vogel krijste zo luid dat Cirrus zijn vingers in zijn oren wilde steken en begon toen met haar vleugels te slaan, zodat er lange vuurtongen omhoogkolkten. De kraaien krasten bewonderend.

Tot Cirrus' verbazing begon het linnen boven de mand op te bollen en te bewegen, alsof er iemand in gevangen zat. Heel langzaam kwam de mand een paar centimeter van de grond.

Cirrus klampte zich aan de stalmuur vast. Hij kon zijn ogen gewoonweg niet geloven. Wat was dit voor tovenarij? Droomde hij? Hij drukte zijn voorhoofd tegen de stenen en probeerde zijn wilde gedachtestroom in bedwang te krijgen, maar werd zich toen bewust van een onheilspellende stilte.

De vogel sloeg niet langer met haar vleugels en ook de kraaien krasten niet meer. De man staarde in zijn richting.

Eén verschrikkelijk moment keken ze elkaar aan. Voor Cirrus de benen kon nemen, kwam de man al met grote stappen op hem af.

'Jij!' schreeuwde hij. 'Kom je m'n vogel opnieuw lastigvallen?'

Cirrus deinsde achteruit en struikelde over een steen.

'Nee, meneer,' zei hij terwijl de man op hem afstormde. 'Ik keek alleen maar, echt waar.'

'Ik zal je leren om je met je eigen zaken te bemoeien!' zei de man, die Cirrus bij zijn kraag greep en hem optilde.

Cirrus zag nu dat het gezicht van de man ook bedekt was met inktlijntjes, net als zijn armen. Hij trilde van angst.

'Je hebt hier niks te zoeken!' bulderde de man. 'Ik zal je 'ns laten zien wat –'

Plotseling zweeg hij en staarde met gefronst voorhoofd naar de koperen penning die Cirrus om zijn hals droeg, zijn vondelingenmedaillon met de afbeelding van een lam. In tegenstelling tot de medaillons van de andere jongens in het Tehuis, was dat van Cirrus nooit van een nummer voorzien.

'Wel heb ik...' zei de man zachtjes en zijn greep verslapte een beetje. 'Jij bent 't, hè?'

Cirrus wist zich los te rukken. Hij was zich maar al te zeer bewust van de adelaarachtige vogel die toekeek vanaf de open plek en van de kraaien die dreigend samengepakt zaten op de balken boven zijn hoofd.

'Ik weet niet wat u bedoelt,' zei hij met een blik over zijn schouder, naar het hobbelige pad dat naar het bruggetje leidde. Hij vroeg zich af of hij zou kunnen ontsnappen voor de vogels hem konden aanvallen.

De man deed langzaam een stap in zijn richting. 'Wees niet

bang,' zei hij. 'Ik zal je niks doen. Ik wil alleen –'

Maar Cirrus had zich al omgedraaid en sprintte zo snel als zijn benen hem maar konden dragen het pad af. Achter zich hoorde hij zware, dreunende voetstappen, maar die raakten algauw op achterstand en zelfs de kraaien, die lawaaierig waren opgevlogen, zetten de achtervolging niet in.

Met bonzend hart draafde Cirrus over het bruggetje en door het veld naar de Galgenboom. Lang gras striemde zijn benen en stinkende lucht stroomde langs zijn wangen.

Hij keek één keer achterom, toen hij bijna bij de oude zandweg was, maar blijkbaar werd hij niet meer achtervolgd. Toch bleef hij rennen, tot hij bij de tuinmuur van het Tehuis was. Hij klom haastig via het touw op de muur, sprong er aan de andere kant weer af en voegde zich bij de andere jongens, die hun koude bad erop hadden zitten en nu op weg waren naar de kapel.

HOOFDSTUK ACHT

Dwars door Londen

Pandora klemde haar vingers om de ijzeren spijlen van het hek en wachtte af. Ze had meneer Sorrel om de tuin geleid door eerder op de avond te doen alsof ze naar haar kamer ging, maar was toen weer gauw naar beneden geslopen. Ze was via de keuken en de stallen omgelopen naar de voorkant van het huis en had zich verscholen in het parkje in het midden van het plein.

De rozen naast haar roken zwaar en zoet. Het was windstil, maar toch rilde Pandora. Het was overdag bloedheet geweest maar 's avonds snel afgekoeld en er dreven mistflarden langs de lantaarns die voor sommige huizen brandden.

Uiteindelijk hoorde ze het gerinkel van paardentuig en kwam de logge koets aandenderen. Het paard snoof en zwiepte met zijn hoofd, alsof het de aanwezigheid van Pandora voelde, maar de koetsier negeerde dat. Zodra het rijtuig stilstond, pakte hij een vergulde lantaarn van de bok en liep hij naar de voordeur.

Madame Orrery verscheen, in een plas goudgeel kaarslicht,

en schreed het pad af. Haar haar was royaal bepoederd en ze had een witte bontstola om haar schouders, als een laag kersverse sneeuw.

Pandora keek hoe de koetsier de deur van het rijtuig opendeed en madame Orrery hielp met instappen. Vervolgens klom hij weer op de bok, hing de lantaarn terug en pakte de teugels. Hij klakte met zijn tong en het paard kwam in beweging, een beetje slippend op de gladde keien.

Meteen kwam Pandora ook in actie. Ze glipte uit de schaduwen tevoorschijn, holde naar de koets en greep de achterkant voor het rijtuig op snelheid kon komen. Het was lastiger dan ze gedacht had. Het rijtuig hotste en schokte, zodat ze bijna viel, maar ze klampte zich aan een metalen stang vast en hees voorzichtig haar voeten van de grond. Tussen de wielen bevond zich een kleine treeplank en daar plantte ze haar hielen op. Langzaam nam ze een gehurkte houding aan, zoals ze straatschoffies ook had zien doen tijdens haar eerste rit door de stad.

De koets won aan snelheid en reed richting St Giles. Pandora viel een paar keer bijna en trok een gezicht als de wielen over het plaveisel denderden, maar beet op haar tanden en wist zich vast te houden. In tegenstelling tot het rijtuig zelf, dat een goede vering had, schokte en trilde de treeplank vreselijk. Pandora's botten schudden, haar vingers klopten en haar armen en benen trilden op het ritme van de koets. Haar jurk zat al snel onder de vieze spetters, door het afval en de modder waarmee de straten bezaaid waren.

Ze reden verder en verder de stad in, tot Pandora geen flauw idee meer had waar ze waren. In de smalle steegjes tussen de gebouwen brandden vuurtjes en ze zag mensen met sjofele kleren ineengedoken in portieken zitten of schuilen onder kraampjes. Nachtwakers patrouilleerden door de straten, schenen met hun lantaarns op donkere plekken en zeiden tegen herrieschoppers dat ze door moesten lopen. Pandora maakte zich zo klein mogelijk, in de hoop dat niemand haar zou zien of in elk geval geen alarm zou slaan.

Uiteindelijk werd de straat breder en zag Pandora dat ze op een plek waren die ze maar al te goed kende: de laan die naar het Tehuis voor Vondelingen leidde. Ze zag de donkere gebouwen al, ineengedoken achter hun beschermende muren, en was verbaasd over het gevoel dat haar bekroop. Ze had het Tehuis veel erger gemist dan ze beseft had en snakte ernaar om weer veilig binnen te zijn.

Zodra het rijtuig vaart minderde sprong ze eraf en rende naar een stinkende binnenplaats aan de overkant van de straat. Er lagen grote hopen as, waaruit dikke stofwolken opstegen.

Vanuit die veilige schuilplaats keek ze hoe de koets stopte voor de poort van het Tehuis. Er verscheen een gedaante met wit haar en een lantaarn in zijn hand: de Regent. Ze herkende hem aan de manier waarop hij hinkte terwijl hij mevrouw Orrery naar de ingang begeleidde.

Plotseling besefte Pandora dat er een probleem was. Hoe moest ze binnen zien te komen? De portier stond bij het hek en maakte een praatje met de koetsier. Die had de kraag van zijn lange bruine mantel opgeslagen, alsof hij wist dat hij lang zou moeten wachten. De lantaarn die tussen hen in stond verspreidde een bescheiden hoeveelheid licht.

Pandora klemde haar hand om de sleutelbos in de zak van

haar schort en vroeg zich af wat ze moest doen. Ze droeg het uniform van een vondeling – de perfecte vermomming – maar in tegenstelling tot madame Orrery kon ze moeilijk op de portier af stappen en vragen of ze naar binnen mocht. Vondelingen kregen zelden of nooit permissie om buiten de poort te komen en ze zou zichzelf meteen verdacht maken.

Ze probeerde vertwijfeld iets te verzinnen en dacht toen aan de jongens die ze een paar weken geleden over de tuinmuur had zien klimmen. Haastig verliet ze de binnenplaats en holde naar de velden.

De maan was bijna vol, maar verspreidde door de nevel niet meer dan een spookachtige gloed. Desondanks kon Pandora nog net het pad onderscheiden dat om het Tehuis heen liep en dat volgde ze, ook al struikelde ze een paar keer bijna over een hobbel met haar rijglaarzen. Soms klonk er een zacht, muisachtig geritsel en ze bleef diverse keren staan, maar zag niemand. De velden waren uitgestorven.

Net toen ze op het punt was waar de muur een hoek maakte, klonk plotseling een scherpe, dierlijke kreet. Pandora had nog nooit zoiets gehoord: het hield het midden tussen een gejammer en een gekrijs.

Ze drukte zich tegen de muur en keek om zich heen, maar zag alleen het stille gras. Ver weg, in het oosten, weerkaatste de hemel een dofrode gloed.

Pandora liep ongemakkelijk verder. Het was waarschijnlijk een vos, probeerde ze zichzelf gerust te stellen. Of een konijn dat was gegrepen door een of ander roofdier.

Uiteindelijk bereikte ze de muur aan de achterkant van het Tehuis, waar de jongens overheen waren geklommen en waar boomkruinen boven uitstaken. Pandora was zo slim geweest een koperen tondeldoos mee te nemen en die haalde ze nu uit haar zak. Ze maakte licht met behulp van de vuurslag en keek hoe het vonkje oplaaide in de duisternis.

Daar! Een dun touw hing als een donkere rank aan een overhangende tak en ze pakte het vlug vast, voor de vonk kon uitdoven. Zo snel mogelijk borg ze de tondeldoos weer weg en begon te klimmen.

Om de dertig centimeter zaten er knopen in het touw, om te helpen bij het klimmen, en die gebruikte ze als de sporten van een ladder. Ze schaafde haar knokkels aan de stenen, maar negeerde de pijn en even later lag ze plat op de bovenkant van de muur.

Vol bange voorgevoelens speurde ze het terrein af.

Het Tehuis was in duisternis gehuld, maar door de westelijke ramen, waar meneer Chalfont waarschijnlijk zijn gast onthaalde, schenen smalle streepjes licht. Pandora keek naar het dichte struikgewas, pakte de dichtstbijzijnde tak en klom voorzichtig omlaag. Ze zakte bijna tot haar enkels weg in de zachte aarde.

Zonder verder tijd te verspillen holde ze door de boomgaard naar de rand van het grasveld. Het gekletter van potten en pannen leidde haar naar de keuken en vandaar was het nog maar een kort sprintje naar de ingang.

Die werd verlicht door een lantaarn met glas dat bijna ondoorzichtig was van het vuil. Pandora drukte zich tegen de muur, zodat de portier die nog steeds bij het toegangshek stond haar niet kon zien, sloop naar de deur en draaide aan de knop.

De deur was niet op slot.

Ze duwde hem open en ging naar binnen.

In de hal brandde één enkele kaars. Die pakte ze en ze staarde met behulp van het schamele licht door de donkere ruimte. Een grote houten trap leidde omhoog, de duisternis in, en Pandora begon die voorzichtig te beklimmen. Ze wist dat de kinderen al op bed lagen; het was stil in het Tehuis.

Op de overloop bleef ze even staan. Aan weerszijden van de gang links stonden houten banken en een klok tikte plechtig in de hoek. Ze luisterde ingespannen en hoorde heel zacht het gemompel van stemmen, dat uit een kamer verderop in de gang leek te komen.

Pandora sloop ernaartoe.

Het was donker en koud in de lange gang. De fraaie schilderijen aan de muren waren zo zwart als de nacht en de meeste gordijnen waren dicht, maar in een van de kamers flakkerde het licht van een haardvuur.

Haar kaars afschermend met haar hand liep ze op haar tenen naar de deur en gluurde naar binnen.

Madame Orrery zat voor het haardvuur, naast meneer Chalfont. Ze streelde de lucht met haar vingers en fluisterde zacht maar indringend: 'Ga terug in de tijd, terug in de tijd...' Hun stoelen raakten elkaar bijna en op een tafeltje naast hen lag het zilveren horloge, dat zacht en meeslepend tikte. Iets aan het ritme verbaasde Pandora en knaagde aan haar: het was alsof het uurwerk steeds een tik oversloeg, alsof het heel even stilstond, waardoor het de indruk gaf dat het achteruitliep. Of tikte het steeds langzamer...?

Pandora greep de kandelaar nog steviger vast en probeerde zich te verzetten tegen de slaperigheid die haar plotseling overspoelde. Haar oogleden werden zwaar en haar gedachten waren verward en dof.

Het was te laat om de Regent te waarschuwen. Madame Orrery was al opgestaan en bestudeerde het gezicht van meneer Chalfont. Hij verroerde zich niet en knipperde zelfs niet met zijn ogen. Die waren open, maar toch was het alsof hij sliep. Met een kille glimlach borg madame Orrery het horloge op, stapte naar de ladekasten tegen de muur die al eerder haar aandacht hadden getrokken en begon de aandenkens van de kinderen een voor een te bekijken.

Pandora keek stomverbaasd toe. Wat zocht ze? Wat was er zo belangrijk aan die aandenkens dat ze speciaal daarvoor was teruggekeerd naar het Tehuis? Te oordelen aan haar nijdige uitdrukking kon ze het in elk geval niet vinden.

Uiteindelijk griste madame Orrery geërgerd een olielamp van tafel en liet haar blik door de rest van de kamer gaan. Hij bleef even rusten op het zeegezicht boven de schoorsteenmantel en gleed toen naar het bureau van de Regent.

Pandora dook vlug weg toen Madame Orrery de lades van het bureau open begon te trekken. Ze haalde er een medaillon uit, een kam en het blikje met gekonfijte gember, dat rammelde toen ze het oppakte.

Pandora fronste haar voorhoofd. Er ontbrak iets, iets wat ze eerder had gezien. Maar wat?

Plotseling herinnerde ze het zich.

'Het wereldbolletje,' zei madame Orrery, die kennelijk precies hetzelfde dacht. 'Waar is dat? Het moet hier ergens zijn!'

Ze zette het blikje met gember neer en staarde in de ogen van de Regent.

'Wat heb je ermee gedaan, sentimentele oude dwaas? Toch niet aan die jongen gegeven?'

Dat idee zat haar blijkbaar niet lekker. Haar vingers plukten nerveus aan de zijkant van haar japon, maar toen zag ze een sleutelring hangen. Ze stak haar hand uit en pakte de sleutels. 'Moet ik hem soms gaan zoeken?'

De Regent knipperde met zijn ogen en Pandora piepte onwillekeurig van angst. Madame Orrery keerde zich bliksemsnel om –

– Maar Pandora was 'm al gesmeerd. Ze kon maar aan één ding denken: ze moest Cirrus zien te vinden en hem waarschuwen dat madame Orrery het op zijn aandenken gemunt had.

In een oogwenk was ze weer op de overloop en rende ze naar de trap. De jongensslaapzaal was op de bovenste verdieping, net als die van de meisjes: ze kende het Tehuis als haar broekzak.

Achter haar klonken voetstappen. Had madame Orrery haar gezien? Ze begon nog harder te hollen en vloog de volgende trap op. In het flakkerende licht van haar kaars zag ze een deur.

Ze sprintte ernaartoe.

Op van de zenuwen bekeek ze haar sleutelbos. Iedere sleutel die ze eerder had gebruikt viel af, maar uiteindelijk vond ze er een die haar niet bekend voorkwam: een grote, zwarte sleutel met een opvallende baard. Ze stak hem in de deur, draaide hem om en voelde het slot opengaan. Zuchtend van opluchting deed ze de deur open en sloop naar binnen.

HOOFDSTUK NEGEN

De donkere kamer

C irrus sliep toen hij de stem hoorde.

'Cirrus? Cirrus Flux?'

De woorden glipten zijn oor in en knaagden aan zijn slaap, maar hij klampte zich aan de veilige, wazige rand van zijn droom vast. Hij klom samen met Brokkel in de Galgenboom en ze zaten hoog boven de grond.

De stem werd luider en dringender.

'Cirrus Flux?'

Het was een meisjesstem.

Een meisje! Wat deed die hier? Iedereen kende de regels van het Tehuis: jongens en meisjes waren strikt van elkaar gescheiden en zagen elkaar alleen in de kapel. Zijn ogen vlogen open en hij ging overeind zitten, terwijl zijn droom aan scherven viel. Hij keek om zich heen, maar hoorde aan het ritmische gesnurk uit de overige bedden dat de andere jongens gelukkig nog sliepen. Maar er kwam wel een lichtje aanzweven door de donkere zaal.

Cirrus knipperde met zijn ogen en tuurde door de duisternis. Hij dacht eerst dat het een engel was, want hij zag alleen een massa roodbruin haar, verlicht door een kaarsvlam, maar toen viel zijn blik op de bruine jurk van het meisje en de vertrouwde rode bies. Hij besefte dat ze een vondeling was, net als hij, maar hoe was ze de jongensslaapzaal binnen gekomen? En wat deed ze hier?

'Cirrus Flux?' vroeg ze opnieuw. Haar stem klonk ongerust.

Deze keer gromde Cirrus en het meisje rende naar hem toe.

'Gelukkig heb ik je gevonden!' bracht ze er moeizaam uit. 'We moeten praten!'

Ze was bang, besefte Cirrus, en nauwelijks ouder dan hij. Het licht van haar kaars flakkerde en ze keek naar de deur.

Plotseling greep ze hem bij zijn elleboog en trok hem tegen de grond.

'Sst!' zei ze. 'Ze komt eraan!'

Even staarden haar lichtbruine ogen in de zijne en probeerden iets uit te drukken wat Cirrus niet begreep. Het waren net stukjes barnsteen waar resten van haar verleden in opgesloten zaten, als versteende tranen.

'Wie komt eraan?' vroeg hij, maar ze draaide haar hoofd luisterend om en hoorde hem niet. Ze blies haar kaars uit en het werd pikkedonker in de zaal.

Cirrus luisterde ook. Behalve het kloppen van zijn eigen hart hoorde hij nu ook voetstappen op de trap, te zacht om van de Regent te kunnen zijn. Ze staken de overloop over en stopten voor de slaapzaal.

Zijn blik flitste naar de donkere deur, die de Regent altijd zo zorgvuldig op slot deed. Er begon langzaam licht door de kieren te schijnen.

Het meisje naast hem verstijfde. 'Ik ben vergeten hem weer op slot te doen,' fluisterde ze, terwijl er twee strepen schaduw verschenen in het schijnsel bij de onderkant van de deur.

De knop begon te draaien.

Cirrus keek gefascineerd toe hoe de deur centimeter voor centimeter openging en een vrouw met een lange zilveren japon haar hoofd om de hoek stak. Een van de luiken stond een beetje open en een straal maanlicht wierp een doffe gloed op haar huid.

Cirrus hield zijn adem in: de angst van het meisje werkte aanstekelijk.

De vrouw kwam de zaal binnen en liep langs de bedden, met een olielamp in haar hand. Af en toe bukte ze zich om de koperen penningen te inspecteren die de jongens om hun hals droegen. Cirrus voelde onwillekeurig aan zijn eigen penning. Hij was de jongen zonder nummer, de jongen die niet bestond...

Een paar van de andere jongens mompelden wat in hun slaap, maar werden niet wakker.

De vingers van het meisje sloten zich om de pols van Cirrus en trokken hem nog verder omlaag, achter het bed, zodat ze buiten het bereik van het licht van de olielamp waren. Toen de vrouw langzaam naderbij kwam, tikte het meisje Cirrus op zijn schouder en kroop ze langs de wanden in de richting van de deur.

Cirrus volgde haar en probeerde geen enkel geluid te maken, maar hij keek op toen een kleine gestalte overeind ging zitten in bed en de slaap uit zijn ogen wreef.

Het hart van Cirrus klopte in zijn keel. Tobias!

'Bent u een geest?' vroeg Tobias, op een toon waaruit bleek dat hij nog half sliep.

De vrouw bleef staan, draaide zich om en verslond Tobias met haar schaduw. 'Nee,' zei ze. 'Ik ben geen geest. Ik ben zo echt als maar zijn kan.'

Ze zette haar olielamp op de grond, haalde een zilveren voorwerp uit haar zak en deed dat open. Het voorwerp maakte een tikkend geluid, dat zacht was maar toch de hele zaal leek te vullen.

'Wil je het zien?' vroeg ze aan Tobias.

Die knikte gretig.

Het meisje trok Cirrus aan zijn arm, als waarschuwing om niet te luisteren. Ze drukte haar handen tegen haar oren en sloop voorovergebogen naar het raam. Als ze eenmaal daar waren, konden ze naar de deur sprinten.

Cirrus volgde haar, maar kon de spanning niet langer verdragen en keek om.

Tobias staarde in de ogen van de vrouw. Zijn ademhaling ging traag, zijn oogleden waren bijna dichtgevallen en terwijl Cirrus keek, plofte zijn hoofd weer op het kussen. De vrouw glimlachte even, trok het laken over hem heen en sloeg dat met een vreemd, moederlijk gebaar om. Cirrus huiverde.

Het meisje gebaarde dat hij zich moest haasten en hij sloop weer achter haar aan, maar verstijfde toen.

'Ik hoor jullie wel,' zei een stem.

Cirrus keek om.

De vrouw stond in het midden van de slaapzaal, tussen de rijen bedden.

Het meisje rende naar Cirrus, greep hem bij zijn arm en

trok hem mee naar de deur. Voor de vrouw de zoom van haar japon kon optillen en de achtervolging kon inzetten, sprintten Cirrus en het meisje de trap al af.

Cirrus keek verwilderd om zich heen. Waar was de Regent? Waarom kwam niemand hen te hulp? Ze renden de trap met twee treden tegelijk af en struikelden bijna in hun haast. Cirrus hield zich aan de trapleuning vast om niet te vallen en was zich er vaag van bewust dat achter hen het licht van een olielamp over de muren gleed.

Ze sprongen de laatste tree af en het meisje holde naar de voordeur. Die gooide ze open, maar greep Cirrus toen beet en trok hem meteen weer terug.

'Wat doe je?' hijgde hij, terwijl ze hem meesleurde naar een donker hoekje achter de trap.

Ze drukte haar hand tegen zijn mond en een paar tellen later kwam de vrouw de trap af en liep naar de voordeur. Ze verdween in de duisternis en ze hoorden haar voetstappen tikken op het plaveisel, tot ze in de verte verdwenen.

Uiteindelijk liet het meisje hem los en gebaarde dat hij haar moest volgen naar een piepkleine bezemkast onder de trap, die Cirrus nog nooit eerder had gezien. Hoe wist het meisje dat die er was?

'Vlug! Naar binnen!' zei ze en ze duwde hem de benauwde ruimte in.

Het was koud en stoffig in de kast, die nauwelijks groot genoeg was voor Cirrus alleen, maar het meisje perste zich er ook in en deed de deur dicht, zodat ze opgesloten zaten in het aardedonker. Haar warme adem streek over zijn wang en hij voelde het kietelen van haar haar.

'Niet bewegen!' fluisterde ze, toen iets spinachtigs over zijn voet kroop. 'Madame Orrery mag ons niet vinden.'

'Madame wie?' vroeg Cirrus, maar het meisje drukte haar hand weer tegen zijn mond en luisterde ingespannen naar de stilte.

Plotseling voelde hij haar rillen en hoorde hij buiten voetstappen knerpen. Het meisje drukte zich zo dicht tegen hem aan dat hij de zweetlucht in haar kleren rook.

Een paar tellen later verscheen er licht in de hal en hoorde Cirrus de vrouw heen en weer lopen, vlak voor de deur van hun schuilplaats.

Het licht van de olielamp scheen door de spleet onder de deur en Cirrus verstijfde. Zijn hart ging als een bezetene tekeer en hij vroeg zich af of het meisje dat kon voelen. Cirrus wachtte met ingehouden adem af, bang dat zelfs de kleinste beweging hen zou kunnen verraden, maar tot zijn immense opluchting veerden de vloerplanken voor de kastdeur even en verdween het licht.

Even later kraakten de traptreden boven hun hoofd terwijl de vrouw terugkeerde naar de eerste verdieping. Ze wachtten tot de voetstappen waren weggestorven en begonnen zich toen heel langzaam een beetje te ontspannen.

Pas toen durfde Cirrus iets te zeggen.

'Wie ben je? Wat doe je hier?' bracht hij moeizaam uit en tot zijn schaamte trilde zijn stem. 'Wie is dat enge mens dat achter ons aan zit? En wat heeft ze met Tobias gedaan?'

Het meisje zweeg even, alsof ze haar gedachten op een rijtje zette, en zei toen: 'Ik heet Pandora en ik heb ook in het Tehuis gewoond. Ik kom je waarschuwen.'

Cirrus fronste zijn voorhoofd. 'Waarschuwen? Waarvoor?'

'Madame Orrery,' fluisterde Pandora. 'Mijn meesteres. Volgens mij heeft ze het op je aandenken gemunt.'

'Mijn wat?'

'Je aandenken,' zei het meisje. 'Iets wat je moeder of vader heeft achtergelaten toen ze je naar het Tehuis brachten. Je vader, denk ik. Ik heb madame Orrery weleens over hem horen spreken.'

Cirrus werd plotseling duizelig. 'Mijn vader?' zei hij en zelfs in het donker voelde hij haar blik. 'Ik weet niet waar je het over hebt,' mompelde hij ongemakkelijk. 'Ik heb geen vader. En ook geen aandenken.'

'Jawel,' zei Pandora. 'Dat weet ik zeker. Het moet belangrijk zijn, omdat madame Orrery het per se wil hebben. Volgens mij is het een soort bolletje. Ik denk dat de Regent het ergens op zijn werkkamer verborgen heeft.'

Plotseling snakte ze naar adem. 'De Regent!' zei ze. 'Ik was hem helemaal vergeten!'

Voor Cirrus het goed en wel besefte, had ze al iets hards en karteligs in zijn hand gedrukt. Een sleutelbos! Ze wurmde zich naar buiten en stapte de hal in.

'Wat ga je doen?' vroeg hij.

'De Regent wakker maken. Ik ben zo terug.'

'Wacht! Ik ga mee,' zei hij. Hij wilde haar volgen, maar ze duwde hem terug in de kast.

'Nee, blijf hier,' zei ze. 'Je weet niet wat madame Orrery zal doen als ze je te pakken krijgt.'

Ze deed de deur achter zich dicht en Cirrus bleef morrend achter. Hij deed zijn ogen dicht en ging op de grond zitten, met een hoofd vol vragen. Zijn vader? Een aandenken? Een vreemde vrouw die naar hem op zoek was... en misschien ook wel die man uit Black Mary's Hole.

Hij leunde in gedachten verzonken tegen de muur en wachtte tot het meisje terug zou komen.

Alleen kwam ze niet terug.

HOOFDSTUK TIEN

Het zilveren horloge

P andora liep naar boven, met haar hand stevig aan de trapleuning. Zonder kaars zag ze bijna niets; het enige licht kwam van de streepjes maneschijn die door de ramen vielen. Verder was alles zwart of dof zilver.

Ze luisterde ingespannen. Boven op de overloop tikte een klok, maar waar was madame Orrery? Zocht ze hen nog steeds? Of was ze teruggekeerd naar de Regent?

Plotseling ging de trap over in een gladde vloer en Pandora viel bijna languit op de overloop. Uiteindelijk, na wat wel een eeuwigheid leek, vond ze de deur naar de galerij. In de werkkamer van de Regent flikkerde licht. Ze sloop ernaartoe en keek heel voorzichtig om de deur.

De Regent zat er nog net zo bij als eerst, in een leunstoel bij de haard, en had zich kennelijk niet verroerd. Zijn handen lagen keurig gevouwen op zijn schoot en zijn korte beentjes raakten maar net de grond. Madame Orrery was nergens te bekennen.

Pandora holde naar de Regent toe en zwaaide met haar

handen voor zijn gezicht. 'Meneer Chalfont! Wakker worden!' zei ze, zo hard als ze maar durfde. 'Ik moet u spreken. Het is belangrijk!'

Zijn ogen waren open, maar hij leek haar niet te zien.

Ze schudde aan zijn arm.

'Meneer Chalfont, alstublieft,' zei ze. 'Het gaat om madame Orrery. Ze heeft het op een van de aandenkens gemunt en volgens mij weet u waar dat is.'

Hij reageerde nog steeds niet. Zijn ademhaling ging langzaam; het was zelfs alsof hij bijna helemaal niet ademde.

'Hoort u me?' riep Pandora wanhopig.

Deze keer knipperde hij met zijn ogen.

Pandora's hart sprong op, maar de Regent keek niet naar haar maar naar iets boven haar hoofd. Ze draaide zich om en zag het portret van zijn vrouw aan de muur hangen.

'Elizabeth?' zei hij afstandelijk. 'Ben jij dat?' Hij stak zijn hand uit als een blinde, om aan haar gezicht te voelen.

Pandora deinsde achteruit. 'Nee, meneer Chalfont, ik ben het, Pandora,' zei ze. 'Kind nummer 4002.'

Hij leek haar niet te begrijpen.

'Elizabeth?' herhaalde hij, maar nu met een stem als van een angstig kind. 'Ben je daar? O Elizabeth, wat heb ik je gemist!'

Pandora keek zenuwachtig om zich heen, bang dat hij de aandacht zou trekken.

'Alstublieft, meneer Chalfont,' zei ze. Ze moest moeite doen om haar stem in bedwang te houden. 'Madame Orrery is op zoek naar een aandenken, volgens mij dat van Cirrus Flux. U moet me helpen het te vinden.'

Maar meneer Chalfont leek overmand te worden door wanhoop. 'Dood,' zei hij triest. 'Dood, mijn Elizabeth, dood.'

Pandora kreunde, maar toen schoot haar iets te binnen. Wat gebruikte meneer Sorrel ook alweer om de patiënten van madame Orrery bij te brengen?

Ze keek of ergens een glas water stond, maar zag toen het blikje gekonfijte gember. 'Er is geen kwaal die niet genezen kan worden door gember,' hoorde ze de Regent in gedachten zeggen. Pandora holde naar het bureau en wilde net het blikje openmaken toen ze besefte dat er nog iemand in de kamer was.

Achter haar ruiste zijde.

Langzaam draaide Pandora zich om en zag madame Orrery in de deuropening staan. Het zilveren horloge glinsterde in haar hand.

Pandora viel bijna flauw en haar knieën knikten. Deze keer zat ze als een rat in de val.

'Dus daar ben je,' zei madame Orrery. 'Ik vroeg me al af waar je gebleven was. Wat heb je met de jongen gedaan?' Haar blik gleed door de kamer. 'Ik heb jullie daarnet nog samen gezien. Is hij in de buurt?'

Pandora schudde haar hoofd en probeerde iets te bedenken wat madame Orrery op een dwaalspoor zou kunnen brengen. 'Ik heb gezegd dat hij moest vluchten,' zei ze. 'Hij is over de muur geklommen en ontsnapt.'

Madame Orrery bestudeerde haar aandachtig, met wantrouwig gefronst voorhoofd. Tot haar afschuw besefte Pandora dat haar vingers naar het zilveren horloge gleden.

Op dat moment bewoog meneer Chalfont plotseling en

kreunde hij zacht, net als een van de patiënten in het Crisis-kabinet. Begon hij wakker te worden?

'Wat heeft hij?' vroeg Pandora, in de hoop madame Orre-ry af te leiden.

Die keek even naar de Regent.

'Hij wordt wel weer wakker,' zei ze ongeïnteresseerd. 'Over een tijdje. Maar hij zal zich niets herinneren van wat je tegen hem gezegd hebt. Hij zal alleen dolblij zijn dat zijn jicht ver-dwenen is.'

'En ik?' vroeg Pandora nerveus. 'Wat wilt u met mij?'

Madame Orrery keek naar Pandora's angstige gezicht en haar uitdrukking verhardde. 'Dat hangt ervan af of je me helpt of niet,' zei ze. 'Waar is de jongen?'

Pandora zette het blikje gember neer.

'Dat zei ik toch?' zei ze en ze deed een stap achteruit. 'Hij –'

Ze zweeg abrupt. Voor het eerst viel het haar op hoe kil madame Orrery's ogen waren: een bleek, boosaardig blauw. Het was alsof ze gevangenzat in die ijzige blik. Madame Or-rery zwaaide met haar vinger en Pandora moest blijven kij-ken, of ze wilde of niet. Er ging een golf van angst door haar heen.

Het zilveren horloge tikte weer, in een traag, suggestief ritme.

'Waar is de jongen?' herhaalde madame Orrery.

Het was alsof haar stem van heel ver weg kwam en het kost-te Pandora de grootste moeite om zich te concentreren. Haar gedachten waren dof en verward. Een verlammend wit waas rees op in haar hoofd, zodat ze zich duizelig en slaperig voel-de. En ondertussen tikte het zilveren horloge...

119

'Waar is de jongen?'

Even zag ze het beeld van Cirrus Flux, die nog steeds onder de trap verscholen zat. Ze wilde antwoord geven, maar toen doemde opeens een ander gezicht op, van een veel kleinere jongen. Haar dode tweelingbroertje. Ze zag hem zo haarscherp voor zich dat haar adem even stokte in haar keel.

'Welke jongen?' mompelde ze.

'De jongen die je probeert te beschermen.'

Er biggelde een traan over haar wang.

'Waar is hij?'

Plotseling keerden allerlei herinneringen terug aan Hopegood die haar volgde over kleine landweggetjes. Maar ze was verdwaald en het was donker en ze kon de boerderij van de buren niet vinden. Haar broertje jammerde zachtjes en rilde van de kou. Uiteindelijk was ze gedwongen hem achter te laten bij een stenen muurtje, terwijl ze hulp ging zoeken en over modderige weggetjes voortsjokte.

Pandora wilde terughollen en hem redden, tegen hem zeggen dat ze hem niet vergeten was, maar ze was doodmoe en haar benen wilden niet.

'Hij is er niet meer,' fluisterde ze bijna onhoorbaar.

'Heeft hij het aandenken meegenomen?'

Pandora wilde alleen nog maar slapen. De witte nevel breidde zich steeds verder uit en zoog alle kracht uit haar weg. Haar ogen gingen dicht en haar hoofd zakte voorover.

Voor ze antwoord kon geven, viel het met een knik op haar borst.

Twaalf jaar eerder

Londen, 1771

De gestalte wankelt door de schemerige straat, zich nauwelijks bewust van zijn omgeving. Langsdenderende koetsen en karren laten modder opspatten, maar hij loopt verder door de gutsende regen. Hij wil alleen nog maar weg, zo ver mogelijk weg van het tafereel waar hij net getuige van is geweest.

'Zou ie ziek zijn?' vraagt een vrouw die schuilt in het portiek van een winkel.

'Welnee. Eerder dronken,' zegt haar metgezel, een vrouw met rood haar en een jurk met haveloze stroken kant. 'Hoe dan ook, zo te zien heeft ie niet lang meer te leven. Zonde hè? Ik bedoel, hij is zo jong en knap en zo.'

De twee vrouwen negeren de man verder en richten hun aandacht op de andere voorbijgangers. De man zou dodelijk gewond kunnen zijn; dat weten ze niet. Hij heeft in elk geval een gekwelde blik in zijn ogen, alsof de dood hem op de hielen zit.

Een paar minuten later holt een jongen die schuilt onder een overhangende richel naar hem toe en loopt met hem op.

'Licht nodig, meneer?' vraagt hij en hij blaast op zijn fakkel. Die schijnt op zijn hoopvolle gezicht, dat hier en daar is schoongespoeld door de regen.

De man schudt zijn hoofd en loopt door.

'Voelt u zich wel goed, meneer?' vraagt de jongen. 'Ik breng u overal heen, waar u maar wilt. Van Holborn tot Shoreditch, van Marylebone tot Chelsea...'

'Nee,' zegt de man. 'Laat me met rust.'

'Echt, meneer –'

'Laat me met rust, zeg ik!'

De jongen blijft staan en laat zijn fakkel langzaam zakken.

De man wordt blijkbaar een beetje vermurwd, want hij kijkt even om, haalt een muntje uit zijn zak en gooit dat naar de jongen. Die vangt het gretig op en glipt een steegje in.

De straten zijn glad van de modder en de man glijdt bijna uit, maar hij weet overeind te blijven en loopt door, naar de rand van de stad.

Uiteindelijk gaat hij een hoek om en staat dan in Red Lyon Street, de schemerige straat die naar het Tehuis voor Vondelingen leidt. In de verte ziet hij het al: een streep van steen tegen een achtergrond van velden, twee gebouwen van baksteen met overdekte zuilengalerijen. Hij laat zijn blik langs de ramen gaan en zoekt de zaal waar hij vroeger sliep, maar zijn herinneringen zijn een grote chaos en hij kan het niet meer vinden.

Het Tehuis wordt van de straat gescheiden door een ijzeren hek, verlicht door één schamele lantaarn zodat het wapen boven de ingang nauwelijks zichtbaar is: een wollig lam boven een schild waarop een naakt kind smekend zijn armen uitstrekt. Naast de lantaarn hangt een bel en daar trekt de man aan, heel wat krachtiger dan de bedoeling was. Het lawaai verscheurt de stilte en in de verte jaagt een hond blaffend de echo's achterna.

Een streep licht schijnt door de deuropening van de portierswoning en er verschijnt een man in een gekreukt nachthemd. Zijn haar is bespikkeld met grijs en hij schuifelt als een knorrige egel over de doorweekte oprit naar het hek.

'Allemachtig, kan het ook ietsje zachter?' sist hij als de man aan de bel blijft trekken. 'Dadelijk maakt u de kinderen nog wakker.'

De portier houdt zijn lantaarn omhoog en bekijkt de jongeman aan de andere kant van het hek. Zo te zien is het een marineofficier, in een kletsnat blauw uniform. Zijn donkere krullen plakken aan zijn voorhoofd.

'Het spijt me, maar we hebben geen plaats,' zegt de portier, met een gebaar naar het bundeltje dat de man onder zijn jas draagt, de kostbare vracht die hij dwars door de stad heeft vervoerd. 'We hebben nu al te veel monden om te voeden.'

'Alstublieft,' zegt de officier. 'U moet me helpen. Mijn vrouw is – ze is –' Hij kan zich er niet toe brengen het woord uit te spreken.

'U kunt beter terugkomen als we weer een plaatsje hebben,' zegt de portier triest. 'Zodra we kunnen, hangen we een bordje op.'

De moed zinkt de officier in de schoenen, want hij weet maar al te goed hoe de toelating tot het Tehuis is geregeld: het is een loterij. Hij heeft moeders in de rij zien staan, wachtend om gekleurde balletjes uit een zak te halen. De kleur van het balletje bepaalt het lot van het kind: wit en het wordt toegelaten, na medisch onderzoek; rood en het komt op een wachtlijst; zwart en het wordt afgewezen. Er zijn altijd veel meer baby's dan beschikbare plaatsen.

'Alstublieft.' Hij steekt zijn handen door de ijzeren spijlen van het hek, als een gevangene, en klampt zich aan de portier vast. 'Het is een kwestie van leven of dood.'

'Dat is het altijd, meneer. Dat is het altijd.'

'Maar ik kan niet wachten,' zegt de officier. 'Morgen vertrekt mijn schip. Haal meneer Chalfont en zeg –'

'Meneer Chalfont?' zegt een vrouw die ook uit de portierswoning komt. Ze blijft staan als ze de donkerharige officier ziet.

'James?' zegt ze en ze loopt naar het hek om hem beter te bekijken. 'James Flux? Ben jij dat?'

De jongeman glimlacht verlegen en gaat van de ene voet op de andere staan. Het is jaren geleden, maar hij herkent de vrouw die voor hem gezorgd heeft toen hij nog klein was meteen, al was zij zelf toen ook nog maar een meisje. Inmiddels is haar boezem een stuk omvangrijker, net als haar middel, maar haar gezicht is nog steeds even vriendelijk en wordt alleen ontsierd door de littekens van de pokken.

'Vooruit,' zegt ze tegen de portier. Ze geeft hem een stomp en grist de sleutelbos bijna uit zijn hand. 'Laat hem binnen, meneer Kickshaw, en vlug een beetje!'

Zonder zich er zelf van bewust te zijn, stopt ze vlug een lok grijzend haar onder haar katoenen muts. 'Wel heb ik ooit! James Flux! Ik zou die duivelskrullen van je overal herkennen. Allemachtig, wat ben je groot geworden!'

Ze omhelst James, maar doet dan vlug weer een stap achteruit. 'Lieve hemel,' zegt ze, met een blik op het bundeltje onder zijn jas. 'Wat heb je gedaan?'

'Alsjeblieft,' zegt James en zijn stem stokt even. 'Ik moet meneer Chalfont spreken. Arabella is – ze is –'

Hij kan zich er opnieuw niet toe brengen het woord uit te spreken, maar aan het ontdane gezicht van mevrouw Kickshaw ziet hij dat ze geraden heeft wat hij bedoelt.

'Ga met me mee,' zegt ze. Ze neemt de lantaarn over van haar man en loopt naar de ingang van het Tehuis, gevolgd door James. De portier doet het hek achter hen dicht.

'Arme Arabella,' zegt mevrouw Kickshaw als ze door een van de zuilengalerijen lopen. 'Ze was altijd zo'n lief kind. Heeft ze de baby nog wel gezien?'

James schudt vol ellende zijn hoofd.

'Arme Arabella,' herhaalt mevrouw Kickshaw.

Ze doet een deur open en ze stappen een donkere hal in. De stilte wordt alleen verbroken door het tikken van een klok, een verdieping hoger. Plotseling wordt James overspoeld door herinneringen: Felix, dik en zwaar, die van de trapleuning glijdt; kinderen die twee aan twee naar de kapel lopen om de nieuwste compositie van meneer Händel te horen; gesmoord gesnik in de Tranenzaal boven. Zijn gedachten gaan terug naar de benauwde kleine kast onder de trap, waar Arabella en hij zich ooit verstopten nadat ze aardbeien hadden gestolen uit de tuin. Hij herinnert zich het bonzen van hun hart, haar zoete adem, de smaak van aardbeien op haar lippen...

'Wacht even,' zegt mevrouw Kickshaw. Ze loopt de trap op met de lantaarn en laat hem in het donker achter.

Er beweegt iets tegen zijn borst. Het bundeltje dat hij zo ver gedragen heeft begint zich te roeren en schopt de slaap uit zijn ledematen. Heel voorzichtig vouwt hij zijn jas open en onthult een gerimpeld gezichtje dat nog steeds vreemd voor hem is.

'Kijk nou 'ns, wat een lief hummeltje!' zegt mevrouw Kickshaw, die op dat moment terugkomt. Met een geoefend gebaar neemt ze het kindje van James over en houdt het tegen haar borst. 'Moet je hem 'ns zien! Sprekend zijn vader.'

Ze legt een eeltige hand op het hoofd van de baby en strijkt de krul weg die over zijn voorhoofd is gevallen. James wordt plotseling overvallen door een verlammend gevoel van verlies. Heel even ziet hij Arabella voor zich, tussen roodbevlekte lakens, en kan hij niet verder meer denken.

De baby kijkt naar hem met wazige oogjes en luistert dan naar de woorden die uit de mond van mevrouw Kickshaw stromen: een slaapliedje dat ze al voor talloze vondelingen gezongen heeft. Het kind grijpt haar vinger, begint erop te zuigen en maakt snuffelende geluidjes.

'Je hebt honger, hè schatteboutje,' zegt mevrouw Kickshaw liefkozend.

'James?' James schrikt op uit zijn gedachten, kijkt omhoog en ziet dat meneer Chalfont zich boven over de balustrade buigt. 'Kom boven, beste jongen, kom boven. Eliza zorgt wel voor het kind.'

James loopt de trap op en volgt meneer Chalfont naar zijn werkkamer, terwijl mevrouw Kickshaw de baby naar de kinderkamer brengt. De kwieke kleine man uit zijn herinnering is nu een stuk gezetter en heeft pluizig wit haar. James denkt onwillekeurig terug aan de dag waarop meneer Chalfont voor het eerst in het Tehuis arriveerde, regelrecht uit de marine, en de jongens inspireerde met zijn avontuurlijke verhalen.

Even later staat James voor het haardvuur in de werkkamer van de Regent, omringd door voorwerpen uit diens verleden. Hij pakt een schelp van een plank, houdt hem bij zijn oor en hoort een verre echo. Dan ziet hij het schilderij van mevrouw Chalfont boven de haard hangen en loopt ernaartoe.

'Vertel eens, James,' zegt meneer Chalfont, die zich in een stoel bij de haard laat zakken en zijn jichtige been op een kruk legt. 'Wat is er precies gebeurd?'

James krijgt een brok in zijn keel en zijn wangen gloeien. In gedachten ziet hij de vroedvrouw heen en weer hollen, kommen met bloed leeggieten op de binnenplaats en om meer warm water vragen. Hij herinnert zich de verschrikkelijke gil van zijn vrouw, een paar tellen later gevolgd door het trillerige kreetje van een pasgeboren kind.

En dan de stilte. Die herinnert hij zich nog het beste, de angstaanjagende stilte.

De tranen stromen over zijn wangen.

Meneer Chalfont luistert geduldig en ze merken eerst niet dat mevrouw Kickshaw terugkomt met de baby.

'Ik wou dat we plaats hadden,' zegt meneer Chalfont ten slotte, 'maar je weet hoe het is.'

'Alstublieft,' zegt James. 'Ik weet niet wat ik moet doen. Ik kan nergens anders heen. Het Tehuis is mijn enige familie.' Hij hoort de aanzwellende paniek in zijn stem en probeert die in bedwang te houden.

'Het spijt me vreselijk,' zegt meneer Chalfont. 'Maar probeer het te begrijpen. We hebben beperkte middelen. We kunnen niets doen.'

Hij steekt zijn handen hulpeloos uit, alsof hij daarmee zijn antwoord kracht bij wil zetten, maar dat weigert James te aanvaarden.

'Ik kan betalen,' zegt hij en hij haalt al zijn geld uit zijn zak. 'Het Genootschap heeft me veel, veel meer beloofd als ik terugkeer. Dit moet toch genoeg zijn om voorlopig in zijn onderhoud te voorzien.'

Meneer Chalfont lijkt beledigd. 'James!' zegt hij. 'Zeker jij zou moeten weten dat je eerste verantwoordelijkheid die tegenover je kind is, en niet tegenover het Genootschap. Je zoontje heeft behoefte aan liefde, James, en verdient die ook. Wees een vader voor hem. Laat hem niet in de steek.'

James schudt zijn hoofd. 'U begrijpt het niet,' zegt hij. 'Mijn schip ligt afgemeerd in Deptford. Morgen varen we uit...'

Hij denkt aan alle voorbereidingen die het Genootschap heeft getroffen. Het schip is volgeladen met de beste voorraden en instrumenten. Die verantwoordelijkheid drukt op hem als een loden last en zijn vingers strelen de kleine wereldbol om zijn hals als hij terugdenkt aan de hemelse gloed die ooit oplichtte boven de *Destiny*.

Plotseling schiet hem iets te binnen. 'Ik zou haar kunnen terugvinden,' mompelt hij.

'Ik begrijp je niet, James,' zegt meneer Chalfont. 'Wat bedoel je?'

'Ik zou haar kunnen terugvinden,' herhaalt hij, maar nu met meer overtuiging. Hij herinnert zich het glitterende continent dat hij gezien heeft en dat volgens die geestelijke niets minder dan de hemelpoort was. 'Als ik naar de rand van de wereld reis, kan ik haar terugvinden!'

Meneer Chalfont schudt zijn hoofd. 'Wees redelijk, James. Je slaat wartaal uit!' Hij kijkt naar het schilderij van zijn vrouw. 'Denk je soms dat ik mijn Elizabeth niet mis? Ik weet wat het betekent om iemand te verliezen die zo geliefd is, zo dierbaar. Maar dat is de wil van God en daar kan ik, of wie dan ook, niets aan veranderen. Dat moeten we accepteren.'

Maar het enige dat James voor zich ziet is een wonderbaarlijke gloed aan een ijzige horizon. 'Ik moet het proberen!' roept hij uit. 'Laat het me in elk geval proberen!'

'Denk aan je zoon!' zegt meneer Chalfont, in een laatste poging James op andere gedachten te brengen, al ziet hij aan de afwezige blik in diens ogen dat hij zijn besluit al genomen heeft.

Met een zucht kijkt meneer Chalfont naar het kind. 'Laat dan in ieder geval een teken achter voor je zoon,' zegt hij. 'Zodat je hem kunt opeisen als je weer terugkeert.'

James staart naar de baby in de armen van mevrouw Kickshaw en onderdrukt een snik als hij beseft hoe ingrijpend de beslissing is die hij zojuist heeft genomen. Het kind staart naar het zilveren bolletje om zijn hals en graait ernaar met bijna doorzichtige roze vingers.

'Geef hem dit,' zegt James. Hij doet de wereldbol af en geeft die aan de Regent, samen met al zijn geld. 'Meer heb ik niet. Neem het, voor ik me bedenk!'

De ogen van meneer Chalfont glinsteren, maar hij neemt met tegenzin het zilveren bolletje aan en legt het op zijn bureau, onder het portret van zijn vrouw.

En dan, voor meneer Chalfont hem kan tegenhouden, holt James de kamer uit, langs de Tranenzaal, en rent de trap af. Hij durft niet om te kijken, bang dat als hij ook maar één moment langer blijft, hij zijn zoontje niet achter zal kunnen laten.

Boven begint het kind te huilen.

Twaalf jaar later

Londen, 1783

HOOFDSTUK ELF

De jongen die niet bestond

C irrus werd wakker. Hij lag op een harde houten vloer in een benauwd klein hok, met zijn rechterbeen ongemakkelijk onder zich. Boven hem scheen een ragfijne lichtstraal door de ruimte, als de draad van een spinnenweb.

Cirrus wreef voorzichtig over zijn nek, ging overeind zitten en zocht een wat comfortabelere houding. Wat deed hij hier? Waarom lag hij niet veilig in bed?

En toen herinnerde hij het zich. Hij was voor iemand op de vlucht!

Hij schrok toen hij voetstappen hoorde en drukte zijn oog tegen een sleutelgat in de deur, zodat hij een gedeelte van de hal kon zien. Door de open ramen stroomde daglicht naar binnen en hij zag meneer Chalfont onrustig heen en weer lopen. Zijn pruik stond scheef en zijn jas en kniebroek waren verfomfaaid en gekreukt, alsof hij met zijn kleren aan geslapen had.

'En?' vroeg de Regent toen mevrouw Kickshaw aan kwam lopen.

Die schudde haar hoofd en veegde haar voorhoofd af. 'Ik

kan hem nergens vinden,' zei ze. 'Ik heb gezocht in de kapel, in de portierswoning en in de ziekenzaal. U denkt toch niet dat hij weer ergens buiten rondzwerft?'

Meneer Chalfont wrong zijn handen en liet ze toen hulpeloos zakken. 'Geen idee,' zei hij. 'Gisteravond heb ik de slaapzaal op slot gedaan, net als altijd, maar vanochtend was zijn bed leeg en stond de deur open. Ik zou niet weten hoe hij dat voor elkaar heeft gekregen.'

'De lelijke deugniet!' zei mevrouw Kickshaw. 'Wacht maar, als ik hem te pakken krijg! Ik heb al zo vaak gezegd dat hij niet in die velden mag komen. Daar is het niet veilig, en zeker niet voor een kind!'

Langzaam drong het tot Cirrus door dat hij de jongen was die ze zochten. Hij voelde de verleiding om uit zijn schuilplaats tevoorschijn te springen en hen te verrassen, maar was bang dat ze boos zouden zijn en bleef daarom stilletjes zitten.

'Wat moeten we nu?' vroeg mevrouw Kickshaw ongerust aan de Regent.

'Blijven zoeken,' zei meneer Chalfont. 'Ik sluit de jongens op in de slaapzaal en vraag aan de dienstmeiden of ze bij de meisjes willen kijken, voor het geval hij net zulke streken uithaalt als zijn vader. Als u buiten verder zoekt dan ga ik... dan ga ik...' Zijn stem stierf weg en hij keek bezorgd naar de trap.

'Goed, meneer Chalfont,' zei mevrouw Kickshaw. 'Als ik hem vind, luid ik de bel bij het hek.'

Ze tilde haar rokken op en ging haastig naar buiten, terwijl meneer Chalfont zich omdraaide en de trap op liep. Zijn voetstappen dreunden over de kast waarin Cirrus zich verborgen hield.

Cirrus liet de kastdeur los en leunde peinzend achterover. In gedachten zag hij een vrouw die door de slaapzaal sloop en hem zocht. Ze hield een zilveren horloge in haar hand, waarmee ze Tobias behekst had. En het meisje met het roodbruine haar! Zijn vingers sloten zich om de sleutelbos die ze hem gegeven had en die op de grond was gevallen. Waar was ze? Waarom was ze niet teruggekomen?

Met bonzend hart verliet hij zijn schuilplaats en stapte stoffig en verfomfaaid de hal in. Gelukkig zag niemand hem, want hij droeg nog steeds alleen zijn nachthemd.

Cirrus sloop naar de voet van de trap en luisterde.

Boven hoorde hij de Regent zoekend van de ene kamer naar de andere lopen. Hij wachtte tot het geluid zich verplaatst had naar het verste hoekje van het Tehuis en sloop toen stilletjes de brede houten trap op, zo dicht mogelijk bij de muur, waar de treden het minst kraakten.

Wat had het meisje ook alweer gezegd? Iets over de werkkamer van de Regent en een aandenken in de vorm van een bolletje...

Cirrus liep naar de deur van de galerij, met de sleutelbos in zijn hand. Hij vroeg zich af welke sleutel hij moest hebben, maar het bleek dat ze niet nodig waren. De deur stond open en hij glipte geruisloos naar binnen.

De gordijnen waren dicht en het rook naar muffe tabak. Het haardvuur was bijna uitgedoofd en de portretten aan de wanden waren nauwelijks zichtbaar. Het meisje dat hem 's nachts was komen halen was nergens te bekennen.

Cirrus schoof een van de gordijnen open, om iets meer licht binnen te laten. Het leek alsof de nevel boven de velden nog dikker was dan de dag daarvoor en hij voelde de hitte achter die nevel nu al tegen het glas drukken. Beneden in de tuin sprak mevrouw Kickshaw met de meiden die manden met wasgoed naar het washok brachten.

De klok op de overloop begon te slaan en Cirrus stapte vlug weg bij het raam.

Het was lang geleden sinds hij in de werkkamer van de Regent was geweest en hij was verbaasd dat hij er zich nog zoveel van herinnerde. Daar, op een tafeltje bij het raam, lag de kijker waarvan meneer Chalfont ooit gekscherend gezegd had dat je er het andere einde van de wereld mee kon zien. Daarnaast lag een grote, puntige schelp die zachtjes leek te ademen als je hem tegen je oor hield... Plotseling herinnerde hij zich hoe de Regent hem op en neer had laten wippen op zijn knie en hij moest onwillekeurig glimlachen.

De vloer boven hem kraakte en Cirrus concentreerde zich weer op het heden. Hij wist niet zeker wat hij nou eigenlijk zocht, maar begon met de kasten tegen de muur, die er veelbelovend uitzagen.

Iedere kast bevatte ondiepe lades en als hij die opende, zag hij een ratjetoe aan spulletjes. Knopen, broches, doormidden gezaagde munten en zelfs stukjes papier waar een boodschap of gebed op was geschreven:

Weledele heren, heb medelijden met dit kind, want ik kan niet voor haar zorgen. Ik ben niet zonder zonde, maar zij is onschuldig...

Heren, ik ben verleid en misbruikt door de grootste van alle bedriegers. Ik smeek u, neem dit kind onder uw hoede...

Het hart van Cirrus begon sneller te slaan. Waren dit de aandenkens die het meisje bedoeld had? En zat er dan ook eentje voor hem bij?

Hij doorzocht de ene la na de andere en vroeg zich af wat voor geheimen hij misschien allemaal zou ontdekken. Ieder voorwerp was aan een lusje van rood touw gebonden en voorzien van een nummer, dat waarschijnlijk correspondeerde met het nummer op de penning die elk kind om zijn of haar hals droeg. Cirrus werd plotseling overmand door twijfel. Hij was de jongen zonder nummer, de jongen die niet bestond... Stel dat het meisje zich vergist had en dat er voor hem helemaal geen aandenken was?

Hij zocht verder, met zijn hoofd vol verontrustende gedachten, maar ieder voorwerp was al vergeven en voorzien van het nummer van een ander kind, een kind dat gekoesterd was en gemist werd.

Hij niet.

Toen hij alle kasten had gehad en alle lades had doorzocht, liet hij zijn blik vertwijfeld door de kamer gaan en zag hij een grootboek op een tafeltje liggen. Hij liep ernaartoe en sloeg het open.

De pagina's waren in kolommen verdeeld en bevatten de namen en nummers van alle kinderen die ooit in het Tehuis waren achtergelaten sinds het jaren en jaren geleden was opgericht. Achter veel van de namen stond 'dood' of 'overleden', in vale zwarte inkt.

Cirrus bladerde het grootboek door tot hij bij een naam kwam die hij herkende.

Kind nr. 4018. Toegelaten 6 juli 1771. Abraham Browne.

Zijn vriend Brokkel!

Cirrus haalde diep adem en keek op de pagina ervoor. Halverwege de bladzijde was er een stukje blanco, waar eigenlijk een naam had moeten staan. Er ontbrak een kind, een kind dat eigenlijk een soort geest was.

Er liep een koude rilling over zijn rug. In de kantlijn was heel vaag iets geschreven, maar het was moeilijk te ontcijferen. Cirrus liep met het grootboek naar het raam en bestudeerde de woorden zorgvuldig. In de kolom 'Opmerkingen' stond: Vader heeft honderd pond betaald voor onderhoud van het kind. Jongen zal de naam C– F– dragen.

Cirrus voelde een golf van schaamte en verdriet, alsof hij opnieuw in het Tehuis was achtergelaten. Zijn hart bonsde als een gek en hij kon nauwelijks ademhalen.

Het meisje had gelijk: hij had een vader! Alleen had die hem niet gewild. Hij had zelfs betaald om van hem af te zijn. Hij was weggegeven voor een geldbedrag.

De kamer loste op in een waas van tranen. Cirrus liep weg bij het raam, maar wist niet wat hij moest denken of doen. Zijn knieën knikten en hij plofte in een stoel naast het bureau van de Regent.

Vanaf een ovaal schilderij aan de muur keek een jonge vrouw hem glimlachend aan. Ze had een sympathiek gezicht, groene ogen en roodbruin haar. Cirrus legde het grootboek weg en staarde naar het portret. Plotseling snakte hij naar de liefde van een moeder. Onder het portret stond: 'Elizabeth Chalfont, 1723-1748'.

Cirrus keek even naar het bureau van de Regent. Het was nooit eerder bij hem opgekomen dat de Regent zelf ook een verleden zou kunnen hebben, of dat hij zelfs getrouwd zou kunnen zijn geweest. Maar nu hij wat beter keek, zag hij dat het bureau veel meer was dan alleen een plaats voor ganzenveren en briefpapier. Het was een gedenkteken voor zijn vrouw.

In het bovenste laatje zat een medaillon met een haarlok erin en een kam van schildpad. Hij streelde de voorwerpen voorzichtig en zag toen een blikje staan. Plotseling herinnerde hij zich de prikkelende smaak van gember en maakte het open. In het blikje zat een lusje van dun touw en toen Cirrus dat eruit viste, zag hij een kleine metalen bol.

Zijn hart ging wild tekeer en hij kreeg een vreemd, tintelend gevoel vanbinnen. Aan het bolletje hing een koperen plaatje zonder nummer!

Hij zette het blikje terug en liet het bolletje rondrollen tussen zijn vingers. Het zat onder de kleverige bruine suiker, die hij afveegde met zijn nachthemd. Op het bolletje waren de omtrekken van verre landen gegraveerd en onderaan stonden twee woorden: 'James Flux.'

Dit was zijn erfenis, zijn aandenken, precies zoals het meisje gezegd had! Maar waarom wilde madame Orrery het zo graag hebben? En waarom was het verstopt?

Plotseling hoorde hij stemmen. Hij wurmde zich in de opening tussen de muur en de deur, maar hield het bolletje stevig in zijn hand. Er waren twee mannen de galerij binnen gekomen, die nu als duellisten tegenover elkaar stonden. Cirrus herkende de Regent.

'Het is mijn schuld niet,' zei meneer Chalfont. Zijn haar stond in pieken overeind. 'Hij is nog maar een jongen. Wat hadden we anders moeten doen?'

De stem van de andere man, die met zijn rug naar Cirrus toe stond, was zacht maar bars. 'U had beter moeten opletten! Hem nooit uit het oog moeten verliezen!'

Cirrus rilde, want die stem was onmiskenbaar. Het was de man uit Black Mary's Hole! Cirrus keek stiekem om de deur heen en kon zijn donkerblauwe jas zien. Zijn driekantige hoed hield hij in zijn hand.

'Kom, kom,' zei de Regent. 'Vroeger was je zo'n gelukkig, zorgeloos kind, net als hij. Waardoor ben je zo veranderd?'

'Ik heb gezien hoe de wereld in elkaar steekt en ik ben volwassen geworden,' zei de vreemdeling.

Cirrus voelde het bloed uit zijn wangen wegtrekken. Het liefst had hij meteen de benen genomen, maar zijn vluchtroute was afgesneden. Hij drukte zich tegen de muur en luisterde.

'Gisteren was die vrouw hier, hè?' zei de man. 'Ik heb haar gezien.'

'Madame Orrery?' zei de Regent en zijn stem trilde een beetje. 'Nee, nee, het is niet wat je denkt. Ze hielp me met een privékwestie, dat is alles. Ze is mesmeriste en kwam iets doen tegen mijn jicht.'

'Ze is een duivelse vrouw en voor geen cent te vertrouwen,' zei de man. 'Ze heeft het bolletje al eerder gezien en zal niet rusten voor ze het weer in handen heeft.'

Cirrus liet het bolletje opnieuw heen en weer rollen tussen zijn vingers en vroeg zich af waar het voor diende. Het zag er helemaal niet zo bijzonder uit. Was het metaal soms erg kostbaar? Of leidde het naar verborgen schatten?

'Hebt u het nog wel?' vroeg de man abrupt. 'Is het hier?'

De Regent keek even naar de deur van zijn werkkamer. 'Ja, natuurlijk,' zei hij. 'Het is goed verborgen, dat kan ik je verzekeren.'

'Pak het voor me,' zei de man. 'Ik neem het mee. Dat had ik eigenlijk al veel eerder moeten doen.'

'Maar het is het aandenken van de jongen,' protesteerde meneer Chalfont zwakjes. Desondanks deed hij wat de vreemdeling zei en liep hij naar zijn bureau.

Achter de deur verstijfde Cirrus. De Regent was zo dichtbij dat Cirrus zijn rode jas had kunnen aanraken als hij dat gewild had. Gelukkig had meneer Chalfont maar oog voor één ding. Hij pakte het blikje met gember en liep daarmee naar de galerij.

'Alsjeblieft,' zei hij en hij maakte het deksel open. 'Kijk, het is... verdwenen!'

Zijn gezicht werd doodsbleek.

'Dat heeft die vrouw gedaan,' zei de man uit Black Mary's Hole.

'Nee, nee, vanochtend was het er nog,' zei de Regent. 'Toen heb ik nog gekeken. Ik voelde me een beetje duizelig en had behoefte aan een stukje gember. Toen ik het blikje openmaakte, was het er nog.'

'Dan heeft de jongen het gedaan,' zei de man. 'Hij heeft het bolletje gevonden en is 'm gesmeerd!'

'Cirrus?' zei de Regent. 'Onmogelijk! Ik zou niet weten hoe...' Maar zijn stem stierf weg en hij staarde verslagen voor zich uit.

'Er was ook nog een meisje,' zei de man, tot grote schrik van Cirrus.

'Een meisje?' vroeg de Regent verbaasd. 'Wat voor meisje? Alleen madame Orrery is hier geweest.'

'Het meisje dat over de tuinmuur klom,' zei de man. 'Ik heb haar zelf gezien, vanuit de verte. Madame Orrery heeft haar later meegenomen.'

'Er is hier geen meisje geweest!' hield meneer Chalfont vol, maar de man liep al naar de deur.

'Wat ga je doen?' vroeg de Regent.

'Het meisje zoeken en kijken wat ze weet. Het zou kunnen dat zij erbij betrokken is.'

'En wat moet ik doen?' vroeg meneer Chalfont, die zich niet verroerde.

'Blijf zoeken naar de jongen. En als u hem vindt, pak het bolletje dan van hem af. Het is niet veilig om het hier in Londen te bewaren, niet nu Cirrus gezocht wordt door madame Orrery... en misschien wel door het hele Genootschap.'

Meneer Chalfont mompelde iets en liep toen haastig naar de trap, net als de vreemdeling.

Achter de deur zakte Cirrus op de grond neer. Het duizelde hem. Wat was er zo belangrijk aan het bolletje? Waarom wilde iedereen het hebben?

De Regent was duidelijk niet te vertrouwen: hij leek maar al te bereid om het bolletje aan de man uit Black Mary's Hole te geven. En hoe moest hij weten of mevrouw Kickshaw, die nu buiten naar hem op zoek was, het er ook niet op gemunt had?

Zou het meisje hem misschien kunnen helpen?

Cirrus sprong overeind. Het enige wat hij nu nog kon doen was vluchten. Hier was hij niet veilig meer.

Hij hing het bolletje om zijn hals, verstopte het onder zijn nachthemd en liep naar de deur. Hij keek of de kust veilig was en sloop toen de trap af. Hij had de sleutels van het meisje nog in zijn hand, maar wilde niet teruggaan naar de slaapzaal, voor het geval de andere jongens hem lastige vragen zouden stellen. Hij zou ergens anders kleren moeten zien te vinden.

Plotseling besefte hij waar hij aan kleren kon komen: het washok.

Hij holde naar de achterkant van het Tehuis en stak de binnenplaats over, met een pijnlijke grimas als hij op scherpe stukjes grind trapte. Hij controleerde of mevrouw Kickshaw niet in de buurt was, liep op zijn tenen naar het washok, greep een armvol kleren en sprintte naar de boomgaard.

Daar hurkte hij tussen de struiken neer en trok de kleren aan. Het hemd dat hij gepakt had was veel te klein en hij besloot dan maar zijn nachthemd te gebruiken, dat hij in een wijde kniebroek propte. Hij had geen schoenen of kousen. Als laatste deed hij een jas aan en klom toen in de appelboom bij de tuinmuur.

Hij haalde het nog bijna ook.

Maar net toen hij het touw pakte en zich wilde laten zakken, hoorde hij mevrouw Kickshaw de bel luiden.

'Meneer Chalfont!' schreeuwde ze. 'Daar is Cirrus! Hij klimt over de muur!'

Cirrus liet meteen het touw los, sprong omlaag en landde in een stekelig grasveldje. Hij rende naar de Galgenboom, maakte bij de zandweg een scherpe bocht en holde in de richting van de stad.

Even later bevond hij zich in een doolhof van gebouwen,

omringd door ratelende karren en lawaaierige mensen die hem alle kanten op duwden. Hij keek verbijsterd om zich heen en schoot toen op goed geluk een steegje in.

Cirrus keek even achterom. Meneer Chalfont en de man uit Black Mary's Hole waren nergens te bekennen. Het was hem gelukt. Hij was vrij!

HOOFDSTUK TWAALF

Het gezicht voor het raam

Pandora schrok wakker. Waar was ze? Wat was er gebeurd? Ze kon zich alleen nog herinneren dat ze diep in de ogen van madame Orrery had gestaard en in een vreemde, droomloze slaap was gevallen.

Ze ging overeind zitten en keek om zich heen. Tot haar opluchting begonnen haar gedachten langzaam weer te werken. Ze was in haar zolderkamer, in het huis aan Midas Row. De zon hing laag aan de hemel en langs de muren groeiden zaden van schaduw. Hoe laat was het? Hoe lang had ze geslapen?

Ze luisterde aandachtig, maar het was doodstil in huis. In het Crisiskabinet klonken geen kreten en meneer Sorrel speelde niet op de glasharmonica. Ze liep op haar tenen naar de deur en draaide aan de knop.

De deur zat op slot.

Er stond een dienblad op de grond. Pandora verging van de dorst en nam een slok water, maar voelde belletjes bruisen op haar tong en spuwde het water meteen weer uit.

Ze bekeek de vloeistof.

Was dit het medicinale water waarmee meneer Sorrel de patiënten van madame Orrery weer bijbracht? En als dat zo was, betekende dat dan dat zij ook gemesmeriseerd was?

Pandora was plotseling bang dat madame Orrery haar gedachten gelezen had. Ze ging weer op bed liggen en probeerde zich te herinneren wat er gisteravond precies gebeurd was.

Even later slofte er iemand naar de deur en kwam meneer Sorrel binnen.

'Wat is er gebeurd?' vroeg Pandora. 'Hoe ben ik hier terechtgekomen?'

'Madame Orrery heeft je betrapt in het Tehuis voor Vondelingen,' zei meneer Sorrel. 'Ze heeft je gisteravond mee teruggenomen en is heel boos. Wat haalde je in hemelsnaam in je hoofd, kind?'

Pandora herinnerde zich de jongen met de krullen, die ze in een kast had achtergelaten.

'Cirrus Flux,' zei ze. 'Is alles goed met hem?'

'Volgens madame Orrery heb jij hem helpen ontsnappen,' zei meneer Sorrel afkeurend. 'Weet je waar hij is?'

Pandora wilde antwoord geven, maar zag toen de achterdochtige blik van meneer Sorrel. Ze wist niet zeker of ze hem wel kon vertrouwen en schudde haar hoofd.

'Dat weet ik niet meer,' loog ze.

Meneer Sorrel staarde fronsend naar de grond.

Pandora keek naar de bladderende muren, de lege haard en het vuile raam dat maar een paar centimeter open kon... In feite zat ze hier gevangen.

'Wat gaat er nu met me gebeuren?' vroeg ze, bang dat madame Orrery haar misschien vreselijk zou straffen.

Meneer Sorrel plukte aan zijn mouwen en weigerde haar aan te kijken. 'Dat weet ik niet,' zei hij. 'Madame Orrery zegt dat je hier voor onbepaalde tijd moet blijven. Eigenlijk mag ik niet met je praten.'

Hij keek even over zijn schouder naar de deur en zei toen zacht maar dringend: 'Het is onverstandig om haar niet te gehoorzamen, Pandora. Als je niet oppast, berooft ze je nog voorgoed van je gedachten. Je mag van geluk spreken dat ze dat nog niet gedaan heeft.'

'Waarom eigenlijk niet?'

'Omdat ze gelooft dat je misschien nog van nut kunt zijn,' zei hij. 'Ze wil dat je haar helpt om de jongen te vinden.'

'De jongen te vinden?' herhaalde ze zwakjes.

Voor meneer Sorrel antwoord kon geven, rinkelde beneden een bel. Hij liep haastig naar de deur. 'Alsjeblieft, Pandora,' zei hij. 'Denk aan wat ik gezegd heb, en geef madame Orrery niet opnieuw reden om boos op je te worden.'

Hij deed de deur achter zich dicht en Pandora hoorde de sleutel omdraaien.

Ze staarde somber naar het raam en vroeg zich af hoe ze in hemelsnaam zou kunnen ontsnappen. Ergens aan de andere kant van de stad luidden kerkklokken en Pandora telde de lange uren af.

Langzaam begon het te schemeren, maar net toen ze haar ogen dicht wilde doen, zag ze een rood licht flikkeren voor het raam.

Ze vroeg zich af wat het kon zijn en was bang dat er brand

was, maar toen gilde ze het uit. Er keek een man door het raam naar binnen! Hij stond in een soort mand en zweefde blijkbaar in de lucht.

Pandora sprong achteruit en drukte haar kussen tegen haar borst. Ze kon haar ogen niet geloven en haar hart ging als een bezetene tekeer.

De man tikte op de ruit. 'Psst! Meisje! Ik heb je hulp nodig!' Ze kon maar net verstaan wat hij zei.

Pandora keek doodsbang naar de deur en vroeg zich af of ze moest roepen, maar de gedachte dat madame Orrery naar boven zou komen was al even angstaanjagend.

Ze keek opnieuw naar het raam.

De man hing er nog steeds en wenkte haar.

Pandora's nieuwsgierigheid kreeg de overhand. Ze stond op, liep heel voorzichtig naar het raam en tuurde nerveus door de duisternis. Boven het hoofd van de man zweefde een koperkleurige maan. Een soort zeil.

Pandora dook geschrokken weg. Onder het zeil sloeg een vurig wezen met zijn vleugels en er stegen massa's vlammen op.

Een magische vogel!

De man gebaarde dat ze het raam moest opendoen. Schuchter klom Pandora op de kist en deed het raam zo ver mogelijk open, al was dat hoogstens vijf centimeter. Ze staarde naar het gloeiende wezen, dat nog steeds in vlammen was gehuld.

'Ik zoek een jongen,' zei de man dringend. Het kostte hem grote moeite om zijn vaartuig onder controle te houden en de mand sloeg tegen de gevel van het huis. 'Een zekere Cirrus Flux. Ken je die?'

Pandora kreeg een hol gevoel in haar maag. Ze schudde haar hoofd, maar kon geen woord uitbrengen.

De man zag waarschijnlijk aan haar uitdrukking wat ze dacht. 'Ken je de jongen die ik bedoel?' vroeg hij.

Pandora bleef zwijgen.

'Alsjeblieft!' zei de man. 'Ik móét hem vinden. Dat is heel belangrijk. Hij is niet veilig – niet nu madame Orrery hem zoekt.'

Eindelijk hervond Pandora haar stem.

'Wie bent u?' vroeg ze. 'Waarom zou ik u vertrouwen?'

De man dacht even na, pakte toen iets wat om zijn hals hing en hield dat voor het raam.

Pandora drukte haar neus tegen het glas en bestudeerde het voorwerp in het licht van de vuurvogel. Het was een koperen schijfje met de afbeelding van een lam en een nummer: 016. Haar hart begon sneller te slaan. Als deze man ook een vondeling was, moest hij een van de allereersten zijn geweest!

Plotseling klonken er voetstappen op de overloop en Pandora keek naar de deur.

'Vlug! In bed!' commandeerde de man.

Pandora gehoorzaamde onmiddellijk.

Een paar tellen later draaide een sleutel in het slot en stak madame Orrery haar hoofd om de deur. Ze had een kaars in haar hand en haar blik gleed van Pandora naar het raam, dat nog steeds op een kier stond.

Pandora keek vlug om, maar de man was verdwenen, alsof hij in het niets was opgelost. Ze zag alleen nog maar een leeg raam.

Madame Orrery staarde haar wantrouwig aan. 'Probeerde

je te ontsnappen?' vroeg ze, maar kennelijk liet ze dat idee ook meteen weer varen. 'Je zou een onplezierige smak maken, ben ik bang. We zitten hier heel hoog boven de straat.'

Ze kwam de kamer binnen en deed de deur dicht.

'Je bent echt een kleine bemoeial,' zei ze en ze liep naar Pandora. Ze zette de kaars op de grond naast het bed. 'Maar blijkbaar sprak je de waarheid. Cirrus Flux is inderdaad verdwenen. De Regent kan hem nergens vinden.'

Pandora's hart bonsde en ze zag dat madame Orrery het zilveren horloge uit haar japon haalde.

'Wat gaat er met me gebeuren?' vroeg ze. 'Hoe lang moet ik hier blijven?'

'Zo lang als ik dat wil,' zei madame Orrery. 'Als je hier de rest van je leven opgesloten bleef, zou er geen haan naar kraaien. En het zou trouwens ook niemand iets kunnen schelen.'

Pandora zocht in haar zak naar het lapje stof dat ze altijd bij zich had, in de hoop dat dat haar misschien een beetje zou kalmeren, maar madame Orrery zag het.

'Wat heb je daar?' vroeg ze en ze griste het lapje uit haar hand.

Voor Pandora iets kon doen, had madame Orrery het stukje stof al omgedraaid en de geborduurde letters gelezen.

'*Hoop?*' schamperde ze. 'Wat ontroerend.' Ze dacht even na en zei toen: 'Is dit soms ook zo'n aandenken uit het Tehuis?'

Pandora knikte hulpeloos.

Er glansde iets in de ogen van madame Orrery. Ze bukte zich, pakte de kaars en hield het lapje boven de vlam.

Pandora had het gevoel alsof ze zelf verbrand werd. 'Niet doen!' riep ze, maar madame Orrery weerde haar pogingen

om het lapje terug te krijgen af en Pandora zag tot haar af-
grijzen dat er een bruine schroeiplek op de stof verscheen. Er
steeg een onaangename brandlucht op.

'Niet doen!' herhaalde ze met een hartverscheurende snik,
want de stof kon ieder moment in vlammen opgaan. 'Alstublieft! Ik doe alles wat u wilt, dat beloof ik, maar verbrand mijn
aandenken niet! Het is van mijn moeder geweest.'

Madame Orrery glimlachte kil. 'Mooi zo,' zei ze. 'Ik ben
blij dat te horen.' Ze liet de kaars zakken en stopte het lapje
weg in haar japon. 'Om te beginnen help je me om die jongen te vinden.'

Pandora keek haar met rode, gezwollen ogen aan.

'Hoe dan?' vroeg ze vol ellende. 'Ik weet niet waar hij is.'

'Morgen brengen we een bezoek aan de man met het alziende oog,' zei madame Orrery koeltjes. 'De lenzen van
meneer Sidereal staan overal in de stad. Cirrus Flux kan zich
nergens verschuilen.'

HOOFDSTUK DERTIEN

Cirrus, alleen

irrus draaide zich om op de harde, hobbelige grond
en wreef de slaap uit zijn ogen. Hij lag op een kerkhof. In de duisternis rezen grafstenen op en een hoge
torenspits versperde het zicht op de hemel.

Hij ging rechtop zitten. Vanuit het aangrenzende steegje
naderde een licht.

'Hé, jij daar!' riep een nachtwaker en hij hield zijn lantaarn
omhoog. 'Dit is geen plaats voor levenden. Maak dat je wegkomt!'

Cirrus kwam wankelend en rillend overeind. Hij was tot op
het merg verkleumd en zijn jasje en broek waren smerig. Stijf-
jes liep hij over het kerkhof naar de weg.

De nachtwaker gaf hem een por met zijn knuppel.

Zelfs nu, midden in de nacht, was het druk op straat. Ook
anderen schuifelden door het donker. Secreetruimers verwij-
derden karren vol uitwerpselen en in portieken wachtten jongens met flakkerende toortsen op mensen die ze naar huis konden brengen. Een kerkklok sloeg een onchristelijk uur.

Cirrus sjokte verder, al had hij geen idee waarnaartoe. Zijn enige vriend was Brokkel, maar hij wist niet meer hoe zijn meester heette of waar diens museum stond, en het meisje was al helemaal onvindbaar.

Hij klampte ook al een tijd geen voorbijgangers meer aan. 'Scheer je weg, jongen!' en 'Val me niet lastig met je stomme vragen!' waren nog twee van de beleefdste antwoorden die hij de vorige dag had gekregen. Hij was zelfs diverse keren op een draai om zijn oren getrakteerd, en uiteindelijk uitgeput in slaap gevallen op een kerkhof niet ver van de rivier.

En nu liep hij weer.

Zodra hij kon, glipte hij een steegje in en schudde de nachtwaker af. De koepel van St Paul's, die hij als herkenningspunt had gebruikt, ging nu schuil achter een doolhof van hoge gebouwen.

Hij liep verder.

Langzaamaan werd het lichter en verschenen er meer mensen op straat. Overal ratelden er karren en koetsen. Zoveel mensen! Hoe moest hij in die menigte in hemelsnaam ooit Brokkel of het meisje vinden?

Uiteindelijk ging Cirrus even zitten op een beschutte binnenplaats, om zijn vermoeide voeten rust te gunnen. Zijn hoofd deed pijn en hij had maagkrampen van de honger. In de omringende straten waren kruideniers en kooplui druk in de weer. Cirrus haalde zijn bolletje tevoorschijn. Het zou fijn zijn geweest als hij eraan had kunnen aflezen welke richting hij uit moest gaan, maar zo te zien wees het bolletje alleen maar naar de andere kant van de wereld. Hoe was zijn vader eraan gekomen? En waar diende het voor?

Hij moest in slaap zijn gesukkeld, want toen hij weer op-keek stond er een groepje jongens om hem heen. Hun ge-zichten waren mager en gretig en Cirrus zag een gevaarlijke gloed in hun ogen.

Hij sprong overeind, maar ze duwden hem weer neer.

'Hé, wat heb ie om z'n nek hangen?' vroeg de jongen die het dichtst bij hem stond. Zijn jas zat vol gaten en hij had een groezelige halsdoek om.

'Een sieraad,' zei een ander.

'Een hanger of zo,' zei een derde.

De eerste jongen, die duidelijk de leider was, kwam nog een stapje dichterbij en Cirrus zag een opvallend litteken op zijn wang.

De jongen zag hem kijken. 'Ik ben Charlie Strotsnijder,' zei hij. 'Die daar is Glazen Oog, dat is Halve Duim en daar staat Nell. Niet bang zijn, hoor. We zullen je echt niks doen. We willen alleen die hanger.'

De hand van de jongen schoot onder zijn jas vandaan en Cirrus voelde een mes tegen zijn keel. Hij slikte moeizaam toen het vlijmscherpe staal in zijn huid prikte.

'En nou niet bewegen,' zei Charlie Strotsnijder, 'anders zou m'n mes best wel 'ns kunnen uitschieten en je oor meenemen. En als je 't op een gillen zet —' plotseling was zijn stem even scherp als zijn mes '— dan ben je je tong kwijt.'

Cirrus had moeite met ademhalen en zijn hart bonsde. Hij keek van de ene jongen naar de andere en vroeg zich af of hij kon ontsnappen, maar zo te zien hadden ze allemaal wel zin in een knokpartij. Ze stonden dicht om hem heen, zodat even-tuele voorbijgangers hem niet konden zien. Glazen Oog was een boom van een kerel en de jongen naast hem was weliswaar kleiner, maar loenste angstaanjagend. En Nell... hij besefte nu pas dat Nell een meisje was. Een potige, fel uitziende meid met een bos zwart haar.

Zijn blik gleed weer naar de kleinere jongen, die zijn arm omhoogenhield. Zijn hand was een vingerloze stomp.

Cirrus slikte moeizaam en wilde net om genade smeken toen even verderop kabaal klonk. Een paard hinnikte, iemand gilde en Cirrus hoorde een daverende dreun.

Charlie Strotsnijder keek om toen hij dat lawaai hoorde en Cirrus sprong meteen overeind. Hij glipte onder het mes door, dat zijn wang schampte, en dook weg toen Glazen Oog naar hem uithaalde maar net miste. In plaats daarvan raakte hij Halve Duim, die achteruitwankelde en tegen Nell op botste.

Cirrus had geen tijd om na te denken. Hij sprintte naar de straat. Daar was een kar tegen een fruitkraam gebotst. Cirrus sprong over de ravage heen en nam de benen.

Achter hem hoorde hij geschreeuw.

'Stop! Houd de dief!'

Geschrokken keek hij achterom. Zijn berovers hadden alarm geslagen en sprintten achter hem aan. De afstand tussen hen werd kleiner en plotseling werd er van alle kanten naar hem gegraaid, door mensen die hem tegen probeerden te houden.

'Ik ben het niet!' riep Cirrus. 'Ik heb niets gedaan!' Maar niemand luisterde en hij moest wegduiken en zigzaggen om de grijpende handen te ontwijken.

Wanhopig rende hij naar het eind van de straat en schoot de hoek om... precies in het pad van een voortdenderende koets.

Het paard steigerde en Cirrus liet zich op de grond vallen en rolde onder de buik van het dier door. De hoeven van het paard smakten maar een paar centimeter van zijn hoofd weer op de grond.

Cirrus krabbelde overeind en keek achterom. Het rijtuig versperde zijn achtervolgers de weg, want de koetsier reageerde zijn woede af op iedereen die maar in de buurt kwam en haalde met zijn zweep uit naar de jongens. Met bonzend hart sprintte Cirrus de straat uit. Zijn longen stonden in brand en een band van pijn knelde om zijn zij, zodat hij moeite had met ademhalen.

Daar! Ietsje verderop zag Cirrus een smal steegje tussen twee vervallen gebouwen. Hij holde ernaartoe en wrong zich in de nauwe opening, net op het moment dat er weer een koets aan kwam dreunen.

In het steegje hing een zure, gasachtige stank en Cirrus drukte zijn hand tegen zijn neus en mond terwijl hij verder waadde. Iets nats en harigs glibberde over zijn voet en Cirrus kromp vol walging ineen, maar bleef doorlopen tot hij niet meer gezien kon worden vanaf de straat. Toen leunde hij tegen de muur. De gebouwen stonden zo dicht opeen dat ze elkaar bijna raakten.

Cirrus wachtte. Slijm droop van de muren en liep onder de kraag van zijn jas.

Eindelijk, na wat wel een eeuwigheid leek, ontspande hij zich weer een beetje. Hij hoorde Charlie Strotsnijder niet meer en besloot het steegje uit te lopen.

Een paar minuten later kwam hij uit in een andere straat, die bijna hetzelfde was als de straat waar hij het steegje was in gedoken. Hij keek nerveus om zich heen, klaar om het op een lopen te zetten zodra hij een onvriendelijk gezicht zag, maar de winkeliers hadden het veel te druk met hun klanten om aandacht te hebben voor een haveloze straatjongen. Cirrus zat van top tot teen onder het vuil.

Verderop was een plein. Cirrus rook een warme, appetijtelijke geur en hinkte erheen. Zijn enkel deed zeer en hij had wondjes aan zijn voeten.

Het was druk op de markt en Cirrus keek gretig waar de aanlokkelijke geur vandaan kwam. Vlakbij stond een man op een laag houten platform. Zijn hoofd en handen staken door de gaten in een blok en hij was bekogeld met rotte tomaten. Kinderen speurden de grond af, zoekend naar alles wat ze maar aan eetbaars konden vinden.

De geur van jus prikkelde zijn neus. Hij draaide zich om en zag een kraampje waar een vrouw met vlekkerige wangen vleespasteitjes verkocht.

Cirrus liep ernaartoe.

Plotseling schalde er een melodieuze stem door de menigte.

'Vuurbal boven Londen! Aardbeving in Devon! Kerkgangers vallen biddend op hun knieën!'

Cirrus herkende die stem. Hij liet zijn blik over het plein gaan en knipperde toen verbouwereerd met zijn ogen. Daar, op de straathoek tegenover hem, stond Jonas! Hij probeerde luidkeels voorbijgangers te lokken, torste een dik pak ballades en vlugschriften met zich mee en had een kersvers blauw oog.

Cirrus holde naar hem toe.

'Wel heb ik ooit!' zei Jonas toen hij hem zag. 'Ik had niet gedacht dat ik jou nog 'ns terug zou zien.' Hij bekeek Cirrus eens wat beter en schudde zijn hoofd. 'Wat is er met je gebeurd, Flux? Ben je weggelopen?'

Cirrus wist niet goed wat hij moest zeggen, maar gelukkig kwam zijn maag tussenbeide en rommelde luid.

Dat hoorde Jonas ook. 'Wanneer heb je voor 't laatst gegeten?' vroeg hij.

Cirrus haalde zijn schouders op. Hij had geen enkel besef van tijd meer en voelde zich duizelig van uitputting.

Jonas keek om zich heen. 'Wacht even,' zei hij. Hij legde zijn stapel ballades op de grond en verdween in de menigte.

Even later kwam hij terug met twee pasteitjes.

'Hier, eet op,' zei hij en hij gaf een van de pasteitjes aan Cirrus. 'Ik zou niet weten wat erin zit, maar ze smaken vast beter dan 't eten van mevrouw Kickshaw.'

Cirrus nam gulzige happen, likte ook de laatste druppel jus van de lepel van zijn duim en zoog nog kruimels van zijn vingers toen het pasteitje zelf allang op was. Dat had voornamelijk uit korst en kraakbeen bestaan, met hier en daar een vettig stukje vlees, maar zijn maag knorde van tevredenheid.

'En vertel nu 'ns wat er gebeurd is,' zei Jonas, die plotseling serieus klonk.

Cirrus vroeg zich af of hij hem moest vertellen over zijn bolletje, maar herinnerde zich toen hoe Jonas hem geplaagd had toen Brokkel en hij hadden verteld wat ze gezien hadden in de Galgenboom. Hij betwijfelde of Jonas hem zou geloven.

Die staarde hem nieuwsgierig aan. 'Hoor 'ns, ik weet niet waarom je weggelopen bent, maar als je 't mij vraagt kun je beter teruggaan,' zei hij. 'Het leven is hard, buiten 't Tehuis. Ik heb toevallig een goede meester, maar niet iedereen heeft zoveel geluk, geloof me. De Regent heeft altijd een zwak voor je gehad en neemt je vast wel weer terug.'

Cirrus werd zich bewust van een vreemd, verbitterd gevoel toen hij terugdacht aan meneer Chalfont en hoe die er meteen mee had ingestemd om de bol te overhandigen aan de man uit Black Mary's Hole.

'Nee, ik kan niet terug,' zei hij vastbesloten. 'Ik zoek Brokkel, Jonas. Weet jij toevallig waar die is?'

Jonas deed er even bedachtzaam het zwijgen toe en sprong toen overeind. 'Sterker nog,' zei hij, terwijl hij het stof van zijn broek klopte en zijn spullen bij elkaar raapte. 'Ik breng je hoogstpersoonlijk naar hem toe.'

HOOFDSTUK VEERTIEN

Het Scioptische Oog

Voor de tweede keer in evenveel dagen bevond Pandora zich in een rijtuig, alleen klampte ze zich nu niet gehurkt aan de achterkant vast, maar zat ze naast madame Orrery in het rijkelijk beklede interieur.

Ze voelde zich net een gevangene in een hete, bedompte cel. Het was druk op straat en vanachter elke kar steeg een dikke stofwolk op. Overal werd er geroepen en geschreeuwd.

Naast haar zat madame Orrery zo roerloos als een standbeeld, met een waaier tegen haar neus gedrukt. Van zo dichtbij zag Pandora de haarfijne scheurtjes in haar dikke laag make-up en de vage, theekleurige vlekken in de oksels van haar japon. Ze herinnerde zich wat meneer Sorrel had verteld, dat madame Orrery ooit de meest bewonderde vrouw van Frankrijk was geweest tot haar man haar hart had gebroken, maar iedere sympathie die ze misschien gevoeld zou kunnen hebben verdween als sneeuw voor de zon toen ze zich herinnerde hoe ze de avond tevoren gedreigd had het lapje van haar moeder te verbranden.

De koets reed hotsend en schuddend tussen de mensenmenigtes door en Pandora keek naar de gezichten van de voorbijgangers, in de hoop dat ze heel misschien een glimp zou opvangen van Cirrus. Ze verwachtte niet echt dat ze hem in deze massa zou zien, maar ze wilde dolgraag weten of hij veilig was.

Zou de man met het alziende oog hem werkelijk kunnen vinden?

Rechts was de rivier, met zijn pakhuizen en steigers. Pandora zag schepen en schuiten en dokwerkers die tonnen over de kades rolden. Ze dacht aan de man die zo plotseling voor haar raam was verschenen en vroeg zich opnieuw af wie hij was. Waarvan kende hij Cirrus? En hoe kon hij vliegen?

Ze reden verder naar het oosten, in de richting van St Paul's.

Uiteindelijk stopten ze voor een indrukwekkend stenen gebouw in het hart van de stad, dat meer weghad van een tempel dan van een huis. Dikke zuilen ondersteunden een massief fronton vol gebeeldhouwde figuren en boven op het dak verrees een grote koepel, met hoge ramen en een uitzonderlijk lange bliksemafleider.

'Het observatorium van meneer Sidereal,' zei madame Orrery toen ze Pandora zag kijken. 'Daar bevindt zich het Scioptische Oog.'

Pandora had geen idee wat ze bedoelde, maar zag in verbeelding een monsterlijke gedaante met een oog in het midden van zijn voorhoofd. Er liep een koude rilling over haar rug.

Madame Orrery pakte haar bij haar arm en dwong haar het bordes op te lopen.

Een bediende opende de deur en begeleidde hen naar een gang met pilaren aan weerszijden. In glazen bollen op ijzeren wandsteunen flikkerden vreemde vlammen.

'Wat een onverwacht genoegen,' zei een ijle, hoge stem.

Pandora wist eerst niet waar die stem vandaan kwam. Hij leek vanuit de lucht neer te dalen, maar toen madame Orrery haar langs een rij metalen urnen loodste, besefte ze dat hij afkomstig was van de kleine gedaante die aan het uiteinde van de hal in een troonachtige stoel op wielen zat.

'Hortense,' zei de man toen ze dichterbij kwamen. Hij pakte haar hand en kuste die. 'Wat doe jij hier, zo ver van Midas Row?'

'Dat weet je wel,' zei madame Orrery kil en ze trok haar hand terug. 'Overal waar ik ga of sta, voel ik je Oog op me rusten.'

De man glimlachte, maar alleen met zijn mond en niet met zijn ogen. Zijn gezicht was zo glad en teer als dat van een kind en volkomen haarloos.

'Maar om met de deur in huis te vallen...' zei hij. 'Wat is de reden van je bezoek?'

'Ik wilde je om een gunst vragen.'

Meneer Sidereal keek haar peinzend aan met zijn glanzende ogen. Hij droeg een kamerjas van schitterende zijde en een bijpassende, pauwkleurige tulband.

'Mijn Oog,' zei hij na een tijdje. Hij trok zijn wenkbrauwen op en keek omhoog.

Pandora volgde zijn blik en zag een grote koepel boven haar hoofd. Door de hoge ramen stroomde een zee van licht naar binnen.

Madame Orrery knikte. 'Dat functioneert nog steeds, ondanks het weer?'

'Uiteraard,' zei meneer Sidereal. 'Misschien wordt de hemel aan het zicht onttrokken door het stof, maar ik richt mijn blik op andere zaken, zoals je maar al te goed weet. Ik kan heel Londen overzien.'

Hij zweeg even en draaide toen aan een knop op de armleuning van zijn stoel. Die dreef een reeks raderen en tandwielen aan en zijn stoel kwam piepend en knarsend in beweging.

'Goed dan,' zei hij, een beetje hijgend van inspanning. 'Volg me.'

Madame Orrery trok aan Pandora's arm.

'Vooruit, help deze heer,' zei ze. 'Duw zijn stoel.'

Pandora zag twee metalen stangen aan de achterkant van de stoel en duwde meneer Sidereal gehoorzaam naar een soort trap die langs de wanden van de ronde ruimte omhoogliep. De trap had geen treden, maar was meer een glooiend looppad dat in een lange spiraal naar boven leidde.

Meneer Sidereal was dan misschien klein, dacht Pandora, maar zijn stoel was zwaar en ze moest zich vooroverbuigen om hem te kunnen duwen. Zijn rug was mager en gebocheld en werd ondersteund door kussens en zijn korte, schriele beentjes lagen uitgestrekt. Pandora keek naar de windingen van groene en turkooisblauwe zijde om zijn hoofd en vroeg zich af of daar dat bijzondere Oog onder zat.

'En wie is dit meisje?' vroeg meneer Sidereal toen ze bijna bij een deur boven aan het looppad waren.

Het gezicht van madame Orrery verhardde. 'Niemand,' zei ze. 'Een bemoeizuchtig kind, meer niet.'

Twee bedienden openden na een teken van meneer Sidereal de deur en onthulden een oogverblindende ruimte vol apparaten en instrumenten. Her en der stonden wereld- en hemelbollen en vanuit de hoge ramen had je een panoramisch uitzicht over de stad.

Pandora hapte verbaasd naar adem. Heel Londen lag aan haar voeten. In het westen torende de koepel van St Paul's boven de groezelige straten uit en in het noorden, half verscholen achter de nevel, zag ze de velden en lage heuvels die ze zo goed kende vanuit het Tehuis. Ze voelde een steek van heimwee.

Naast de ramen stonden lange, houten telescopen die als kanonnen de hele stad bestreken.

Meneer Sidereal nam de besturing van zijn stoel weer over en liet hem naar een lage ronde tafel in het midden van de ruimte rollen.

'Wie zoek je?' vroeg hij.

'Een jongen,' zei madame Orrery.

'Hoe heet hij?'

'Dat doet er niet toe.'

Het gezicht van meneer Sidereal betrok. 'Ik ben bang dat het er wel degelijk toe doet, Hortense,' zei hij. 'Als ik je moet helpen iemand te vinden, moet ik precies weten wie ik zoek.'

Er klonk iets van boosaardigheid door in zijn stem en Pandora zag madame Orrery aarzelen en even op haar onderlip bijten.

'Nou, goed dan,' zei ze. 'Hij heet Cirrus Flux, als je het zo nodig weten moet.'

Er viel een lange stilte.

'Aha,' zei meneer Sidereal. 'Dus luitenant Flux had een zoon? Fascinerend!' Hij boog zich voorover en bekeek madame Orrery eens wat beter. 'En vanwaar je plotselinge belangstelling voor die *wees*, Hortense?'

Pandora huiverde bij het horen van de ijzige manier waarop hij dat woord uitsprak, alsof hij graag wilde dat de jongen geen vader meer had. Ze keek naar madame Orrery.

'Hij heeft iets wat ik zoek,' zei die afgemeten. 'Ik moet het vinden.'

'Toch niet de bol?' vroeg meneer Sidereal met een hoog, piepend stemmetje. Hij kon zijn opwinding niet langer verbergen.

Madame Orrery draaide zich om en zweeg.

'Dus de geruchten kloppen?' zei meneer Sidereal en hij reed naar haar toe. 'Flux heeft hem achtergelaten toen hij naar zee ging? En na al die jaren is hij nu weer opgedoken in Londen?'

Madame Orrery bleef zwijgend uit het raam staren.

'We zoeken allebei hetzelfde, zoals je heel goed beseft,' zei ze uiteindelijk. 'Alleen ik weet wie het in zijn bezit heeft... en jij kan hem voor me opsporen, Neville.'

Meneer Sidereal keek haar achterdochtig aan. 'En wat levert het mij op?' vroeg hij. 'Vooropgesteld dat ik bereid ben je te helpen. Of was je ook van plan om spoorloos te verdwijnen, net als de vader van de jongen?'

Madame Orrery schudde haar hoofd. 'Doe niet zo dom. Natuurlijk verdwijn ik niet. We zullen de bol samen bestuderen en zijn geheimen onthullen.'

Pandora's hart begon sneller te slaan. Bedoelde madame Orrery dat de bol speciale krachten bezat?

'Heel edelmoedig van je,' zei meneer Sidereal.

Er klonk geen hartelijkheid door in zijn stem, maar aan de manier waarop zijn vingers zich om de armleuningen van zijn stoel klemden, zag Pandora dat hij toch in verleiding werd gebracht.

'Cirrus Flux?' mompelde hij en hij reed terug naar de tafel. 'Beschrijf hem eens.'

Madame Orrery gebaarde naar Pandora. 'Het meisje heeft hem beter gezien dan ik,' zei ze venijnig.

'O ja, het meisje,' zei meneer Sidereal. 'Vertel me eens over die jongen, kindje. Hoe ziet hij eruit?'

Pandora keek even naar madame Orrery. 'Niet anders dan andere jongens,' stamelde ze.

'Hou je niet van de domme,' snauwde madame Orrery en ze haalde iets uit een plooi van haar japon: niet het zilveren horloge maar een verschroeid stukje stof.

Pandora voelde een koude rilling over haar rug gaan.

'Zeg op, anders zal ik mijn dreigement helaas moeten uitvoeren.'

De moed zonk Pandora in de schoenen. Ze wilde Cirrus niet verraden, maar ook haar geliefde aandenken niet verliezen. Ze kreeg het steeds warmer en had moeite met ademhalen.

'Donkere krullen,' hoorde ze zichzelf zeggen. 'Groene ogen. Ongeveer even lang als ik.'

Ze herinnerde zich plotseling ook dat hij sproeten op zijn neus had gehad, maar besloot dat detail voor zich te houden.

'Zou je hem herkennen als je hem weer zag?' vroeg meneer Sidereal, met ogen die glansden van verlangen.

Pandora probeerde de andere kant op te kijken, maar vermoedde dat ze niets verborgen kon houden voor zijn doordringende blik en knikte ongelukkig. 'Ik denk het wel,' zei ze.

'Goed dan,' zei meneer Sidereal en hij wendde zich tot madame Orrery. 'Met behulp van het meisje zal ik Flux voor je opsporen, maar op één voorwaarde: we delen de vondst.'

Madame Orrery glimlachte. 'Natuurlijk,' zei ze en ze stopte het lapje stof weer weg. 'Ik zou niets anders willen.'

Meneer Sidereal snoof even, pakte toen een verzameling lenzen van een tafeltje en riep: 'Meneer Metcalfe! Meneer Taylor! De gordijnen, alstublieft.'

De twee bedienden, die zich hadden teruggetrokken in de schaduwen, klommen op ladders en maakten enorme lappen zwarte stof los, die als reusachtige vleermuisvleugels de ramen bedekten. Het werd donker in het observatorium.

Pandora bleef doodstil staan en vroeg zich af wat er nu zou gebeuren. Ze snakte naar adem toen er vlak voor haar, op de ronde tafel, plotseling iets begon te gloeien: een schimmig beeld van de stad, dat opgebouwd leek te zijn uit korrelige lichtstralen.

'Hoe werkt dat?' vroeg ze, in de overtuiging dat het iets met toverkracht te maken moest hebben.

'Door middel van lenzen,' zei meneer Sidereal en hij reed naar haar toe. 'Die staan overal in Londen: op het Monument, op de koepel van St Paul's en op de hoogste daken en kerktorens. Ze vangen beelden op en die bestudeer ik hier. Ik kan iedere straat en uithoek van de stad zien. Niets ontgaat mijn Oog.'

Hij gaf haar een speciale bril, met een waaier van verschillende glazen.

Pandora zette de bril op en zag tot haar verbazing gedaantes verschijnen in de mierenhoop van kerkspitsen en gebouwen. Minuscule rijtuigjes gleden door de overvolle straten en piepkleine mensjes waren druk in de weer met van alles en nog wat. De gedaantes waren wazig, maar als ze goed keek en met behulp van de speciale brillenglazen, kon ze toch details onderscheiden. Op een straathoek veegde een fourniturenhandelaar de stoep voor zijn winkel schoon en verderop hield een bedelaar smekend zijn hand op. Er rende een groep jongens voorbij en een zwerm duiven cirkelde als een wolk van dondervliegjes om de gebouwen. Pandora voelde zich net een adelaar die hoog boven de stad zweefde, alziend maar onzichtbaar.

Meneer Sidereal had zelf ook een speciale bril opgezet en speurde de straten af, op zoek naar Cirrus. Pandora concentreerde zich ook op haar taak. Als zij Cirrus als eerste zag, bedacht ze, kon ze de anderen misschien juist op een dwaalspoor brengen.

Het was moeizaam en priegelig werk. Langzaam bekeken ze de ene wijk na de andere, op zoek naar de voortvluchtige jongen. Soms volgden ze een hele tijd iemand door een doolhof van kronkelende steegjes en dan bleek dat het de verkeerde was. Om de zoveel tijd gaf meneer Sidereal instructies aan zijn bedienden en stelden die het beeld dan scherp op andere delen van de stad.

Het was bloedheet in het observatorium en Pandora's ogen werden moe van het getuur naar de stoffige beelden. Aan de wanden van de koepel flakkerden vreemde lichtbollen.

Meneer Sidereal zag haar kijken. 'Elektriciteit,' zei hij, met een gebaar naar de flikkerende vlammen. 'Ik tem de kracht van de bliksem en sla die op in speciale flessen, met behulp van mijn bliksemafleider. Die energie voedt de lampen.'

Ondertussen schepte madame Orrery een bord met hapjes op. Pandora zag de top van een exotische, stekelige vrucht uit een kom met fruit steken. Een ananas, had meneer Sidereal gezegd. Haar mond voelde strak en droog aan en ze had dolgraag even willen rusten, maar ze kon haar post niet in de steek laten, niet nu Cirrus ieder moment in beeld kon komen.

'Twintig graden noord,' riep meneer Sidereal tegen een van de bedienden, die hoog op een ladder stond en aan een enorme windas onder de nok van het dak draaide.

Pandora tuurde omhoog en kon nog net een speldenprikje licht door de duisternis zien priemen. Kennelijk projecteerde dat het beeld op tafel.

Dat verplaatste zich een beetje en er doemde een nieuw deel van de stad op: een drukke markt, vol mensen die zich als duiven heen en weer repten.

Meneer Sidereal veegde zijn voorhoofd af en nam een slokje bruiswater.

Pandora bekeek het tafereel eens goed. Er stond een groep mensen rond een trieste figuur die door kinderen bekogeld werd met minuscule stukken groente en fruit en even verderop verkocht een vrouw pasteitjes.

Pandora's blik dwaalde af naar de linkerhoek van het plein, waar het wat rustiger was en waar twee jongens met elkaar zaten te praten.

Ze boog zich voorover. Een van de jongens droeg een bruine jas, die veel weg had van een vondelingenuniform en had

171

krullend haar; de ander had een dik pak papier over zijn arm.

'Wat is er, kind? Heb je hem gevonden?' vroeg meneer Sidereal, die haar plotselinge beweging zag en haastig naar haar toe reed.

Pandora deinsde meteen weer achteruit, maar meneer Sidereal had haar blik al gevolgd.

'Een jongen met krulhaar, zei je toch?' Hij keek wat beter en draaide aan een wieltje aan de zijkant van zijn bril, zodat er andere lenzen voor zijn ogen gleden. 'Wat voor kleren draagt hij?'

Pandora gaf geen antwoord. Haar vingers klemden zich om de rand van de tafel.

Madame Orrery kwam naast haar staan. Zij had als enige geen bril op. 'Geef antwoord!' zei ze.

Pandora's hart bonsde en ze voelde zich licht in haar hoofd. 'Ik weet het niet,' biechtte ze op. 'De laatste keer dat ik hem zag, droeg hij alleen een nachthemd.'

Pandora bloosde, maar meneer Sidereal leek helemaal niet verbaasd. Onwillekeurig wierp ze opnieuw een blik op de tafel.

De twee jongens waren opgestaan en liepen nu naar het noordoosten. Tot haar afschuw zag Pandora dat een van de jongens zijn jas open had hangen en dat er een lang wit hemd zichtbaar werd dat heel goed een nachthemd had kunnen zijn.

'Heb je hem gevonden?' vroeg madame Orrery en ze liet haar waaier opgewonden open- en dichtklappen. 'Is hij het? Vertel me wat je ziet!'

'Uit de weg!' zei meneer Sidereal. 'Het meisje moet er absoluut zeker van zijn.'

Tot Pandora's verrassing stapte madame Orrery weg bij de

tafel en mocht Pandora haar inspectie voortzetten. Ze zag hoe de jongens een drukke kruising vol rijtuigen en karren overstaken en door een reeks steeds smallere straatjes naar een onbekende bestemming liepen. Waar gingen ze heen?

De gedaantes waren zo klein dat ze niet alle details kon zien en ze verdwenen steeds achter gebouwen, maar ze was er vrijwel zeker van dat de jongen met de bruine jas Cirrus Flux was.

Wat moest ze doen? Hem verraden of de waarheid voor madame Orrery verborgen houden?

Ze voelde dat meneer Sidereal naast haar iedere beweging van de jongens volgde.

Uiteindelijk bleven de twee verfomfaaide gedaantes staan bij een imposant park. In het midden stond een gouden ruiterbeeld en het gras werd doorsneden door grindpaden.

'Is hij het?' vroeg madame Orrery. 'Kun je hem zien? Heeft hij het aandenken bij zich?'

'Geduld, Hortense,' zei meneer Sidereal. Hij stak zijn hand op en keek naar Pandora. 'Dat kan alleen het meisje ons vertellen.'

Pandora hield haar adem in. Ze voelde dat de anderen op antwoord wachtten. Ze keek nog één keer naar de tafel, zodat het plein goed in haar geheugen geprent was, deed toen de bril af en veegde het zweet van haar voorhoofd.

'Nee,' zei ze. 'Het spijt me dat ik u moet teleurstellen. De jongen lijkt wel op hem, maar hij is het niet.'

Madame Orrery kreunde en plofte in een stoel, maar meneer Sidereal keek wantrouwig naar Pandora, alsof hij haar niet geloofde. Opeens werd hij stil en gereserveerd. Hij keek zelf ook nog een keer naar het plein waar de twee jongens waren blijven staan en reed toen weg bij de tafel, alsof hij het hele gedoe beu was. Hij klapte in zijn handen. 'Meneer Taylor! Meneer Metcalfe! De gordijnen, graag!'

De twee bedienden deden de dikke zwarte gordijnen open en er stroomde plotseling weer licht naar binnen. Pandora's ogen traanden en ze zag met wazige blik hoe het beeld op tafel langzaam oploste in het niets.

'Misschien hebben we morgen meer geluk,' zei meneer Sidereal.

Pandora keek door de hoge ramen. Er joegen donkere wolken over de stad en de hemel had een vreemde, roestbruine kleur. In de verte rommelde donder.

Plotseling zag ze iets: een doffe, koperkleurige gloed boven de velden in de buurt van het Tehuis voor Vondelingen.

Meneer Sidereal zag het ook.

'Hoho, wat hebben we hier?' zei hij en hij reed naar de telescoop die bij het raam op het noorden stond. 'Een vuurbal?'

Madame Orrery sprong overeind en kwam naast hem staan.

'O, dit is echt iets heel bijzonders,' zei meneer Sidereal. Hij drukte zijn oog tegen de telescoop en richtte die op het bewegende doelwit. 'Een vliegend voorwerp!'

Pandora had geen telescoop nodig om te weten wat het was: de man die haar gisteravond een bezoek had gebracht. Hij zeilde als een vogel door de lucht!

Ze stapte weg bij het raam.

Meneer Sidereal bleef kijken. 'Blijkbaar zijn wij niet de enigen die de jongen zoeken, Hortense,' zei hij. 'Onze oude vriend de zeeman is weer terug in Londen. Zo te zien heeft hij een ingenieuze manier bedacht om te kunnen vliegen – echt ongelooflijk – en speurt hij ook de straten af, net als wij. Dit is werkelijk heel interessant!'

Ze keken een tijdje zwijgend hoe de man boven het Tehuis zweefde en koers zette naar de stad, half verscholen achter dikke wolken stof en rook.

Opeens besefte Pandora tot haar schrik waar hij heen ging. Madame Orrery verstijfde.

'Kijk nou toch eens, Hortense,' zei meneer Sidereal toen het voorwerp doelbewust over een wijk met voorname huizen vloog en rondcirkelde boven een kleine witte kerk. 'Volgens mij krijg je bezoek.'

HOOFDSTUK VIJFTIEN

De Zaal der Wonderen

O p de zuidwesthoek van Leicester Fields bleef Cirrus abrupt staan. In het midden was een park vol bomen en grindpaden en op de plaats waar de paden samenkwamen, stond een groot ruiterstandbeeld dat zo te zien van puur goud was.

'Zie je wat ik bedoel?' vroeg Jonas. 'Chic, hè?'

Cirrus knikte en keek naar de hoge witte huizen rond het statige plein. 'Welke is het museum?'

Jonas wees op een pand aan de noordkant: een paleisachtig gebouw met een sierlijk ijzeren hek en een klein voorpleintje aan de straat. Cirrus hapte naar adem. Woonde Brokkel daar echt? In dat magnifieke huis?

'Kom je nog?' vroeg Jonas.

Cirrus aarzelde. Nu hij zijn bestemming naderde, wist hij eigenlijk niet of hij nog wel durfde. Hij voelde zich klein en nietig te midden van al die voorname huizen en hij keek ongemakkelijk naar zijn kleren. Zijn jas was smerig en gescheurd en zijn benen zaten onder de modder. Plotseling pakte Jonas hem bij zijn elleboog en trok hem mee naar de overkant van de straat. Voor het museum hing een plakkaat.

'Kijk,' zei Jonas.

Cirrus staarde naar het affiche. Sommige woorden snapte hij niet, maar ze waren zo vetgedrukt dat ze wel belangrijk moesten zijn:

DE ZAAL DER WONDEREN

Iedere Dag in Leicester Fields:
FILOSOFISCH VUURWERK

Aanschouwt het WONDER
en MYSTERIE van de ELEKTRICITEIT

Gepresenteerd door de Heer Leechcraft en zijn
LUMINEUZE LEERLINGEN

& nu voor het eerst:
CUPIDO MET DE SPRANKELENDE KUS!

's Ochtends en 's Middags geopend,
met een Avondvoorstelling
Kaarten vanaf 2 shilling 6 pence

DE ZAAL DER WONDEREN

Jonas las het plakkaat hardop voor. 'Zo te horen is die meneer Leechcraft een belangrijk heerschap in deze contreien,' zei hij.

Cirrus zweeg, want de moed zonk hem in de schoenen. Hij

keerde zijn zakken binnenstebuiten. 'Heb jij geld?' vroeg hij aan Jonas.

Die schudde zijn hoofd. 'Niet genoeg voor een kaartje, als je dat soms bedoelt. Je moet dit zelf oplossen, ben ik bang.'

Cirrus keek naar de glanzend gelakte deur van het museum, met zijn vergulde accenten.

'Zou je niet 'ns beginnen met aanbellen?' opperde Jonas.

Cirrus schudde zijn hoofd. Zijn vingers zouden de bel alleen maar vuilmaken, dacht hij vermoeid. Hij deed een paar stappen achteruit, keek naar de vele ramen van het museum en vroeg zich af wat hij moest doen. Het was warm en stoffig buiten en in de verte rommelde donder.

'Nou, ik moet echt weg,' zei Jonas. 'M'n meester vilt me levend als ik voor 't donker niet een paar van die pamfletten verkoop.'

Hij klopte Cirrus op zijn schouder en liep weg over het plein. 'Succes, Cirrus,' riep hij terwijl hij nog even achteromkeek.

Cirrus keek hem na en liet zich toen uitgeput tegen het toegangshek zakken. Plotseling werd hij overmand door vermoeidheid en ellende en hij liet zijn hoofd in zijn handen rusten. Gelukkig zagen niet veel mensen hem. In een belendend huis was een dienstmeid bezig de bovenramen te lappen en iets verderop hielpen twee bedienden iemand uit een koets.

Cirrus voelde aan het bolletje om zijn hals en vroeg zich opnieuw af waar het voor diende. Waarom wilden zoveel mensen het hebben? Hij dacht aan het meisje dat hem was komen waarschuwen. Wat was er van haar geworden?

Sommige continenten op het bolletje stonden niet op de

juiste plaats: langs de evenaar versprongen hun kustlijnen plotseling. Cirrus wilde de twee helften net op hun plaats draaien toen er een heer de hoek om kwam, vergezeld door een jongeman. De heer was onmiskenbaar de filosoof die een paar weken eerder een bezoek had gebracht aan het Tehuis. Hij droeg dezelfde paarse jas en zwaaide met een stok van barnsteen. Cirrus herkende de jongen niet.

Hij kwam wankelend overeind.

'Neemt u me niet kwalijk,' zei hij tegen de man terwijl die naar het museum liep. 'Ik —'

De man hief onmiddellijk dreigend zijn stok op.

'Uit de weg, schavuit, of je zult mijn stok voelen.'

'Nee, nee,' zei Cirrus, die vlug achteruitstapte terwijl de stok rakelings langs zijn oor suisde. 'Ik wil helemaal niks van u. Ik zoek alleen een vriend.'

'Cirrus?' zei een stemmetje.

Cirrus draaide zich om.

De jongen was ongeveer even groot als Brokkel, maar droeg een volle pruik, een leliewitte jas met knopen van parelmoer, een zijden kniebroek en schoenen met zilveren gespen.

'Brokkel?' zei Cirrus, die zijn ogen niet kon geloven. 'Ben jij dat?'

Brokkel glimlachte — met nieuwe tanden, zag Cirrus, want deze waren hagelwit en onbeschadigd.

'Ken je deze straatschooier?' vroeg meneer Leechcraft, die tussen hen in ging staan.

Cirrus zag Brokkel aarzelen en met zijn voet over de grond schrapen. ''t Is een vriend van me,' zei Brokkel schuchter en zonder op te kijken.

'Zeg dan tegen je vriend dat hij op moet hoepelen,' zei meneer Leechcraft. 'Hij bevuilt mijn stoep.'

'Maar ik kan nergens anders heen, meneer,' zei Cirrus.

'O nee? Ik weet anders nog wel een paar plaatsjes voor je,' zei meneer Leechcraft. 'Het armenhuis, de gevangenis en de galg, om er maar een paar te noemen. En maak nu dat je wegkomt of ik haal de magistraat erbij!'

'Als ik alleen even met Brokkel zou mogen spreken, meneer – met Abraham, bedoel ik,' zei Cirrus. 'Ik heb zijn hulp nodig.'

'Haha,' zei meneer Leechcraft, maar zonder enige vrolijkheid. 'En wat wil je van mijn jonge beschermeling? Moet hij je soms aan een baantje helpen?'

Cirrus keek naar Brokkel, maar die had zijn ogen neergeslagen.

'Nee meneer, maar –'

'Geen gemaar, jongen. Hier wordt niet aan liefdadigheid gedaan, begrepen? Als je wilt genieten van al het fraais in de Zaal der Wonderen, kom dan terug tijdens openingstijd en koop een kaartje. Als je dat niet kunt, zijn we uitgepraat. Gegroet!'

Hij liep naar de deur.

'Alstublieft, meneer –' zei Cirrus en hij wilde hem bij zijn arm pakken.

'Scheer je weg, zei ik!' snauwde meneer Leechcraft en hij sloeg Cirrus opzij met zijn stok, maar toen klonk opeens de stem van Brokkel.

'Ik betaal wel,' zei hij.

Meneer Leechcraft en Cirrus keken allebei om.

'Ik betaal wel,' herhaalde Brokkel, maar nu wat zelfverzekerder. Hij haalde een zilveren munt uit zijn vestzak. 'Meer heb ik niet, meneer Leechcraft, maar hij is mijn vriend. Laat hem gewoon even blijven, alstublieft. U zult echt geen last van hem hebben.'

Cirrus staarde verbijsterd naar Brokkel en vroeg zich af hoe hij aan dat geld was gekomen. Meneer Leechcraft griste de munt uit Brokkels hand en stopte hem in zijn zak.

'Hmm,' zei hij en hij keek Cirrus schattend aan van onder zijn zware wenkbrauwen. Toen porde hij hem met zijn stok tegen zijn borst en zei: 'Dus jij bent ook een vondeling?'

'Ja, meneer,' zei Cirrus, die hem niet aan wilde kijken.

'En je bent weggelopen?'

'Ja.'

'Harder, graag, jongen. Ik kan je nauwelijks verstaan.'

'Ja, meneer!' schreeuwde Cirrus bijna.

'En waarom ben je weggelopen?' vroeg meneer Leechcraft.

Cirrus zocht vertwijfeld naar een smoes, maar kon niets bedenken. Hij keek vlug even naar Brokkel, die nogal bezorgd leek.

'Ze moesten me daar niet, dat is alles,' zei hij uiteindelijk. Hij streek even over zijn groezelige jas. Op de knopen was een lam afgebeeld, het teken van het Tehuis.

'Weet iemand dat je hier bent?' vroeg meneer Leechcraft.

'Nee, meneer,' zei Cirrus en hij dacht aan zijn ontsnapping uit het Tehuis. Hij tikte heel discreet op de wereldbol onder zijn nachthemd, om er zeker van te zijn dat die nog veilig verborgen was. 'Ik geloof tenminste van niet,' voegde hij eraan toe.

'Hmm,' zei meneer Leechcraft en hij krabde aan zijn kin.

'Ik denk dat de Regent graag zou willen weten waar je uithangt,' zei hij na een tijdje. 'Misschien levert het zelfs wel een beloning op als iemand je terugbrengt.'

'Nee!' zei Cirrus toen hij zich herinnerde hoe meneer Chalfont had samengespannen met de man uit Black Mary's Hole. 'Zeg alstublieft niets tegen meneer Chalfont. Ik zou veel liever voor u werken.'

'Voor mij?' zei meneer Leechcraft geschokt. 'Wat moet ik in hemelsnaam met zo'n verfomfaaide schooier als jij?'

'Ik kan een hoop, meneer,' zei Cirrus en hij wreef snel wat van de modder van zijn schenen. Hij dacht aan alles wat hij in het Tehuis geleerd had, alles wat vroeger zo saai en geestdodend had geleken. 'Ik kan opruimen en schoonmaken en tuinieren,' zei hij, tellend op zijn vingers. 'Ik kan best goed lezen en rekenen. Ik kan hele lappen uit de Bijbel opzeggen –'

'Denk je soms dat ik behoefte heb aan Bijbelonderricht?' vroeg meneer Leechcraft.

'Ja, meneer... ik bedoel nee, meneer... ik weet niet, meneer,' zei Cirrus, die vermoedde dat dat een strikvraag was.

Brokkel sprong voor Cirrus in de bres. 'Laat Cirrus een tijdje blijven, meneer. Alstublieft. Hij is een harde werker, net als ik. Hij zou misschien de kost kunnen verdienen.'

'Ja, meneer,' zei Cirrus, die nog wat vuil van zijn huid veegde.

'Hmm,' zei meneer Leechcraft opnieuw. Hij liet zijn tong over zijn tanden gaan en keek over de schouder van Cirrus naar een welgestelde heer die passeerde in een vergulde koets. Zijn lippen krulden even om in een glimlach, maar werden een oogwenk later weer recht en strak.

'Goed dan,' zei hij en hij liep het bordes op naar de voordeur. 'Kom dan maar binnen, maar als je de vloer van mijn museum smerig maakt, mag je het vuil oplikken met je tong.'

'Ja, meneer. Dank u, meneer,' zei Cirrus opgetogen en hij liep ook naar de deur. 'Ik zal u niet teleurstellen, meneer, dat beloof ik. Ik doe alles wat u maar wilt.'

Meneer Leechcraft glimlachte weer even. 'Daar twijfel ik niet aan,' zei hij.

Via de brede deur kwamen ze in een hal vol curiositeiten. Vreemde dieren stonden op sokkels en voetstukken en aan de muren grijnsden maskers en totempalen. Zelfs het plafond ging schuil achter een hele massa voorwerpen: een omgekeerde kano, een school van zeesterren en een lange, leerachtige krokodil die aan onzichtbare draden hing.

'Zie je dat daar?' vroeg Brokkel. 'Dat is een Groenlandse beer. Daar bestaan er nog maar een paar van. En dat daar –' hij wees op een grijs, gerimpeld dier '– is een halve olifant.'

'Waar is de andere helft?' vroeg Cirrus.

'Ergens in het oerwoud waar ik hem neergeschoten heb, denk ik,' zei meneer Leechcraft, met zijn mond vlak bij het oor van Cirrus en grijnzend als de krokodil boven zijn hoofd.

Cirrus rook zijn slechte adem en deed een stap achteruit. Hij zag dat de tong van meneer Leechcraft een zwart puntje had, alsof hij hem in vergif had gedoopt.

'Zorg ervoor dat onze nieuwste aanwinst behoorlijk gekleed gaat, Abraham,' zei meneer Leechcraft. 'Geef hem wat oude kleren – die van Ezra, bijvoorbeeld – en leid hem dan rond door het museum. Morgen zetten we hem aan het werk en laten we hem zien hoe het er hier aan toegaat.'

'Ja, meneer,' zei Brokkel. Hij pakte Cirrus bij zijn elleboog en trok hem mee de trap op.

Zodra ze uit het zicht van meneer Leechcraft waren, bleef Cirrus staan.

'Bedankt voor je hulp,' flapte hij eruit. 'Als jij er niet geweest was, had ik niet geweten wat ik had moeten doen.'

Brokkel haalde zijn schouders op. 'Stelt niks voor,' zei hij. 'Jij zou hetzelfde hebben gedaan.'

Cirrus keek nog eens goed naar zijn vriend: naar zijn mooie kleren, zijn nieuwe gebit en zijn pruik van paardenhaar. Hij zag eruit als een echte heer.

'Hoe kwam je aan dat geld?' vroeg hij.

Brokkel keek even naar de trap en werd rood.

'Van de dames gekregen,' zei hij.

'Gekregen? Waarom?'

Brokkel aarzelde. 'Om me te mogen kussen.'

'Kussen ze je?' zei Cirrus. Hij trok eerst een vies gezicht en begon toen te lachen.

Brokkel werd rood van woede. 'Dat is helemaal niet grappig!' zei hij. 'Ik ben Cupido met de Sprankelende Kus, het hoogtepunt van de voorstelling! Vraag maar aan meneer Leechcraft.'

Cirrus veegde snel de grijns van zijn gezicht. 'Sorry hoor,' zei hij. 'Ik wilde je niet beledigen.' Hij spuwde in zijn hand en stak die uit naar Brokkel. 'Vrienden?'

Brokkel keek even fronsend naar Cirrus' vuile hand, maar pakte hem toen. 'Vrienden,' zei hij.

Ze zagen meneer Leechcraft de trap op komen en liepen gauw door naar de bovenverdiepingen van het museum. De overvloed aan curiositeiten in de hal maakte al snel plaats voor lege gangen met bladderende plafonds en grauwe muren. Op verkleurde plekken hadden blijkbaar ooit spiegels en schilderijen gehangen.

Uiteindelijk kwamen ze in een grote zolderkamer die veel weg had van de jongensslaapzaal in het Tehuis, alleen met minder bedden. Vier jongens, naakt tot aan hun middel, vochten met elkaar op de twee hemelbedden die in een hoek waren geperst. Ze waren mager en schriel, met harde, verbitterde gezichten, alsof ze het gewend waren voor zichzelf te moeten opkomen. De vloer was bezaaid met kleren.

'Dit is Cirrus,' raffelde Brokkel de introductie af, 'en dit zijn Micah, Daniel, Ezekiel en Job, oftewel de Volumineuze Leerlingen.'

'De Lumineuze Leerlingen, stomkop,' zei een van de oudere jongens. Hij had dunne witte littekens op zijn wangen die aan kieuwen deden denken en gooide een kussen naar Brokkel.

'Trek je niks aan van Micah,' zei Brokkel zachtjes. 'Hij is gewoon nijdig omdat ik nu de nieuwe attractie ben.'

'Wat is er met zijn gezicht gebeurd?' fluisterde Cirrus, terwijl de andere jongens verdergingen met hun worstelwedstrijd.

'Een ongelukje, geloof ik,' zei Brokkel. 'Tijdens een van de voorstellingen sprong een aureool kapot en de scherven sneden zijn wangen open. Daarvoor was hij zelfs nog lelijker, heb ik gehoord.'

Cirrus huiverde en vroeg zich af wat Brokkel precies bedoelde, maar hij volgde zijn vriend naar een lampetkan met koud water op een gammele tafel bij het raam. Hij bekeek zichzelf even in de spiegel aan de muur en begon toen de ergste modder af te wassen.

Hij was doodmoe en alles deed hem zeer, maar tegelijkertijd was hij merkwaardig trots op zijn littekens. Op de plaats waar het mes van Charlie Strotsnijder zijn huid had opengehaald zat een dun streepje geronnen bloed.

Cirrus droogde zich af met zijn nachthemd, maar zorgde ervoor dat de anderen zijn wereldbolletje niet konden zien. Ondertussen zocht Brokkel tussen de kleren op de grond.

Uiteindelijk koos hij een paar kledingstukken die niet zo mooi waren als zijn eigen plunje en gaf ze aan Cirrus. Het jasje was van lichtblauwe zijde, maar werd ontsierd door lelijke bruine vlekken. Waren het bloedvlekken of schroeiplekken? Cirrus had geen idee.

'Wat is er met Ezra gebeurd?' vroeg hij terwijl hij het jasje aantrok.

Micah keek op. 'Maak je om Ezra maar geen zorgen,' zei hij. 'Die is nu in hogere sferen.' Hij sloeg zijn ogen ten hemel. 'Als je begrijpt wat ik bedoel.'

De andere jongens grinnikten en plukten aan hun haar.

'Ezra doet er niet toe,' zei Brokkel en hij pakte Cirrus bij zijn arm. 'Jij bent er nu.' Hij gaf een paar niet al te schone kousen aan Cirrus en zodra die zich had uitgedost, loodste hij hem de trap af.

'Normaal gesproken kost een rondleiding door het museum een smak geld,' zei hij terwijl hij Cirrus voorging naar de eerste van vele zalen. 'Maar voor jou maak ik graag een uitzondering.' Hij grijnsde opnieuw zijn nieuwe tanden bloot.

Cirrus volgde hem, razend nieuwsgierig naar de Zaal der Wonderen.

De ene ruimte was nog verbluffender en overdadiger dan

de andere. Cirrus zag honderden vitrines vol merkwaardige voorwerpen. Er waren donderstenen, bloedstenen, serpentijnstenen en agaten, zeeveren, zeewaaiers, zeelelies en koralen, schorpioenen, scarabeeën en veelkleurig glanzende kevers. Cirrus had nog nooit zoveel dingen bij elkaar gezien. Het was alsof alle schatten van de wereld op één plaats verzameld waren.

Cirrus voelde aan het wereldbolletje om zijn hals en vroeg zich af of zijn vader ook natuurwetenschapper of ontdekkingsreiziger was geweest. Misschien had hij sommige van deze wonderen wel met eigen ogen gezien.

Ze belandden uiteindelijk in een donker zaaltje achter in het museum.

'Dit zijn Duivelsnagels,' zei Brokkel en hij wees op een vitrine met spiraalvormige fossielen. 'Uit de tijd toen God de zondvloed over de aarde liet komen en alles verdronk. En dit hier,' zei hij en hij liep naar een kast met scherpe, vuursteenachtige voorwerpen, 'zijn Elfenpijlen, waar vroeger mee op herten werd gejaagd. Dat beweert meneer Leechcraft tenminste.' Hij zigzagde naar de andere kant van de zaal. 'En nu zal ik je laten zien waar hij zijn hoofden bewaart.'

Cirrus wilde hem volgen, maar zag toen een dik zwart gordijn.

'Wat is daarachter?' vroeg hij, verbaasd dat hij plotseling kippenvel kreeg. Hij rook een vreemde geur, die aan de adem van meneer Leechcraft deed denken.

Brokkel aarzelde. 'Daar voert meneer Leechcraft zijn experimenten uit,' zei hij. 'Daar mag je niet komen. Nog niet, tenminste. Hij zal 't je gauw genoeg zelf laten zien.'

Hij trok Cirrus mee naar een vitrine vol schedels en angstaanjagende maskers. 'Die vind ik 't mooist,' zei hij en hij keek vrolijk glimlachend naar een rijtje gekrompen hoofden. 'Gruwelijk, hè?'

Cirrus staarde naar de lelijke, verfrommelde gezichtjes. Ogen en monden waren dichtgenaaid en er waren veren en stekels door de oorlellen en neuzen gestoken.

'Eerst verwijderen ze de hersens met een stok,' legde Brokkel genietend uit, 'en dan drogen ze de huid. Ze vullen 't hoofd met steentjes, zodat 't z'n vorm behoudt...'

Cirrus keek hem verbaasd aan. Hoe wist hij dat allemaal? Hij besefte opnieuw hoe sterk zijn vriend veranderd was.

'Wat is er met je tanden gebeurd?' vroeg hij.

Brokkel keek de andere kant uit en streek even over zijn lippen. Zijn wangen waren dikker dan eerst en wit bepoederd, maar toch schemerden er nog blauwe plekken doorheen.

'Meneer Leechcraft is met me naar de beste tandendokter in Londen geweest,' zei hij. 'Dr. Crucius Fang.'

Cirrus drukte zijn hand tegen zijn eigen mond. 'Deed het pijn?'

'Een beetje maar,' zei Brokkel dapper. 'Het bloed was 't ergste.'

Cirrus luisterde met gekromde tenen terwijl Brokkel met veel gruwelijke details beschreef wat er gebeurd was: dr. Fang had eerst zijn tanden losgeslagen met hamer en beitel en ze toen met een roestige tang een voor een getrokken.

'Alles zat onder 't bloed,' zei Brokkel. 'Maar uiteindelijk was het 't dubbel en dwars waard.' Hij keek even naar zijn spiegelbeeld in een van de vitrines. 'Volgens meneer Leechcraft heb ik 't gezicht van een engel... en de bijbehorende Deugd.'

Cirrus keek vanuit zijn ooghoeken naar het zwarte gordijn en herinnerde zich dat meneer Leechcraft het woord 'Deugd' had gebruikt om het merkwaardige geknetter te beschrijven dat hij Brokkels haar had weten te ontlokken. Wat voor experimenten voerde hij daar uit?

'En jij, Cirrus?' vroeg Brokkel onverwacht. 'Wat brengt jou naar de Zaal der Wonderen?'

Cirrus wist niet wat hij moest zeggen. Hij voelde dat er ogen naar hem keken: maskers en schedels en gekrompen hoofden. Hij was bang voor wat meneer Leechcraft zou doen als hij hoorde over het bolletje, vooral als dat zo belangrijk was als de man uit Black Mary's Hole had laten voorkomen, en hij wist niet of hij Brokkel wel in vertrouwen moest nemen.

In plaats daarvan vertelde hij hoe hij stiekem naar de Galgenboom was gegaan en de man uit Black Mary's Hole had bespioneerd voor hij was weggelopen uit het Tehuis. Hij liet het als een soort avontuur klinken en beschreef daarna hoe hij aan Charlie Strotsnijder ontsnapt was en ten slotte Jonas tegen het lijf was gelopen, die hem naar het museum had gebracht.

'En nu zijn we weer samen,' zei Brokkel opgewekt. 'Net als vroeger.'

Cirrus knikte. 'Net als vroeger,' beaamde hij, maar zijn eigen glimlach was minder vrolijk.

HOOFDSTUK ZESTIEN

Het maanzeil

Madame Orrery greep Pandora bij haar arm en trok
haar mee de trap op.

'Achterbaks mispunt! Kleine bemoeial!' zei ze.
'Kijk eens wat je gedaan hebt! Door jou is die rotjongen weggelopen en nu zoekt die ellendige man in zijn duivelse vlie-
gende toestel hem waarschijnlijk ook. Als ik jou was, zou ik
maar hopen dat ík die jongen als eerste vind, want anders kom
je deze kamer nooit meer uit! Dan laat ik je hier langzaam
wegrotten!'

Ze duwde Pandora de zolderkamer in en sloeg de deur
dicht. De sleutel draaide in het slot en nijdige voetstappen liepen de trap af.

Pandora bleef eerst even staan, te versuft om zich te kunnen verroeren, maar rende toen naar het raam, in de hoop
dat die man weer zou komen. Ze had zich tijdens de terugrit
naar Midas Row voorgenomen om hem om hulp te vragen:
als hij haar niet zelf kon bevrijden, kon hij misschien in ieder
geval aan de Regent laten weten dat ze in de problemen zat

en zijn hulp nodig had. Maar buiten kolkten stormachtige wolken en de mysterieuze vreemdeling was nergens te bekennen.

Pandora staarde naar de kerktoren aan de overkant, waar de stoutmoedige jonge ridder zijn speer in de gekromde buik van een draak dreef. Kon hij haar maar beschermen! Opeens viel haar aandacht op het glanzende ronde schild om zijn arm. Het leek sprekend op een spiegel en ze moest aan meneer Sidereal denken. Wat had hij ook alweer gezegd? Zijn lenzen stonden op de hoogste daken en kerktorens en waren op de straten beneden gericht...

Plotseling had ze het gevoel dat hij haar bekeek, vanuit zijn observatorium aan de andere kant van de stad. Ze stapte weg bij het raam, trok zich terug in de verste hoek van de kamer, ging op bed liggen en bedekte zichzelf met een dunne deken van schaduw.

Beneden was alles stil. Ze luisterde naar die stilte, ademde hem in en herinnerde zich wat madame Orrery gezegd had: ze zou voor altijd opgesloten kunnen zitten in deze kamer, zonder dat er een haan naar kraaide of dat het ook maar iemand iets kon schelen... Ze tastte in haar zak en zocht haar lapje stof, maar besefte toen met een steek van woede dat madame Orrery het had afgepakt.

Pandora sloot haar ogen en probeerde de verwarde gevoelens die haar plaagden te vergeten.

Ze moest in slaap zijn gevallen, want toen ze haar ogen weer opendeed, scheen er een rode gloed door de kamer die aan het licht van een haardvuur deed denken. Ze sprong overeind en holde meteen naar het raam.

De man in de mand zweefde weer voor het dakvenster en

boven hem zag Pandora de vurige vogel met haar vleugels slaan.

'Hebt u hem gevonden?' vroeg ze gretig terwijl ze het raam zo ver mogelijk opendeed. 'Cirrus Flux, bedoel ik. Is alles goed met hem?'

De man boog zich naar haar toe. 'Ik kon hem nergens vinden, kind. Weet jij misschien waar hij is?'

Pandora dacht aan de twee jongens die ze naar het park met het gouden standbeeld had zien sluipen. Ze was ervan overtuigd dat een van hen Cirrus was geweest. Net toen ze dat tegen de man wilde zeggen, hoorde ze beneden iets. Het had van alles kunnen zijn: een krakende plank, muizen of misschien zelfs meneer Sorrel, die zich buiten zijn keuken waagde. Of was madame Orrery toch achterdochtig geweest en had ze gewacht tot de man terug zou komen?

Pandora luisterde met ingehouden adem en probeerde de verschillende geluiden in het huis van elkaar te onderscheiden. Plotseling hoorde ze het weer: voetstappen op de trap.

Er kwam iemand naar boven.

'Neem me mee, alstublieft!' zei ze tegen de man. 'Ik kan u helpen om Cirrus te vinden. Ik denk dat ik weet waar hij is.'

De man verdween plotseling toen een windvlaag hem opzij blies. Even was Pandora bang dat hij haar in de steek zou laten, maar hij trok aan de touwen waarmee de mand aan het zeil vastzat en zijn groezelige gezicht verscheen weer voor het raam.

'Dat gaat niet, meisje,' zei hij zodra hij weer stilhing. 'Zeg me waar ik Cirrus kan vinden.'

Pandora ging zenuwachtig van de ene voet op de andere

staan. Ze was er zeker van dat de persoon die de trap op kwam inmiddels op de overloop was.

'Alstublieft!' zei ze, met grote ogen van angst. 'Madame Orrery weet dat u op zoek bent naar Cirrus. Volgens mij komt ze eraan. U móét me meenemen!'

Bijna hysterisch rukte ze aan het raam, maar dat ging niet verder open. De tranen stroomden over haar wangen.

Toen de man haar wanhoop zag, kwam hij in actie. Hij keek vlug even naar de vogel boven hem en hief zijn vuist op.

'Achteruit!' riep hij. Een tel later beukte zijn gehandschoende hand door het raam en vlogen de glasscherven door de lucht.

Op de overloop klonk een kreet van woede. Voetstappen renden naar de deur en er rammelde een sleutelbos.

'Vlug, geef me je hand!' riep de man toen de deur openvloog en madame Orrery verscheen.

Met een gil sprong ze op hen af en probeerde Pandora bij haar enkel te grijpen, net op het moment dat de man haar optilde.

Pandora voelde dat ze door het versplinterde raam werd gehesen, maar madame Orrery had haar voet te pakken en weigerde los te laten. In paniek schopte Pandora naar haar. Een van haar schoenen gleed uit en tuimelde in een lange spiraal omlaag. Pandora keek de schoen na. Ze zweefden angstaanjagend hoog boven de straat.

'Alerion!' riep de man en hij keek naar de vogel die met haar vleugels sloeg en moeite deed om het vaartuig op zijn plaats te houden. 'Omhoog, meisje, omhoog!'

De schitterende vogel kraste schel en liet een grote vuurpluim oplaaien. Meteen begon de mand te stijgen en Pandora werd meegetrokken, weg van het raam en de graaiende handen van madame Orrery, die het uitkrijste van woede.

Eén gruwelijk moment bengelde Pandora met maaiende benen buiten de mand en voorkwamen alleen de armen die de vreemdeling om haar zere oksels klemde dat ze viel, maar toen voelde ze tot haar opluchting dat hij haar op begon te hijsen. Hij tilde haar de mand in en ze plofte op een stapel muf ruikende dekens.

Pandora bleef roerloos liggen, met open mond en bonzend hart, en probeerde weer op adem te komen. De wind suisde door de openingen in de mand en koelde haar bezwete voorhoofd af. Boven haar kraakten en piepten de touwen. Hoe veilig was dit gammele vaartuig?

Langzaam en trillerig kwam ze overeind.

Ze zweefden hoog boven de stad. Beneden gleden de daken van Londen voorbij, als een ruwe zee van dakpannen. Boven hen pakten zich donkere wolken samen en in de verte rommelde donder. Er was onweer op komst.

De man stond naast een paal in het midden van het vaartuig. Hij verplaatste zijn gewicht van de ene voet naar de andere en deinde mee op de luchtstromingen alsof het golven waren. Hij droeg een kniebroek van grijsbruin leer, een donkerblauwe jas die even vuil was als zijn handen en gezicht en een driekantige hoed.

De vogel boven hen liet hete vuurpluimen opstijgen. Pandora keek bewonderend naar het majestueuze schepsel dat op het dwarsstuk van de paal zat, onder een opening in de opbollende stof. Het was verbluffend! Ze had nog nooit een dier gezien dat zo sierlijk en tegelijkertijd zo wild was. De vleugels van de vogel leken in vuur en vlam te staan. Om de zoveel tijd verloor het dier een veer, die dan als een gloeiende vonk omlaagdwarrelde en langzaam zijn kleur verloor.

'Ze moet heel sterk zijn, om ons in de lucht te kunnen houden.'

De man keek Pandora aan.

'Dat klopt,' zei hij. 'Alerion is een machtig wezen, al blijven we niet alleen zweven door haar spierkracht maar ook door de kracht van de lucht.'

'De lucht?' vroeg Pandora verbaasd.

De man knikte. 'Hete lucht stijgt op, snap je? En dit zeil vangt de hete lucht op die Alerion produceert. Net zoals het zeil van een gewone boot de wind opvangt, alleen is dit mijn zeil.'

'Maanzeil?' vroeg Pandora, die hem niet goed verstond. Ze staarde naar het glanzende zeil, dat bestond uit wel honderd stukken stof die aan elkaar waren genaaid en met een glanzende, harsachtige laag waren bedekt.

De man keek haar opnieuw aan. 'Ja, het maanzeil,' zei hij lachend. 'Dat is een goede naam.'

Een plotselinge windvlaag duwde hen opzij en de mand zakte omlaag, zodat Pandora struikelde. Ze plofte tegen de wollen jas van de man aan en snoof een rijke, gronderige geur op: een mengeling van rook, teer en exotische specerijen.

Ze bekeek hem wat beter en vroeg zich af waar hij vandaan kwam en hoe hij Cirrus kende. Voor het eerst zag ze dat hij merkwaardige lijnen op zijn gezicht had: lussen en krullen en stippelpatronen die bijna schuilgingen onder dikke lagen vuil, maar zijn ogen waren vriendelijk en lichtblauw, als de eieren van een vogel in een nest.

De man hielp haar overeind.

'Voorzichtig,' zei hij. 'Anders is het dadelijk meisje overboord – en ik wil je nog niet kwijt, niet nu je besloten hebt om met me mee te gaan. Eerst moet je me laten zien waar ik Cirrus kan vinden.'

De moed zonk Pandora in de schoenen toen ze omlaagkeek naar de nachtelijke straten. Het was sowieso moeilijk om iets te zien in het donker, laat staan een park met een gouden standbeeld. Diepe kloven vol schaduw strekten zich voor haar uit en ze kon nog net de Theems onderscheiden, die zich een weg baande door de stad.

'Wat Cirrus betreft...' hakkelde ze. 'Ik weet niet helemaal zeker waar hij is. Toen ik hem voor het laatst zag, was hij in een park met een ruiterstandbeeld.'

De man keek haar even aan en zuchtte toen vermoeid. 'Daar was ik al bang voor,' zei hij. 'Dat zou overal kunnen zijn. Ik wist wel dat het een vergissing was om te geloven dat je me zou kunnen helpen.'

Hij verplaatste zijn gewicht en het vaartuig draaide weg van de rivier en zweefde langzaam naar het noorden.

'Waar gaan we heen?' vroeg ze, bang dat hij haar terug zou brengen naar het huis van madame Orrery.

'Naar het Tehuis voor Vondelingen,' zei hij. 'Ik ken een veilige plek om te landen, niet ver daarvandaan. Ik weet zeker dat de Regent je wel weer terugneemt.'

'Nee!' zei Pandora vlug. 'Niet doen. Volgens mij is het daar niet veilig.'

De man keek haar verbaasd aan. 'Hoe bedoel je?'

Ze vertelde hem over het Oog van meneer Sidereal en de dingen die ze gezien had in zijn observatorium. 'Meneer Sidereal heeft u zien vliegen boven de velden in de buurt van het Tehuis,' zei ze. 'Hij en madame Orrery weten dat u Cirrus probeert te vinden, dus zullen ze u daar zeker zoeken.'

De man zweeg even, met gefronst voorhoofd.

'Meneer Sidereal?' zei hij uiteindelijk. 'Weet je dat zeker? Een man in een rolstoel?'

Pandora knikte. 'Zijn lenzen staan overal en zijn op straat gericht. Volgens mij heeft hij u al eerder gezien.'

'Ja, we kennen elkaar,' zei de man grimmig. 'Dan is het nog erger dan ik dacht. Misschien is het Genootschap er al bij betrokken. Nu is het helemaal van levensbelang dat ik Cirrus en het bolletje weet te vinden.'

Het bolletje... Pandora keek opnieuw even naar de man en vroeg zich af waarom hij ook hij ernaar op zoek was, maar voor ze iets kon vragen had hij al een kijker uit zijn zak gehaald en speurde daarmee de stad af. Pandora zag een kleine deuk in de zijkant van de kijker.

Na een tijdje verdween zijn frons en stopte hij de kijker weer weg.

'Ik zou me maar schrap zetten, als ik jou was,' zei hij. 'Dadelijk gooien we het anker uit.'

'Het anker?' zei Pandora. Ze keek omlaag, maar zag alleen maar daken en kerktorens. Waar zouden ze in hemelsnaam kunnen landen?

'Maak je geen zorgen,' zei de man. 'Pak gewoon iets stevig

beet en laat het niet meer los. Misschien wordt het een beetje een ruwe landing.'

Pandora perste zich in een hoek van de mand en hield zich aan de touwen vast. Ze zag nu waar ze naartoe gingen, want de kathedraal kwam steeds dichterbij: een reusachtig, krijtwit gebouw met een immense koepel.

'St Paul's?' mompelde ze verbluft.

De man knikte. 'Klopt. Als meneer Sidereal overal lenzen heeft die op straat gericht zijn, is het verstandig om te overnachten op de enige plek waar hij ons niet kan zien: achter de koepel.'

Pandora huiverde. Plotseling leek de mand heel klein en broos, vergeleken met het kolossale gebouw waar ze op afstevenden. Ze greep de touwen nog steviger beet en haalde diep adem, terwijl de wind hen dichter en dichter naar de kathedraal blies.

'Kalm aan, Alerion,' zei de man tegen de vogel die hen over de omringende straten voerde. Hij riep nog meer instructies en Alerion vouwde haar vleugels.

Meteen werd het doodstil, afgezien van het zachte geritsel van het maanzeil en terwijl Pandora toekeek, verloor dat zijn licht en glans.

Even bleef de mand nog stijgen, maar toen koelde de lucht onder het zeil af en begon het vaartuig te dalen, eerst heel langzaam maar toen steeds sneller.

Pandora voelde de mand wiegen. De man had een landingsplaats uitgekozen en stuurde hen naar de smalle strook dak tussen twee hoge stenen torens aan weerszijden van de hoofdingang.

Pandora snakte naar adem. Ze daalden veel te snel! Ze zouden het niet halen! Ze zouden te pletter slaan!

Maar de man bleef kalm en toen ze bijna bij het dak waren, gooide hij het anker uit dat aan de zijkant van de mand hing. De mand kwam met een smak neer en begon over het dak te hotsen, terwijl het touw achter hen aan glibberde. Pandora hoorde de metalen klauwen van het anker over de stenen schrapen.

Even gleden ze hulpeloos naar de rand, maar toen boorde het anker zijn tanden in het dak. Het touw kwam met een schok strak te staan en de mand kiepte om.

Pandora werd uit de mand geslingerd en kwam met een klap neer. Alles tolde even en haar handpalmen leken in brand te staan, want die had ze lelijk geschaafd toen ze haar val probeerde te breken. Ze kromp ineen van pijn.

De man was meteen bij haar. 'Ben je gewond?' vroeg hij en hij hielp haar overeind. 'Geef antwoord.'

Pandora was zich er vaag van bewust dat Alerion over hen heen vloog, als een rode bol van vuur.

'Pandora,' bracht ze hijgend uit en ze zoog lucht naar binnen die leek te branden in haar keel. 'Ik heet Pandora.'

De man glimlachte. 'Ik zei toch dat je je vast moest houden, Pandora?'

Steunend op zijn arm hobbelde ze terug naar het maanzeil, dat ruisend in elkaar zakte. Alerion fladderde omlaag, streek op de metalen paal neer en zorgde onmiddellijk voor warmte. Boven hen rees de koepel van St Paul's op en versperde het zicht op de hemel – en tot Pandora's opluchting ook op dat deel van de stad waar het Oog van meneer Sidereal huisde.

Ze ging op het dak zitten en staarde naar de rood met gouden veren van de vogel, terwijl de man verschillende zakken uit de mand haalde.

'Hier, eet op,' zei hij en hij gaf haar een stuk platgedrukte vleespastei. 'Dan voel je je beter.'

Nu pas besefte Pandora dat ze rammelde van de honger en ze nam een gretige hap van de koude, vettige pastei.

Alerion keek aandachtig toe, met glinsterende ogen, en krijste toen schel. Het was dezelfde kreet die Pandora 's nachts ook in de velden bij het Tehuis had gehoord.

'Dus dat was u,' zei ze. 'Het licht dat ik zag en het geluid dat ik hoorde toen ik het Tehuis probeerde binnen te komen – dat was u.'

'Inderdaad,' zei de man en hij gooide de vogel wat stukjes pastei toe. 'Ik hield je de hele tijd in de gaten.'

Hij ging aan de andere kant van de vogel zitten. Er gleden schaduwen over zijn gezicht en Pandora zag opnieuw die merkwaardige stippels en lijnen op zijn huid.

'Wie bent u?' vroeg ze. 'En waarom zoekt u Cirrus?'

De man zweeg even, maar zei toen: 'Ik heet Felix Hardy en James Flux was mijn vriend. James was de vader van Cirrus. We zijn samen opgegroeid in het Tehuis.'

Hij staarde even naar de flakkerende veren van de vogel. 'Om je de waarheid te zeggen, ben ik teruggekomen om iets te halen wat eigenlijk niet aan Cirrus toebehoort. Wat in feite aan niemand toebehoort... de Adem van God.'

'De Adem van God?' herhaalde Pandora, die zich afvroeg of ze hem wel goed verstaan had. 'Wat is dat?'

'Een geheime substantie die James ontdekt heeft aan de an-

dere kant van de wereld,' zei Felix. 'Dat zit in dat wereldbolletje. Veel mensen, zoals madame Orrery, geloven dat het immense krachten bezit. Het Genootschap van Empirische Wetenschappen heeft James eropuit gestuurd om nog meer van
die Adem te vinden, maar... dat is nooit gebeurd.'

Zijn stem stierf weg en hij staarde voor zich uit.

'Een wereldbolletje?' zei Pandora. 'Bedoelt u het aandenken van Cirrus?'

Felix keek haar verbaasd aan. 'Ja,' zei hij. 'Heb jij dat dan
ook gezien?'

'Eén keer,' zei Pandora. 'In de werkkamer van de Regent.
Later zag ik madame Orrery ernaar zoeken, maar toen was
het er niet meer.' Haar hart begon te bonzen toen ze zich herinnerde dat ze dat ook aan Cirrus verteld had. 'Heeft Cirrus
het bolletje gevonden?' vroeg ze. 'Heeft hij het meegenomen?'

Felix krabde op zijn hoofd. 'Ik denk het wel,' zei hij. 'Toen
Cirrus uit het Tehuis verdween, was het bolletje ook niet meer
te vinden.'

Pandora zweeg even en probeerde dat allemaal te verwerken. 'Dus daarom moeten we hem zien te vinden?' vroeg ze
na een tijdje.

'Klopt,' zei Felix. 'Zodra de zon opkomt, gaan we weer naar
hem op zoek. Maar eerst moet je slapen, Pandora.'

Hij stond op en haalde een paar dekens uit de mand. Pandora legde ze op de grond en ging liggen, dicht bij de vogel
die zo'n behaaglijke gloed uitstraalde, maar er maalden nog
te veel vragen door haar hoofd. 'Vertel eens over de andere
kant van de wereld,' zei ze. 'En hoe u die magische vogel gevonden hebt...'

De man trok een gezicht, maar streek toen met zijn hand over zijn hart. 'Nou, goed dan,' zei hij. 'Heel in het kort.'

Pandora knikte blij, ging op haar rug liggen en staarde naar de onweerswolken die zich boven hen samenpakten.

'Het is lang geleden,' zei Felix schor. 'James en ik hadden opdracht om koers te zetten naar het einde van de wereld en daar de Adem van God te zoeken. Het was een zware tocht, waar vanaf het begin een vloek op rustte. Cirrus was net geboren maar Arabella – zijn moeder – was in het kraambed gestorven en James was gedwongen het kind achter te laten.'

'In het Tehuis voor Vondelingen,' zei Pandora.

'Inderdaad,' zei Felix. 'De Regent was bereid hem op te nemen, omdat James niet wist wat hij anders moest doen.' Hij aarzelde even en maakte toen een sprong in het verhaal. 'We hadden de hele reis ongunstige wind en werden belaagd door golven zoals ik die nog nooit gezien had. Het was alsof de natuur wist dat we verkeerd bezig waren...'

Pandora luisterde en haar borst ging op en neer op het ritme van zijn woorden. In gedachten zag ze de angstaanjagende golven, maar tegen de tijd dat het schip Kaap Hoorn bereikte sliep ze.

'En toen sloeg het noodlot toe,' zei Felix tegen zichzelf. Hij nam een slok brandewijn uit de fles die hij in zijn zak had. 'Het schip werd getroffen door de zwaarste storm die ik ooit heb meegemaakt, een storm waarin het met man en muis verging...'

Elf jaar eerder

Kaap Hoorn, 1772

En gigantische golf torent boven het schip uit, breekt en spoelt de uitgeputte mannen omver. Door een gat in de romp stroomt water naar binnen en Felix beseft de verschrikkelijke waarheid: het schip gaat zinken. Niets of niemand kan hen nog redden.

De wind giert in zijn oren en de regen striemt zijn gezicht terwijl hij naar het halfdek strompelt. Een eenzame gedaante aan het roer probeert het kreupele schip door het hart van de storm te loodsen, op weg naar een horizon die alleen hij kan zien – een dunne streep van nevel en ijs die nu aan het oog wordt onttrokken door een chaos van wolken en golven. Het is alsof de hemel en de zee met elkaar in oorlog zijn. Enorme golven spatten met donderend geweld neer en de wolken worden vrijwel onophoudelijk verlicht door triomfantelijke, vurige flitsen.

Plotseling ziet Felix vanuit zijn ooghoek een dreigend rotsmassief, een angstaanjagende klif te midden van het kolkende water. Het is alsof zijn hart even stilstaat en hij proeft de zure smaak van angst.

Felix draait zich om en schreeuwt: 'James! Stuurboord! Ahoi!' Maar de wind blaast zijn stem weg en reduceert zijn kreet tot een iel gefluister, dat verloren gaat in de storm.

Opnieuw komt er een immense golf aanrollen. Hij rijst hoger en hoger op, tot hij hun hele blikveld vult en de hemel zo zwart lijkt als de nacht. Ontzet kijkt Felix toe hoe de top van de golf omkrult in een strook kantachtig schuim. Hij kan zich nog net schrap zetten en dan stort de golf zich op de boot en beukt met de kracht van een woedende walvis tegen de romp.

Het schip schudt en trilt en kapseist bijna. De uiteinden van de ra's boren zich in het water en opnieuw worden er mannen krijsend uit het want geslingerd, waar ze een wanhopige poging deden de gescheurde zeilen in te nemen.

Felix wordt over het dek gesmeten en weet zich nog net aan de reling vast te klampen.

Moeizaam en traag komt het schip weer overeind. De planken kreunen en piepen en water gutst overboord. Felix krabbelt overeind, met een rode, vertroebelde blik door een diepe snee in zijn voorhoofd. De zee is bezaaid met brokken hout. Mannen dobberen versuft in het water en lijken door hun gespreide jaspanden net grote kwallen. Overal klinken de wanhopige kreten van drenkelingen.

Felix baant zich vertwijfeld een weg naar het roer, maar daar staat niemand meer.

James, zijn oudste en dierbaarste vriend, is verdwenen.

Felix schreeuwt het uit, maar beseft dan dat er niemand meer het aan het roer van het zinkende schip staat. Hij grijpt het stuurwiel en probeert hun koers te corrigeren, maar vergeefs. Het schip drijft onverbiddelijk op de rotsen af.

Plotseling hoort Felix een ijzingwekkend gerommel, diep in het schip, en een donderende knal die helemaal doorloopt tot in het topje van de mast. Er volgt een schrapend, knarsend, piepend geluid, alsof de planken van de romp worden losgewrikt en de spijkers een voor een worden uitgetrokken.

Felix kijkt op en ziet de grote mast wankelen en overhellen. Voor hij alarm kan slaan, beukt een nieuwe golf tegen zijn gezicht en perst water in zijn keel.

Het is te laat. De mast is versplinterd en valt overboord, als een hoge boom die geveld wordt. Het want knapt en zwiept fluitend door de lucht en nog meer mannen worden hun dood tegemoet geslingerd.

Het bliksemt bijna onophoudelijk en de golven rijzen triomfantelijk op, terwijl regen en natte sneeuw als ijzige pijlen in zee spatten.

Felix draait zich om. Rechts nadert de enorme rotsmassa, met scherpe stenen tanden die de zee aan druppels scheuren. Hij heeft geen keus meer. Hij doet een schietgebedje en springt in het ijzige water.

De kou is als een mokerslag en perst alle lucht uit zijn longen. Heel even is hij verloren in kolkende duisternis, maar dan klauwt hij zich instinctief terug naar de oppervlakte.

Proestend en kokhalzend en naar adem snakkend van de kou komt hij boven en hoest ijzig zeewater op. Zijn ogen schrijnen door het zout, maar hij kan nog net zien dat het schip tegen de rotsen slaat. Met een laatste, hartverscheurend gekreun begint het te zinken.

De zuiging krijgt hem in zijn greep en sleurt hem omlaag.

Het water sluit zich weer boven zijn hoofd. Felix is uitgeput, maar probeert zich toch te verzetten.

Eindelijk, net als hij denkt dat hij zijn adem geen seconde langer kan inhouden, heeft de zee genade en verslapt de greep van het water. Opnieuw baant Felix zich een weg naar de oppervlakte.

Daar deint hij in een chaotische wieg. Hij probeert zich te oriënteren, maar ziet alleen de eindeloze golven.

Nee, toch niet. Niet ver van hem vandaan drijft de romp van een vrouw.

Hij zwemt ernaartoe. Het is het boegbeeld van het schip, het enige restant van het wrak. Hij klampt zich er met bloedende vingers aan vast, terwijl uitputting en versuffing hem als een anker omlaagtrekken.

Felix dwingt zich om te blijven bewegen en te watertrappen, maar de kou verlamt hem. Zijn tanden klapperen en zijn ledematen zijn gevoelloos.

Desondanks merkt hij dat de storm afneemt. De wind is minder sterk en de golven zijn niet meer zo meedogenloos. Er gloort weer een sprankje hoop bij hem. In de verte kan hij nog net de horizon onderscheiden.

Er komen twee flakkerende lichten aanzweven...

Wat zouden het kunnen zijn? Engelen?

Ze scheren op vleugels van vuur langs de hemel.

Maar ze zijn te laat. Het water sluit zich weer boven zijn hoofd en hij begint te zinken...

Net als zijn gedachten vervagen, duikt er iets in het water. Twee scherpe haken grijpen hem bij zijn schouders en tillen hem op.

Hij zweeft – hij vliegt – al heeft hij geen idee hoe dat zou kunnen.

Is hij dood? Of alleen maar stervende?

Vaag voelt hij warmte doordringen in zijn lichaam, maar niet voldoende om hem bij te laten komen. De wereld stort in en alles wordt zwart.

Als hij zijn ogen weer opendoet, ligt hij op een ruw kiezelstrand. Hij hoort wel golven klotsen, maar zacht en fluisterend. Zijn mond is kurkdroog en zijn lippen zijn rauw en verschrompeld. Hij ruikt de turfachtige geur van rook.

Achter hem kwebbelen vreemde, onverstaanbare stemmen en er knettert een vuur. Vanuit zijn ooghoek ziet hij hoge bomen met ranke stammen en brede kronen.

Plotseling knerpen er voetstappen en als hij opkijkt, ziet hij een kind met lang zwart haar en de mooiste glimlach die hij ooit gezien heeft. Het kind heeft een dierenhuid over zijn schouder en op die huid zit een vogel van vuur.

Felix knijpt zijn ogen samen en kijkt nog eens goed. Ja, het klopt. Een vogel met vleugels van vuur! Hij vraagt zich af of dit dier hem uit het water getild heeft.

Het kind gaat op zijn hurken naast hem zitten en giet iets verkoelends in zijn mond. Koud, heerlijk water. Felix drinkt en sluit dan glimlachend zijn ogen.

Alles wordt weer zwart.

Elf jaar later

Londen, 1783

HOOFDSTUK ZEVENTIEN

De alcyone

Pandora werd wakker door het geluid van voetstappen. Ze keek op en zag de potige gestalte van Felix Hardy, met zijn dikke jekker, grijsbruine kniebroek en hoge leren laarzen. Alleen had hij deze keer ook iets in zijn handen: kleren.

Hij legde ze naast Pandora op de grond en liep naar de mand van wilgentenen, die nog steeds op zijn kant lag na hun ruwe landing van de avond daarvoor. Hij pakte een zak en haalde daar een brood uit, een stuk kaas en een fles brandewijn.

Pandora streek over de warme kledingstukken. Ze waren simpel en sterk: een korte jas, een linnen hemd en een ruime broek, het soort kleren dat een zeeman zou kunnen dragen. Hij had er zelfs een paar stevige leren schoenen bij gedaan.

'Hoe komt u daaraan?' vroeg ze slaperig.

Felix nam een stuk kaas. 'Keurig netjes gekocht, bij een kennis in Dolittle Alley,' zei hij. 'Ik heb er een van m'n beste instrumenten voor moeten inruilen. Vooruit, kleed je om. Er is een hoop te doen.'

Opgewonden pakte Pandora de kleren en nam ze mee naar

de zijkant van de koepel, waar ze zich ongezien kon verkleden.

Boven haar koerden duiven op een richel en een scherpe wind gierde om de randen van de kathedraal. Ze moest voorzichtig zijn, want het dak liep gevaarlijk schuin en links zou ze zomaar naar beneden kunnen vallen.

Ze deed haar vondelingenjurk uit en trok de nieuwe kledingstukken aan. Haar lichaam zat onder de blauwe plekken.

'Dank u,' zei ze schuchter toen ze weer achter de koepel vandaan kwam en naar Felix liep. 'Ik denk niet dat iemand me zal herkennen in deze piekfijne kleren.'

'Dat is ook de bedoeling,' zei Felix. 'Hier, zet dit op.'

Hij gooide haar een rode wollen muts toe, die ze over haar korte, roodbruine krullen trok. Felix bekeek haar eens goed.

'Al met al passen ze best goed,' zei hij en hij sneed een stuk touw af van een rol die in de mand lag. Hij sloeg het touw om haar middel en bond het vast. 'Als jij m'n matroos wordt, wil ik niet dat je broek afzakt.'

Pandora werd rood, al wist ze niet of dat van verlegenheid was of van plezier.

'Gaan we weer vliegen met het maanzeil?' vroeg ze hoopvol, met een blik op de hoop stof.

'Tuurlijk niet,' zei Felix. 'Dat is niet veilig meer nu meneer Sidereal ons in de gaten houdt.' Hij gebaarde omlaag met zijn mes. 'Nee, we gaan gewoon lopen. Eet nou maar 'ns iets, dan kunnen we dadelijk weg.'

Hij gaf haar een stuk brood met kaas, dat ze doorspoelde met een slokje van zijn brandewijn. Het sterke, vurige goedje schroeide haar keel en de tranen sprongen in haar ogen. Ze hoestte even, maar glimlachte toen ze een warm gevoel in haar buik kreeg.

Op dat moment kwam Alerion aanscheren vanaf de top van de koepel en streek neer op haar metalen paal. Pandora staarde betoverd naar het rood met gouden verenkleed van de vogel. Iedere veer was net een vonk die elk moment in vlammen kon uitbarsten.

'Wat is ze nou precies?' vroeg ze, ademloos van bewondering.

Felix pakte een zak die achter hem lag en haalde er een stuk of tien dode ratten uit, die met hun staarten aan elkaar waren gebonden. Alerion keek gretig toe, met fonkelende ogen. Ze sperde haar korte, kromme snavel open en Pandora zag een vuurrode tong.

'Een alcyone,' zei Felix en hij gooide Alerion een rat toe.

Die ving ze in haar klauwen en ze begon meteen repen vlees van het karkas te scheuren.

'Waar komt ze vandaan?'

'De andere kant van de wereld,' zei Felix. 'Dat heb ik toch verteld? Een eiland dat niet groter is dan deze stad, bij het puntje van Kaap Hoorn.'

Pandora staarde in de verte, langs kades en pakhuizen, fabrieken en leerlooierijen. Voorbij de rand van de stad zag ze alleen een woud van masten.

'Er leefde een stam op dat eiland,' vervolgde Felix. 'De Oona's. Ze spraken een andere taal en konden zelfs met vogels praten.'

'Hoe kon u ze dan verstaan?' vroeg Pandora met grote ogen.

Felix zweeg even. 'Daar was tijd voor nodig, zoals zo vaak,' zei hij. 'Ik leerde sommige van hun gewoontes en zij sommige van de mijne.'

Alerion pikte in haar veren en sloeg haar vleugels uit, zodat er gloeiende vonken door de lucht warrelden. Felix gooide haar nog een rat toe.

'Ze waren een vredig volk,' zei hij en hij liep naar de rand van het dak. 'Ze behoorden toe aan de aarde terwijl wij –' hij liet zijn blik over de stad gaan '– geloven dat de aarde aan ons toebehoort.'

Pandora ging naast hem staan. De zon drong heel even door de wolken en veranderde de rivier in een stroom van goud. De hele stad was plotseling in een lichtgevend waas gehuld, maar de zon verdween even abrupt weer en de stad vulde zich opnieuw met schaduwen en rook.

'U zei dat ze een vredig volk *waren*,' zei Pandora aarzelend. 'Wat is er met ze gebeurd, meneer Hardy?'

Felix staarde voor zich uit en zijn ogen werden dof.

'De Oona's bestaan niet meer, meisje,' zei hij. 'Allemaal dood.'

Hij liep terug naar het maanzeil en gooide hun proviand in de mand van wilgentenen. 'Nadat ons schip vergaan was, kwamen er andere schepen die ook op zoek waren naar de Adem van God. Sommige ontdekten het eiland. Toen ze erachter kwamen dat ik het bolletje niet bij me had – dat James het niet eens had meegenomen – roofden ze alles wat ze maar konden vinden en doodden ze de vogels voor de sport.'

Felix keek even naar de vogel die boven hem zat. 'Er bleef maar één ei gespaard: dat van Alerion. Het duurt jaren voor een alcyone uitkomt, snap je? Het zijn taaie dieren, maar ook zeldzaam en Alerion... nou, die is de laatste van haar soort.'

Pandora staarde met prikkende ogen naar Alerion. De tranen stroomden over haar wangen.

Bijna fluisterend vervolgde Felix: 'Die schepen lieten nog iets veel ergers achter. Ziekte. De hele stam werd uitgeroeid door koorts en ik was de enige overlevende. Uiteindelijk wist ik de aandacht te trekken van een passerend schip, door lichtsignalen met behulp van een spiegel, en na een hoop omzwervingen keerde ik terug naar dit godvergeten land.'

Hij haalde nog een dode rat uit de zak en gooide hem naar Alerion, die hem opving met haar klauwen en hem gretig verslond.

'Ze eet wel veel,' zei Pandora, die aandachtig toekeek.

Eindelijk verscheen er weer een glimlach op het gezicht van Felix. 'Ja, alcyonen groeien snel en deze heeft een schrikbarende eetlust.'

'Mag ik haar ook eens voeren?' vroeg Pandora.

Felix keek haar aan. 'Ik zou niet weten waarom niet,' zei hij en hij bood haar een rat aan. 'Je kunt ze het beste bij de staart pakken en dan gooien.'

'Nee,' zei Pandora zenuwachtig. 'Ik bedoel, mag ik haar voeren... uit de hand.'

Felix slikte. 'Ik weet niet of dat wel verstandig is. Ze kan behoorlijk agressief zijn. Alcyonen hebben het niet zo op vreemden.'

'Alstublieft,' zei Pandora. 'Ik wil het graag proberen.'

Alerion hield haar kop schuin en staarde Pandora met robijnrode ogen aan.

'Nou, goed dan, als je per se wilt,' zei Felix en hij stond op. 'Maar trek eerst deze aan.' Hij gaf haar een paar dikke leren handschoenen. 'Anders peuzelt ze ook je vingers op.'

Pandora stak haar handen in het korstige leer, dat zo stijf

als een pantserplaat om haar polsen sloot.

'Steek je arm omhoog en hou hem stil, zo stil als een boomtak,' zei Felix.

Pandora volgde zijn instructies op en trilde een beetje toen Alerion verwachtingsvol op en neer wipte. Plotseling sprong de vogel in een gloed van vuur op Pandora's arm, klemde haar klauwen om haar smalle pols en ging zitten. Ze voelde verrassend licht en lenig aan.

Pandora lachte. Ze voelde hoe de vurige veren haar huid schroeiden, maar wilde Alerion niet laten gaan; ze wilde dit moment voor altijd vasthouden. Felix gaf haar een rat, die ze met haar andere hand voorzichtig bij Alerions snavel hield. Ze keek hoe de vogel lange, vettige repen van het grijze lichaam scheurde.

'Ze is schitterend,' zei Pandora met bonzend hart.

'Dat is ze zeker,' zei Felix liefdevol. 'Maar nu moeten we gaan, Pandora. We moeten een jongen vinden.'

Pandora zette Alerion weer op haar paal en volgde Felix naar een hoek van het dak, waar een ladder omlaag leidde naar een deurtje in een van de klokkentorens.

'Hoe moeten we hem zien te vinden?' vroeg ze.

'Daar heb ik al over nagedacht,' zei Felix. 'Volgens jou houdt meneer Sidereal heel de stad in de gaten vanuit zijn observatorium. Nou, dan stel ik voor dat wij meneer Sidereal eens in de gaten gaan houden. Want als het klopt wat je zegt en hij Cirrus gezien heeft, is het waarschijnlijk slechts een kwestie van tijd voor hij ons naar hem toe leidt.'

HOOFDSTUK ACHTTIEN

De zwevende jongen

Cirrus was in de volière toen Brokkel hem kwam halen. De Zaal der Wonderen ging 's middags dicht, zodat de jongens van een paar uurtjes kostbare vrijheid konden genieten voor de avondvoorstelling begon. Cirrus was in zijn eentje naar de volière gegaan omdat hij het gezelschap van dode vogels prefereerde boven dat van de andere jongens, die ongetwijfeld boven op bed aan het vechten waren. De hoge vitrines bevatten honderden vogels: toekans, pauwen, papegaaien en uilen. Er bengelden zelfs kolibries aan het plafond, met hun oogverblindende pluimage.

Cirrus klom op een van de ladders in de zaal en begon de stolpen af te vegen met een doek.

'Wat doe jij daar?' vroeg Brokkel, die languit op een bank lag. Er was die dag maar een handjevol bezoekers geweest, maar Brokkel had hen uitgebreid getrakteerd op verhalen over de gruwelijke voorwerpen en zijn stem was schor en krasserig.

'Meneer Leechcraft zei dat ik mezelf nuttig moest maken,'

zei Cirrus, die op een stolp spuwde en hem oppoetste tot hij glansde. 'Ik ben de boel aan het schoonmaken.'

'Nou, hij is er niet, dus sloof je niet zo uit,' zei Brokkel, die een schoen uittrok en zijn hiel masseerde.

Cirrus gaf geen antwoord, maar bleef de planken afvegen. Van dichtbij zag hij dat veel van de vogels slecht opgezet waren. Ze werden met touwtjes bij elkaar gehouden of waren met roestige spijkers bevestigd op de takken die hun natuurlijke leefomgeving moesten voorstellen. Sommige misten een oog of begonnen langs de naden open te splijten.

'Heb je nooit medelijden met die vogels?' zei hij. 'Ze horen vrij rond te vliegen en niet achter glas te zitten.'

'Ze zijn dood, Cirrus.'

'Nou, dat zouden ze niet moeten zijn,' zei Cirrus. 'Dat hoort niet. Je moet levende wezens niet zo laten wegrotten.'

Brokkel keek hem aandachtig aan. 'Wat is er, Cirrus? Hou je soms iets voor me geheim?'

Cirrus schudde zijn hoofd. Een van de stolpen was extra stoffig en toen hij erop blies, zag hij een kleine, gespikkelde vogel met een sierlijke hoofdtooi van veren en een brede, wijd open bek. Cirrus las het label: Australische Dwergnachtzwaluw. Hij klopte op het aandenken van zijn vader en nam zich voor om later uit te zoeken waar Australië precies lag.

'Vind je het niet leuk hier in het museum?' vroeg Brokkel.

'Dat is het niet,' zei Cirrus en hij friemelde aan het koordje om zijn hals. 'Ik was alleen niet helemaal eerlijk toen ik gisteren vertelde waarom ik uit het Tehuis ben weggelopen.'

Brokkel stond op en pakte ook een ladder, zodat hij naast

zijn vriend kon gaan staan. 'Vertel op,' zei hij.

Cirrus zweeg even terwijl hij een paar keer dezelfde stolp afstofte, maar vertelde toen aan Brokkel hoe hij stiekem naar de werkkamer van de Regent was gegaan en daar het grootboek vol namen en nummers had gevonden.

'Er waren ook lades vol aandenkens,' zei hij. 'Eentje voor elk kind. Prulletjes, souvenirs en verdrietige briefjes van de moeders die hun baby moesten achterlaten.' Hij haalde diep adem. 'Alleen voor mij was er niks.'

Brokkel keek hem bedachtzaam aan. 'Ik snap niet waarom je zo van streek bent,' zei hij. 'We zijn tenslotte allemaal achtergelaten in het Tehuis, Cirrus. We waren allemaal ongewenst. En daarom moeten we nu voor elkaar zorgen.'

'Dat is nog niet alles,' zei Cirrus, die langzaam dichter bij de waarheid kwam. 'Ik ben erachter gekomen wie me daar achtergelaten heeft.' Hij greep de zijkant van de ladder vast en staarde voor zich uit. 'Mijn vader,' zei hij.

'Je vader?'

Er liep een koude rilling over de rug van Cirrus. 'Hij heeft betaald om van me af te komen.'

De mond van Brokkel viel open.

'Hoeveel heeft ie dan betaald?' fluisterde hij.

Cirrus bleef de stolp van de Australische Dwergnachtzwaluw afstoffen en deed alsof hij hem niet gehoord had.

'Hoeveel?' herhaalde Brokkel.

'Honderd pond,' zei Cirrus zachtjes.

Het gezicht van Brokkel was plotseling een en al opwinding. 'Honderd pond? Weet je wel wat dat betekent?' Hij greep Cirrus bij zijn arm. 'Je komt uit een rijke familie, Cirrus! Misschien ben je zelfs wel van adel! Alleen een rijke stinkerd kan zoveel geld ophoesten.'

Cirrus hield op met poetsen en keek fronsend naar zijn spiegelbeeld. 'Dat betekent het helemaal niet,' zei hij. 'Het betekent alleen dat ik ongewenst was. Zó ongewenst dat mijn vader honderd pond wilde betalen om me maar kwijt te zijn. Ik was vast een grote teleurstelling voor hem.'

'Onzin,' zei Brokkel. ''t Betekent juist dat je bijzonder bent, Cirrus. Je was altijd al 't lievelingetje van de Regent en nu blijkt waarom.'

Cirrus rukte zijn arm los en staarde zijn vriend aan. 'Wat bedoel je daar nou weer mee?'

'Gewoon, wat ik zeg. De Regent heeft je altijd speciaal behandeld, alsof je een prins was of zo.'

'Wat weet jij daar nou van?' zei Cirrus verbitterd en hij sprong van de ladder. 'Zodra jouw moeder je gezicht zag, heeft ze je vast gelijk naar het Tehuis gebracht.'

Cirrus stormde naar de overkant van de zaal en klom op een andere ladder, om zijn emoties te verbergen. Hij was boos op Brokkel omdat die zo weinig sympathie voor hem had, maar was ook gekwetst omdat zijn vader hem al die jaren geleden in het Tehuis had achtergelaten. Bovendien zat Brokkel er helemaal naast: meneer Chalfont had echt niet om hem gegeven, anders zou hij niet bereid zijn geweest het wereldbolletje aan de man uit Black Mary's Hole te overhandigen.

Zwaar ademend begon Cirrus aan de overgebleven stolpen. Zo te zien waren sommige al jaren niet meer schoongemaakt en er stegen kleine stofwolkjes op als hij er boos met zijn doek over wreef.

Plotseling hield hij op met poetsen.

Een van de stolpen bevatte een bergje veren die heel veel leken op de veren die hij een paar weken eerder onder de Galgenboom had zien liggen. Een hoopje lichtgrijze as, met hier en daar een oranje of rode streep. Onderaan de stolp vermeldde een label in een krabbelig handschrift:

Vlamvogel, ontdekt voor de kust van Vuurland. Mogelijk verwant aan de feniks. Nestelt in hoge bomen en bekleedt zijn nest met een speciale hittebestendige pasta.

Met gefronst voorhoofd probeerde Cirrus de woorden te ontcijferen. Hij wilde net op zijn wereldbol controleren waar Vuurland lag toen hij Brokkel vanaf de andere kant van de kamer naar hem zag kijken.

'Wat heb je daar?' vroeg Brokkel nogal humeurig.

'Niks,' zei Cirrus en hij stopte de bol vlug weer weg.

'Je liegt. Er hangt iets om je nek, dat zag ik.'

Brokkel klom van zijn ladder en liep naar Cirrus, maar op dat moment rinkelde er een bel. Brokkel draaide zich om en haastte zich naar de deur.

'Wat is er?' vroeg Cirrus, die zelf wat langzamer van zijn ladder klom.

'Tijd voor de avondvoorstelling,' zei Brokkel. 'Ik moet me voorbereiden.'

Hij liep snel terug door de zalen. Cirrus legde zwijgend zijn doek weg en volgde hem.

Boven trokken de andere jongens haastig hun jasjes aan en smeerden rouge op hun wangen. De hele zolder rook naar poeder en parfum. Brokkel bekeek zichzelf in een gevlekte spiegel.

'Geef me die fles met loodwit 'ns aan,' zei hij toen Cirrus langskwam.

Cirrus keek om zich heen, zag een fles met stinkend wit poeder en gaf hem aan Brokkel, die zijn gezicht er rijkelijk mee insmeerde.

Cirrus keek hem aan in de spiegel.

'Het spijt me,' zei hij uiteindelijk.

'Wat spijt je?' zei Brokkel, die weigerde hem aan te kijken.

'Wat ik daarnet zei. Over je moeder. Dat meende ik niet. Ik weet dat ze best wel om je gegeven heeft.' Cirrus aarzelde even. 'Net als ik.'

Brokkel hield zijn gezicht schuin en smeerde nog wat poeder op zijn kin. Hij smakte met zijn lippen en deed zijn mond open.

'Maak je d'r niet druk om,' zei hij en hij inspecteerde zijn tanden. 'Geef me even m'n vleugels aan, als je wilt.'

Cirrus keek verward om zich heen en zag een zilverkleurig jasje waar aan de achterkant twee verrassend zware vleugels van ganzenveren uitstaken.

'Je lijkt wel een engel,' zei Cirrus toen Brokkel het jasje aantrok.

Brokkel bekeek zichzelf nog eens goed in de spiegel en grijnsde. 'Ik ben Cupido met de Sprankelende Kus,' zei hij.

Er ging opnieuw een bel. De jongens pakten haastig hun pruiken, die ze aan de houten bedstijlen hadden gehangen, en daalden de trap af. Brokkel deed wat minder gehaast, omdat hij voorzichtig moest zijn met zijn vleugels en Cirrus liep een paar passen achter Brokkel aan.

Twee verdiepingen lager zag hij een deur op een kier staan. Hij gluurde gauw even naar binnen en zag meneer Leechcraft aan een versleten houten bureau zitten. Hij had geen pruik op zijn kale hoofd, moest zich nodig eens scheren en had zijn groezelige hemdsmouwen opgerold.

Meneer Leechcraft zag hem kijken en stond op. Hij pakte zijn pruik van een standaard, greep zijn stok van barnsteen en liep haastig naar de deur terwijl hij zijn jas aantrok. Tegen de tijd dat hij de overloop op stapte, zag hij er totaal anders uit.

'Ben je er klaar voor, beste jongen?' vroeg hij aan Brokkel.

Brokkel knikte en er dwarrelde een wolk van poeder omlaag.

'Goed zo. Maak er vanavond een goede voorstelling van en je krijgt een shilling van me,' zei meneer Leechcraft. 'Ik verwacht een speciale bezoeker: een heer van het Genootschap.'

'Het Genootschap?' vroeg Cirrus, ervan overtuigd dat hij die naam eerder gehoord had.

Meneer Leechcraft keek hem nieuwsgierig aan. 'Het Genootschap van Empirische Wetenschappen,' zei hij met opgetrokken wenkbrauwen. 'Het meest vooraanstaande gezelschap natuurvorsers van ons land. Als we hen weten te overtuigen van het belang van ons werk, is ons fortuin gemaakt. Je zult me toch niet teleurstellen, Abraham?'

Brokkel rechtte zijn rug. 'Maakt u zich geen zorgen, meneer. Ik zal ervoor zorgen dat het publiek het vanavond uitgilt!'

'Goed zo,' zei meneer Leechcraft. Hij tikte hem op zijn schouder met zijn stok en keek toen heel wat minder vriendelijk naar Cirrus, met zijn warrige haar. 'En wat jou betreft,' zei hij, 'kijk overal goed naar, maar laat je niet zien. Begrepen? Ik heb nog niet besloten wat ik met je zal doen.'

'Ja, meneer,' zei Cirrus.

'Kom. We hebben niet veel tijd meer.'

Zwaaiend met zijn stok ging hij de jongens via de donkere hal vol schemerige voorwerpen voor naar een speciale zaal achter in het museum. Cirrus kreeg een vaag, onheilspellend voorgevoel toen ze naar het zwarte gordijn liepen dat hij al eerder had gezien.

'Welkom in mijn Elektrische Kamer,' zei meneer Leechcraft en hij gooide het gordijn met een weids gebaar open. 'Waar ik onderzoek doe naar het etherische vuur!'

Ze bevonden zich in een klein amfitheater, dat verlicht werd door flakkerende kaarsen. Rijen vergulde stoelen stonden rond een toneel waarop diverse apparaten waren uitgestald. De aandacht van Cirrus werd meteen getrokken door een vervaarlijke machine met twee glazen schijven, zo groot als karrenwielen, die verticaal opgehangen waren in een hoog houten frame. Dat was op zijn beurt weer bevestigd aan een lange metalen staaf, die tot halverwege het podium reikte.

Meneer Leechcraft griste een kandelaar uit de hand van een passerende jongen en ging hen voor door het gangpad.

'Mijn elektriseermachine,' zei hij en hij streelde de glanzende metalen loop. 'Als ik aan deze hendel draai –' hij gebaarde naar een hendel achter de glazen schijven '– spatten er vonken van etherisch vuur uit de loop. Echt fenomenaal.'

Cirrus werd echter afgeleid door een soort houten schommel aan het plafond, die Micah liet zakken. De plank van de schommel bleef op een paar centimeter van het uiteinde van de machine zweven.

'Ah, het hoogtepunt van de voorstelling,' zei meneer Leechcraft met een verwachtingsvolle blik op Brokkel. 'De Zwevende Jongen.'

Terwijl Cirrus toekeek, deed Brokkel zijn schoenen uit en nam op de schommel plaats. Hij ging plat op zijn buik liggen, zodat zijn borst tegen de plank drukte maar hij zijn armen en benen vrijelijk kon bewegen. Het leek alsof hij zwom, maar dan midden in de lucht.

Meneer Leechcraft deed een riem om Brokkels middel en bond hem daarmee aan de schommel vast. Na een laatste waarschuwing – 'Denk eraan, Abraham, vanavond kijkt meneer Sidereal, en ik ook' – verdween hij in de schaduwen en liet de jongens op het toneel achter.

Zodra meneer Leechcraft weg was, kwam Micah naar Brokkel toe.

'Alles wat Leech je vanavond geeft is voor mij, begrepen?' zei hij en hij haalde de riemen waarmee Brokkel aan de schommel was vastgebonden nog wat verder aan.

Brokkel trok een gezicht. 'Voorzichtig! Je doet me pijn! Ze zitten te strak. Ik krijg bijna geen lucht meer!'

Micah keek even naar de fragiele katrol in de dakbalken waar alles aan bevestigd was. 'Goed zo,' zei hij. 'Hou je mond en verroer je niet. En denk eraan wie hier de touwen bedient. Je wilt toch geen ongeluk krijgen? Als ik je weer laat zakken, verwacht ik mijn gebruikelijke beloning.'

Brokkel zweeg en hield op met wriemelen toen Micah aan de touwen trok en hem omhooghees.

Een paar tellen later zweefde Brokkel hoog boven het podium, bijna tegen de dakbalken, omgeven door wolken van zwarte stof zodat hij onzichtbaar was voor het publiek, veronderstelde Cirrus. De lovertjes op de stof glinsterden als sterren.

Ondertussen troffen de andere jongens de laatste voorbereidingen. Ze rolden zware grijze cilinders, zo groot als melkbussen, over het podium en bestrooiden de vloer met kruidnagels en gedroogde sinaasappelschillen, in een poging de onaangename geur in de zaal te maskeren, een geur die Cirrus uiteindelijk herkende. Het deed hem denken aan de keren dat mevrouw Kickshaw haar pasteitjes te lang in de oven had laten staan: de stank van aangebrand vlees.

Cirrus streek over de elektriseermachine. 'Wat doet dit ding precies?' vroeg hij, met een blik op zijn vriend. Alleen al bij de aanblik van de glazen schijven begon zijn hart sneller te slaan.

Brokkel haalde zijn schouders op. ''t Schiet bliksem door me heen, denk ik.'

Cirrus snakte naar adem. 'Doet dat geen pijn?'

'Niet echt,' zei Brokkel. 'Je went eraan. 't Begint als een tinteling en wordt dan meer een soort geprik. Pas aan 't eind is 't pijnlijk – alsof een miljoen gloeiende naalden zich in je huid boren.'

Cirrus keek hem met grote ogen aan, maar Brokkel glimlachte geruststellend. ''t Geld na afloop maakt alles goed.'

Cirrus keek om zich heen. 'En Micah dan?' vroeg hij.

Brokkel grijnsde. 'Micah krijgt niet altijd wat hij wil.'

Meneer Leechcraft verscheen weer op het toneel en klapte in zijn handen. 'Jongens! Tijd om onze gasten te begroeten. De rijtuigen komen eraan.'

De andere jongens pakten hun kaarsen en verlieten de zaal, terwijl Cirrus een stil plekje achter het toneel zocht waar hij kon kijken hoe Brokkel heen en weer zwaaide in het schemerduister.

Even later namen de eerste bezoekers hun plaats in.

Cirrus keek vanuit de schaduwen naar hun gezichten. Hij had nog nooit zulke goedgeklede mensen gezien. Er waren elegante dames met strikken in hun haar, verschrompelde oude vrouwtjes met juwelen om hun hals en stijve, militair aandoende heren.

Na de toeschouwers kwam meneer Leechcraft binnen.

'Gewaardeerd en hooggeëerd publiek,' zei hij, nadat hij het toneel had beklommen en de aanwezigen met een diepe buiging had begroet. 'Ik heet u met groot genoegen welkom in mijn bescheiden etablissement, de Zaal der Wonderen.'

Een of twee dames geeuwden, iemand hoestte en waaiers wuifden in een geluidloos applaus, maar meneer Leechcraft ging onverstoorbaar door.

'Ether,' zei hij en hij liet het woord even in de lucht zweven. 'Onzichtbaar en gewichtloos, maar toch het element dat alles verbindt, alles op zijn plaats houdt. De essentie van ons bestaan, net als de levensadem die Adam werd ingeblazen...'

Vanuit zijn positie achter het toneel zag Cirrus dat Micah, Daniel, Ezekiel en Job zichzelf vastgespten in troonachtige stoelen aan de rand van de zaal. Een voor een bliezen ze hun kaarsen uit en lieten een soort doorzichtige kronen op hun hoofd zakken. Algauw dansten er nog maar een paar kleine lichtvlekjes op het toneel, naast meneer Leechcraft.

'Dames en heren,' zei hij, zo zacht dat Cirrus en de overige toeschouwers moeite moesten doen om hem te verstaan, 'u zult zo dadelijk versteld staan. Want vanavond zal ik proberen het mysterie van het onbekende te ontsluieren... en de DUISTERNIS ZICHTBAAR TE MAKEN!'

Zijn stem schalde plotseling door de zaal en met een dramatisch gebaar doofde hij de laatste kaarsen, zodat het aardedonker werd.

Langzaam verscheen er een griezelige gloed aan de zijkanten van de zaal.

Er werd gegild en geschreeuwd en zelfs Cirrus snakte angstig naar adem. De speciale bollen die de jongens op hun hoofd hadden laten zakken begonnen licht uit te stralen, alsof het aureolen waren. In de bollen knetterden en flikkerden miniatuurbliksems, maar de jongens zelf zaten erbij als standbeelden.

'Ziedaar het wonder van mijn Lumineuze Leerlingen,' zei meneer Leechcraft.

Alle toeschouwers draaiden zich om, staarden verbluft naar de vreemd gloeiende jongens en applaudisseerden luid.

Er daverde een oorverdovende KNAL door de zaal en iedereen keek geschrokken om. Cirrus drukte zijn hand tegen zijn borst, want terwijl de aandacht van het publiek was afgeleid had meneer Leechcraft aan de hendel van zijn machine gedraaid en een bliksemschicht laten verschijnen.

'Ether,' zei meneer Leechcraft toen iedereen weer naar hem

keek. 'De lucht die we inademen en de materie die we aanraken is ervan doortrokken. Het kan voeden, maar ook vernietigen...'

Er volgde een reeks experimenten zoals Cirrus nog nooit eerder had gezien. Meneer Leechcraft liet papieren poppen dansen op metalen schotels, stak kaarsen aan met behulp van flessen water en liet zelfs de blaas van een konijn aan een lijn van vuur boven het toneel rondzweven voor hij verteerd werd door de vlammen.

Net toen Cirrus al die trucjes een beetje beu begon te worden, daalden er opeens sneeuwvlokken neer. Hij keek op en zag dat Brokkel ganzenveren rondstrooide uit een emmer.

'Laten we nu eens zien wat voor energie we kunnen opwekken bij een onschuldig kind,' zei meneer Leechcraft terwijl Brokkel begon te dalen op zijn schommel. 'Ziehier Cupido met de Sprankelende Kus!'

Iedereen klapte opgetogen toen Brokkel verscheen. Even dacht Cirrus dat alle vogels in de volière van meneer Leechcraft tot leven waren gekomen, want de dames kirden en koerden en wuifden met hun waaiers. Toen zag hij nog iets anders, helemaal achter in de zaal: een kleine man in een stoel op wielen. Hij boog zich voorover en had een kijker in zijn hand, om de jongen op het toneel beter te kunnen zien.

Met een angstig voorgevoel besefte Cirrus dat dit vrijwel zeker de heer van het Genootschap was op wie meneer Leechcraft zo graag indruk wilde maken.

Door een plotselinge bliksemflits richtte hij zijn aandacht weer op de voorstelling. Meneer Leechcraft had nog een schicht door de zaal laten schieten, die de schommel van Brokkel maar net gemist had. De dames in het publiek slaakten een kreet van afschuw.

'Vergeet niet dat ether zowel voor goede als slechte doeleinden gebruikt kan worden,' zei meneer Leechcraft met een duistere, wrede glimlach. 'Het kan helen, maar ook vernietigen.'

Een van de dames sprong op, kennelijk om Brokkel te behoeden voor het lot dat hem wachtte, maar hij stelde haar glimlachend gerust.

'Kijk maar,' zei hij en hij stak zijn hand uit, die niet trilde. 'Ik ben helemaal niet bang.'

Ze pakte zijn vingers even en drukte een muntstuk in zijn hand. Brokkel keek met een zelfvoldane grijns naar Cirrus maar Micah, die de touwen bediende, staarde hem woedend aan.

Cirrus slikte het brok in zijn keel weg en keek hoe meneer Leechcraft met veel omhaal de metalen loop van de elektriseermachine verwijderde en Brokkels voetzolen zorgvuldig op één lijn bracht met de glazen schijven.

Het werd stil in de zaal.

Meneer Leechcraft liep naar de hendel en de schijven begonnen rond te draaien.

Er klonk een zacht, traag gesis.

Cirrus kon zijn ogen niet losscheuren van Brokkel. Die lag er roerloos bij, met een serene uitdrukking, maar Cirrus herinnerde zich wat hij verteld had over gloeiende naalden van pijn en zijn handpalmen begonnen te zweten.

Net toen Cirrus de spanning niet langer kon verdragen en verwachtte dat zijn vriend ieder moment verteerd kon worden in een vurige flits, stak Brokkel zijn handen uit. Als door toverkracht rezen de veren die over het toneel verspreid lagen plotseling op en kleefden aan zijn lichaam vast. Brokkel was een menselijke magneet geworden!

Cirrus deed mee aan het donderende applaus en Brokkel trakteerde het verrukte publiek op een brede grijns.

'De wonderen der natuur in de handen van een kind,' zei meneer Leechcraft, die aan de hendel bleef draaien. 'Laten we eens zien of we nog meer vonken aan zijn ziel kunnen ontlokken.'

De schijven draaiden sneller rond en het publiek werd weer rusteloos. Cirrus zag tot zijn schrik dat de spanning zichtbaar werd bij Brokkel. Het zweet liep over zijn gezicht en zijn gloednieuwe tanden waren in een pijnlijke grimas op elkaar geklemd, maar meneer Leechcraft bleef onverbiddelijk aan de hendel draaien.

Na een tijdje verschenen er kleine spinnenwebben van licht tussen Brokkels vingers. Plotseling schoot er een flits van energie over het toneel, die een koperen bol op ruim een meter afstand raakte. Het geschreeuw van het publiek overstemde de kreet van Brokkel.

Cirrus zag dat zijn vriend zich groot probeerde te houden, maar er biggelden tranen van pijn over zijn wangen.

'U hebt de ware en oorspronkelijke levensvonk aanschouwd, dames en heren,' zei meneer Leechcraft met een diepe buiging. 'De Adem van God, zoals u wilt.'

Er werd opnieuw luid geapplaudisseerd.

Zodra de ovatie was afgelopen, vroeg meneer Leechcraft aan een dame om het toneel op te komen. 'Zou u een engel willen kussen, mevrouw?' vroeg hij galant en hij stak zijn hand uit.

Hij begeleidde een kleine, dikke dame naar een krukje dat voor de schommel van Brokkel stond. Die bewoog onrustig heen en weer, want de vrouw was oud en gerimpeld, met een schoonheidsvlek op haar kin zo groot als een platgeslagen vlieg. Ze haalde een muntstuk uit haar beurs en stopte dat in Brokkels hand. Toen deed ze haar ogen dicht, tuitte haar lippen, boog zich voorover en wilde Brokkel kussen.

Meneer Leechcraft sprong onmiddellijk weer naar zijn machine en draaide aan de hendel. Een scherpe bijensteek van blauw licht spatte van de lippen van Brokkel en de vrouw slaakte een kreet van pijn. Ze plofte op de grond terwijl Brokkel aan zijn nog niet helemaal genezen tandvlees voelde.

Bulderend van het lachen stonden de toeschouwers als één man op.

De voorstelling was afgelopen en de bezoekers namen afscheid. Ezekiel en Job loodsten hen met behulp van hun kaarsen door het donkere museum.

Ondertussen spoedde meneer Leechcraft zich naar de man van het Genootschap. 'Wat vond u van onze voorstelling?' vroeg hij.

Meneer Sidereal zei niets maar staarde naar het toneel, waar Brokkel wachtte tot Micah hem zou laten zakken. In plaats daarvan holde die naar de machine, draaide aan de hendel en pompte nog meer energie door Brokkels voetzolen.

Cirrus sprong vanachter het toneel vandaan, om zijn vriend te verlossen, maar zodra hij op het krukje stapte raakte een bliksemschicht hem vol in de borst. Hij smakte op de grond en kwam hard met zijn hoofd tegen de planken.

Hij bleef even roerloos liggen, zich bewust van een stekende pijn, en zag toen een fonkelend licht dat kennelijk opsteeg uit zijn borst.

Cirrus plukte aan zijn kleren, bang dat hij in brand stond, maar zag tot zijn verbijstering dat de wereldbol onder zijn jasje was opengesprongen en dat er een ijzige, blauwwitte damp uit stroomde. Met trillende vingers schroefde hij de twee helften weer op elkaar en hij slaakte een zucht van opluchting toen het licht langzaam uitdoofde.

Hij kwam wankelend overeind.

Iedereen staarde naar de vervagende lichtsluiers, behalve Brokkel die van zijn schommel was geblazen en nu languit op de grond lag.

'Ben je gewond?' riep Cirrus. Hij rende naar Brokkel toe, maar die deinsde angstig achteruit. Hij wreef over zijn linkerelleboog en kreunde van pijn. Zijn vleugels waren geplet toen hij viel.

'Het spijt me,' zei Cirrus trillend. 'Ik weet niet wat er gebeurde.'

Hij keek hulpeloos naar meneer Leechcraft, die al even verbijsterd leek. Alleen meneer Sidereal toonde geen enkele verbazing, maar staarde aandachtig naar de borst van Cirrus.

'Laat die jongen hier komen,' zei hij met een hoge stem.

Meneer Leechcraft gebaarde en Cirrus liep nerveus naar meneer Sidereal.

Die keek hem doordringend aan.

'Hoe heet je?' vroeg hij, terwijl hij zijn hand uitstak en het jasje van Cirrus streelde.

Cirrus deed werktuiglijk een stap achteruit.

'Dit is mijn nieuwe Zwevende Jongen,' zei meneer Leechcraft vlug, voor Cirrus antwoord kon geven. Hij sloeg zijn vingers om de schouders van Cirrus en drukte hem stevig tegen zijn borst. 'Hij is hier in opleiding, samen met mijn andere jongens, alleen wist ik niet of de tijd al rijp was om hem te laten optreden.'

'De tijd is rijp,' zei meneer Sidereal. 'Ik wil dat hij zo snel mogelijk getoond wordt aan het Genootschap.'

Meneer Leechcraft knipperde met zijn ogen.

'Het Genootschap?'

'Natuurlijk! Deze jongen is één brok ether! Ziet u dat dan niet? Ik denk dat het Genootschap uitermate geïnteresseerd zal zijn in dit buitengewone kind.'

Cirrus keek ongemakkelijk naar Brokkel, die hem woedend aanstaarde.

Meneer Leechcraft leek met stomheid geslagen. 'En wanneer... eh... wilde u hem dan tonen?'

'Morgenavond,' zei meneer Sidereal en hij klauwde aan de armleuningen van zijn stoel. 'Dan vergadert het Genootschap.'

Cirrus dacht dat hij zou flauwvallen. Hij hoopte even dat meneer Leechcraft de uitnodiging zou afslaan, maar die had zich kennelijk vermand.

'Morgenavond is prima,' zei hij tot afschuw van Cirrus.

'Mooi zo. Ik zal ervoor zorgen dat dan alles geregeld is,' zei meneer Sidereal en hij liet zijn stoel wegrollen.

Meneer Leechcraft zei tegen Micah en Brokkel dat ze meneer Sidereal moesten helpen. Cirrus keek opnieuw even angstig naar zijn vriend, maar Brokkel stormde met afgewend hoofd voorbij.

HOOFDSTUK NEGENTIEN

De gevallen engel

Pandora stond in het park voor de Zaal der Wonderen en keek omhoog naar het museum. Aan weerszijden van de ingang flakkerden toortsen, maar de ramen waren donker als tin en ze zag nergens een teken van leven.

'Waar is hij? Waar blijft hij toch?' vroeg ze terwijl ze over het grindpad ijsbeerde.

'Geduld, Pandora,' zei een stem.

Ze keek om. Felix Hardy zat op de rand van de sokkel in het midden van het park, bijna net zo roerloos als het standbeeld dat boven hem uittorende, en staarde door zijn verrekijker naar de ingang.

Ze hielden al de hele dag meneer Sidereal in de gaten. Terwijl asgrauwe wolken zich samenpakten boven de stad en donder rommelde in de verte, hadden ze op een bloedhete straathoek bij zijn observatorium gewacht tot hij hen naar Cirrus zou leiden.

Uiteindelijk, toen de zon begon onder te gaan en de hemel een koperkleurige gloed kreeg, had meneer Sidereal zijn huis verlaten in een vergulde koets. Felix had onmiddellijk de achtervolging ingezet, in een sjofel zwart rijtuig dat hij speciaal gehuurd had. Hun koetsier nam iedere bocht in volle draf, zodat ze de chique koets toch bij konden houden.

Een tijdje later waren ze gestopt voor een gebouw aan de noordkant van Leicester Fields en met een kreet van blijdschap had Pandora het ruiterstandbeeld in het midden van het park herkend.

'Meneer Hardy!' riep ze en ze greep hem bij zijn arm. 'Hier heb ik Cirrus voor het laatst gezien, daar ben ik van overtuigd. Meneer Sidereal moet weten waar hij is!'

Pandora zou meneer Sidereal het liefst meteen naar binnen gevolgd zijn, maar in plaats daarvan hadden ze een plekje gezocht waar ze konden wachten. Volgens Felix konden ze voorlopig beter verborgen blijven en niet meteen naar binnen stormen. Bovendien was hij na één blik op het plakkaat naast de deur merkwaardig stil geworden en had hij nu een norse frons op zijn voorhoofd.

Zuchtend van frustratie liep Pandora opnieuw in de richting van het museum.

'Voorzichtig, Pandora,' zei Felix.

Hij staarde nog steeds door zijn kijker naar de deur.

'Ik ga niet ver,' beloofde Pandora en ze sloop verder over het pad.

Er stonden diverse rijtuigen voor de ingang van het museum en ze hoorde paarden snuiven en met hun hoeven trappelen.

Ze deed nog een paar passen.

Net toen ze bij het hek rond het park was, ging de deur van

de Zaal der Wonderen open en stroomde er licht naar buiten. Pandora drukte zich tegen de ijzeren spijlen en bleef roerloos staan terwijl eerst twee magere, identiek geklede jongens naar buiten kwamen en toen een stoet mannen en vrouwen.

Er klonken stemmen.

'Zo'n engelachtig ventje. Ik hoop dat hij niet al te veel pijn heeft geleden...'

'Welnee, schat. Dat leek alleen maar zo, door het licht.'

Pandora keek hoe de groep naar de gereedstaande koetsen liep, die een voor een vertrokken. De twee jongens holden het bordes weer op en verdwenen in het museum.

Meneer Sidereal en Cirrus waren nog steeds nergens te bekennen.

Pandora zuchtte en vroeg zich af of ze zich vergist had. Misschien wist meneer Sidereal toch niet waar Cirrus was.

Ze dacht plotseling aan Alerion, die ze hadden achtergelaten op het dak van St Paul's. Ze wilde dolgraag weer bij de vuurvogel zijn en zich koesteren in de warme gloed van haar veren.

Uiteindelijk, na wat wel uren wachten leek, ging de deur opnieuw open en deze keer verscheen meneer Sidereal. Verscheidene jongens droegen zijn stoel het bordes af, bijna dubbelgebogen onder het gewicht. Een kleinere jongen met een bepoederde pruik en iets wat op geknakte engelenvleugels leek, volgde op enige afstand.

Pandora keek achterom naar Felix, die vrijwel onzichtbaar was in het donker. Hij gebaarde dat ze zich niet moest laten zien, dus bleef ze in de schaduw en richtte haar aandacht weer op de deur.

Er stonden nu twee gedaantes afgetekend tegen het licht in de hal: een magere, roofzuchtig uitziende man met een donkergrijze pruik en een jongen met krullend haar. Cirrus!

Pandora's hart sprong op toen ze hem zag en ze had al haar wilskracht nodig om niet iets te roepen. Ze wilde eigenlijk naar hem toe rennen en hem grijpen, maar ze zag dat de man hem stevig vasthield. Cirrus leek bleek en angstig. Hij klemde zijn hand om de kraag van zijn jasje en keek constant naar de man in de rolstoel.

'Tot morgenavond,' hoorde ze meneer Sidereal zeggen terwijl de jongens hem naar buiten droegen. 'Mijn rijtuig brengt u naar het Genootschap.'

'Dat is heel vriendelijk van u,' zei de man in de deuropening.

Pandora fronste haar voorhoofd. Wat waren ze van plan? En waar was dat Genootschap?

'Al goed, al goed. Als u de jongen maar meeneemt,' zei meneer Sidereal.

'Maakt u zich geen zorgen; ik zal hem geen moment uit het oog verliezen.'

Pandora keek opnieuw even naar Felix. Ze vroeg zich af of hij in actie zou komen en Cirrus zou redden, maar zijn gezicht was ondoorgrondelijk en hij bleef door zijn kijker naar de deur staren. Toen ze zich weer omdraaide, waren de man en de jongen weer naar binnen gegaan.

Meneer Sidereal was nu bijna op gelijke hoogte met haar, aan de andere kant van het hek, en ze hoorde de jongens hijgen terwijl ze hem naar zijn rijtuig droegen. Pandora dook nog verder omlaag en keek hoe de koetsier van de bok klom en de deur opendeed. Meneer Sidereal werd naar binnen getild en het interieur van de koets glansde in het gouden licht van een ingebouwde olielamp.

De vier jongens hadden hun werk erop zitten. Ze deden een stap achteruit, bogen naar meneer Sidereal en holden terug naar het museum. Alleen de jongen met de verfomfaaide vleugels bleef achter. Hij staarde even naar het rijtuig en draaide zich toen ook om.

Meneer Sidereal riep hem terug.

De jongen aarzelde.

'Ja, jij,' zei meneer Sidereal met zijn hoge stem. 'Ik wil je even spreken.'

De jongen liep terug.

Pandora, die gehurkt naast het ijzeren hek zat, zag hoe de jongen nerveus om zich heen keek en toen terugliep naar de gouden koets. De man gebaarde en hij stapte in en deed de deur dicht. Ze begonnen met elkaar te praten, maar Pandora kon hen niet verstaan.

Ze deed voorzichtig nog een paar passen, in de hoop dat ze zou kunnen horen wat er gezegd werd, maar de koetsier stond naast het rijtuig en als ze nog dichterbij kwam, zou ze betrapt worden. Door het raam van de koets zag ze dat meneer Sidereal naar zijn hals gebaarde. De jongen knikte en wees op zijn borst.

Er verscheen een onaangename glimlach op het gezicht van meneer Sidereal en ze praatten verder.

Te oordelen aan de manier waarop de jongen steeds naar het museum keek, moest hun gesprek iets met Cirrus te maken hebben, dacht Pandora.

Uiteindelijk pakte meneer Sidereal een kleine leren beurs en haalde daar verscheidene glinsterende gouden munten uit.

De jongen sperde zijn ogen open en zijn vingers worstelden met elkaar op zijn schoot. Hij staarde eerst naar het geld, vervolgens naar meneer Sidereal en knikte toen.

Meneer Sidereal glimlachte opnieuw.

Pandora dook gauw weg toen de deur van de koets openging en de jongen uitstapte.

'Morgenavond, bij het Genootschap,' hoorde ze meneer Sidereal zeggen. 'Je weet waar je me kunt vinden.'

De jongen knikte en stak toen bedeesd zijn hand uit.

Meneer Sidereal fronste zijn voorhoofd.

'Natuurlijk,' zei hij en hij drukte een paar munten in de hand van de jongen. Toen greep hij hem bij zijn pols en trok hem naar zich toe. 'Probeer me niet te bedonderen,' siste hij. 'Je krijgt de rest als ik heb wat ik wil.'

Hij liet de jongen los. De koetsier deed meteen de deur dicht, sprong op de bok en het rijtuig ratelde weg.

De jongen bleef nog even staan en wreef over zijn pols, maar liep toen terug naar het museum.

Pandora holde naar Felix. 'Ik vertrouw ze niet,' zei ze, nadenkend over wat ze gezien en gehoord had. 'Volgens mij voeren ze iets in hun schild. Die jongen in het rijtuig... ik heb het idee dat meneer Sidereal hem naar het bolletje vroeg.'

Felix knikte, maar zei niets en liep met grote passen weg door het park.

'Ik hoorde ze iets zeggen over een Genootschap,' zei Pandora. 'Daar gaat morgenavond wat gebeuren.'

Felix zei nog steeds niets.

Het kostte Pandora moeite om hem bij te houden. 'Is er iets, meneer Hardy?' vroeg ze.

Felix bleef eindelijk staan. 'Ja, er is iets,' zei hij. 'De eigenaar van het museum. Die heb ik eerder gezien.'

'Wie is het dan?'

'Leechcraft, heet hij,' zei Felix met een woedende blik. 'Hij is een van die types die voor de lol vuurvogels doodschoten.'

Pandora dacht opnieuw aan Alerion die op hen wachtte en huiverde. 'Wat moeten we nu doen, meneer Hardy?' vroeg ze bezorgd.

'We kiezen het luchtruim,' zei hij, 'en houden het Genootschap als een havik in de gaten.'

HOOFDSTUK TWINTIG

De Hemelzaal

Cirrus stapte weg bij het kleine zolderraam, helemaal boven in het museum, en bekeek zichzelf in de spiegel aan de wand. Zijn grove bruine vondelingenkleren hadden plaatsgemaakt voor een smaragdgroen jasje, een fraaie kniebroek en schoenen met zilveren gespen. Zijn haar was zorgvuldig bepoederd, achterovergekamd en vastgezet met een strik. Mevrouw Kickshaw zou trots op hem zijn, dacht hij, en plotseling miste hij haar.

Achter hem vochten de andere jongens met elkaar op de bedden die ze deelden in de hoek. Alleen Brokkel deed niet mee. Hij zat op een stoel en plukte veren uit de verbogen vleugels die op zijn schoot lagen.

Cirrus liep naar hem toe. 'Het spijt me,' zei hij voor de honderdste keer. 'Dit was niet m'n bedoeling, ik zweer het. Ik wou dat ik er niet aan mee hoefde te doen.'

Brokkel keek hem even aan, met een gekwetste blik, maar zei niets. In plaats daarvan stond hij op en liep hij naar de andere kant van de kamer. Zijn arm was nog steeds pijnlijk en zat in een draagdoek.

Cirrus ging op de rand van het bed zitten. Hij wist niet zeker waardoor het bolletje gisteravond zo gereageerd had, maar hij was blij dat het niet meer gloeide. Hij had het niet meer open durven doen, uit angst dat een van de andere jongens het zou zien, en had er zelfs mee geslapen onder zijn kussen, in de palm van zijn hand. Hij vroeg zich af hoe hij het geheim kon houden voor het Genootschap.

Er maalden allerlei onbeantwoorde vragen door zijn hoofd. Hoe was zijn vader eraan gekomen? Waar diende het voor? Eén ding was zeker: de inhoud bezat een enorme kracht. Tenslotte had het Brokkel zo van zijn schommel geblazen.

Beneden rinkelde een bel en Cirrus volgde de andere jongens naar de hal. Hij liep langzaam de steile houten trap af en met iedere stap werd zijn angstige voorgevoel sterker.

'Jongens, jongens,' zei meneer Leechcraft toen ze om hem heen stonden. 'Vanavond treden we op voor het Genootschap van Empirische Wetenschappen. Dat is een geweldige eer, een uitzonderlijk voorrecht, en het is van vitaal belang dat jullie precies doen wat ik zeg.'

Hij nam de voorstelling door, waarin Cirrus de plaats van Brokkel zou innemen als nieuwe Zwevende Jongen en loodste de groep toen naar buiten, waar een vergulde koets met zes witte paarden wachtte.

'Ik zie dat meneer Sidereal zijn fraaiste rijtuig heeft gestuurd,' zei meneer Leechcraft met een voldane glimlach.

De donkere wolken aan de hemel gaven het licht een harsachtige gloed en de lucht was wazig en stoffig.

Cirrus keek slecht op zijn gemak om zich heen. 'Waar is meneer Sidereal?' vroeg hij. Hij kon de veelbetekenende blik die de man hem de vorige avond had gegeven maar niet vergeten en hij voelde opnieuw aan de bol onder zijn hemd, om te controleren of die nog veilig verborgen was.

'Meneer Sidereal laat zich excuseren,' zei meneer Leechcraft. 'Hij wacht ons op bij het Genootschap.'

Cirrus stapte in het rijtuig, gevolgd door de andere jongens, en meneer Leechcraft wurmde zich tussen hen in. Er steeg een zware, muskusachtige geur op uit zijn kleren, die hij ter ere van de gelegenheid besprenkeld had met ambergrijs.

'Zelfs de straten zijn vanavond geplaveid met goud!' zei hij opgewekt toen hij het geelbruine licht zag.

Het rijtuig kwam met een schok in beweging.

Cirrus had het liefst de gordijnen dichtgedaan en zichzelf afgezonderd in het donker, maar meneer Leechcraft stond erop dat ze openbleven, zodat ze naar buiten konden kijken. Hij zwaaide vorstelijk naar de voorbijgangers, met een glimlach die op zijn lippen gebeiteld leek te staan.

Cirrus keek even naar Brokkel, die tegenover hem zat en op een nijdig trekkend spiertje in zijn wang beet. Hij zou graag met hem van plaats gewisseld hebben, maar meneer Leechcraft hield hem stevig bij zijn elleboog vast. Hij sprak al de hele dag over Cirrus als 'mijn nieuwe Engel' en Cirrus schoof ongemakkelijk heen en weer.

Een tijdje later stopten ze voor een groot gebouw aan de oevers van de Theems. Er wachtte al een hele groep mensen op het bordes: officieren met donkerblauwe uniformen en kooplui in veelkleurige zijde. De straten aan weerszijden stonden vol met rijtuigen.

'Zelfs de Hofastronoom is er,' fluisterde meneer Leechcraft

opgewonden terwijl hij om zich heen keek.

Meneer Sidereal was echter nog steeds nergens te bekennen.

Cirrus voelde het holle gevoel in zijn buik doortrekken naar zijn ingewanden toen ze het plein overstaken. De hemel werd steeds donkerder en hij voelde dat er onweer naderde. De storm kon ieder moment losbarsten.

Hij was dankbaar toen ze in de koele, stille hal stonden, met rijen borstbeelden langs de muren: oude, eerbiedwaardige heren die hem aan de Regent van het Tehuis deden denken. Heel even wenste hij dat meneer Chalfont nu naast hem zou lopen, maar zijn plaats was ingenomen door meneer Leechcraft. Hij greep Cirrus weer bij zijn elleboog en loodste hem naar de trap.

'Micah, Daniel, Ezekiel, Job,' zei hij tegen de andere jongens, die een grote globe in de hoek hadden zien staan en die nu lieten ronddraaien, 'jullie blijven hier en begroeten de gasten. Dat zijn stuk voor stuk geleerde heren voor wie de wetenschap geen raadselen meer heeft, dus jullie gedragen je, begrepen? Het is van het grootste belang dat we vanavond een goede indruk maken. En ondertussen zal onze nieuwe Engel' – hij klopte Cirrus op zijn schouder en die kreeg een kop als vuur – 'boven optreden in de Hemelzaal.'

'Mag ik hem helpen met zijn voorbereidingen, meneer?' vroeg Brokkel onverwacht.

Meneer Leechcraft keek hem verbaasd aan, alsof hij vergeten was dat hij bestond.

'Ja, ja, prima, Abraham,' zei hij. 'Ga je gang.'

Even vroeg Cirrus zich af of ze weer vrienden waren, maar Brokkel wrong zich langs hem heen en holde de trap op.

Cirrus volgde een stuk langzamer.

Vele verdiepingen, met houten balustrades, keken uit op de grote hal, die versierd was met olieverfschilderijen en verlicht werd door fonkelende kroonluchters. Kennelijk was iedere verdieping gewijd aan een andere tak van empirische wetenschap. Langs de muren stonden hoge, tikkende klokken en verfijnde instrumenten en de lucht rook oud en stoffig.

Uiteindelijk kwamen ze bij een indrukwekkende dubbele deur waar een goddelijke hand in was uitgesneden. De Hemelzaal, dacht Cirrus. Brokkel duwde de deur open met zijn schouder en ze gingen naar binnen.

Cirrus bevond zich in een enorme zaal met een verhoogd glazen plafond dat een spectaculair zicht bood op de hemel. Boven hen stroomden wolken langs, in en uit elkaar vloeiend als golven. Cirrus dacht ook even dat hij een bolbliksem zag, maar die verdween onmiddellijk weer.

'We laten je vanaf dat punt zakken,' zei meneer Leechcraft, die ook binnenkwam en op een schommel wees die onder de glazen koepel hing. 'En daar elektriseer ik je.'

Hij gebaarde naar de metalen loop die was opgesteld naast een brede eiken tafel. De loop was bijna twee keer zo lang als die in het Wonderhuis en was bevestigd aan een glanzende metalen bol, die op zijn beurt weer verbonden was met een aantal hoge, donkergrijze potten en niet met een machine zoals in het museum.

Meneer Leechcraft zag hem kijken.

'Meneer Sidereal is zo vriendelijk geweest ons zijn voorraad Leidse flessen te lenen,' legde hij uit. 'Hij heeft me verzekerd dat die een veel grotere lading bevatten dan mijn eigen flessen. Stel je eens voor: straks stroomt de bliksem door je aderen! Ik verwacht een prachtig, fonkelend effect!'

Cirrus voelde zich versuft en kon alleen nog maar denken aan wat Brokkel hem verteld had: geëlektriseerd worden was net zoiets als doorboord worden met miljoenen roodgloeiende naalden tegelijk.

'Doet het pijn?' vroeg hij met een timide stemmetje.

'Onzin, jongen. Een beetje pijn heeft nog nooit een kind kwaad gedaan,' zei meneer Leechcraft.

Cirrus keek even naar Brokkel, maar die staarde naar de grond.

'Zie je wel?' zei meneer Leechcraft. 'Je voelt het even prikken, dat is alles.'

Op dat moment kwam Ezekiel binnenstormen. 'Vlug, meneer Leechcraft,' zei hij, hijgend en met zijn hand tegen zijn borst gedrukt. 'Er zijn heren gearriveerd. Ze komen naar boven.'

'Lieve hemel!' zei meneer Leechcraft. Hij keek op zijn horloge. 'We moeten ze nog even ophouden. Vooruit, waar wacht je op?' zei hij tegen Brokkel. 'Help die jongen in het tuig en hijs hem op.'

Zonder verder nog iets te zeggen verliet hij de zaal.

Brokkel liep naar de touwen en liet de schommel zakken. 'Doe je schoenen uit en ga liggen,' zei hij tegen Cirrus, zonder hem aan te kijken.

Cirrus gehoorzaamde. Hij volgde Brokkels voorbeeld van de avond tevoren en ging op de wiegende schommel liggen. De plank drukte tegen zijn buik, die toch al borrelde van de zenuwen.

'Ik wou dat ik dit niet hoefde te doen,' zei hij opnieuw terwijl Brokkel de riemen rond zijn middel deed.

Brokkel zei niets en trok de riemen aan.

'Pas op! Ze zitten te strak!' zei Cirrus. Hij tastte naar de gespen, om de riemen wat losser te maken.

Plotseling greep Brokkel zijn polsen, draaide die op zijn rug, wurmde ze onder de riemen en bond ze aan de schommel vast.

Cirrus gromde verbaasd. 'Wat doe je?' riep hij en hij probeerde zich los te rukken. 'Ben je gek geworden?'

Brokkel negeerde hem en trok de riemen nog strakker aan.

Er schoot een stekende pijn door Cirrus' schouderbladen en zijn gezicht vertrok.

'Hou op, Brokkel!' zei Cirrus en er klonk nu angst door in zijn stem. 'Wat doe je? Ik heb dit nooit gewild, als je dat soms denkt.'

Hij keerde zijn gezicht naar de deur en schreeuwde: 'Help! Help!' Maar meneer Leechcraft was te ver weg om hem te kunnen horen en bovendien werden zijn kreten overstemd door een donderslag.

Brokkel ging voor Cirrus staan, zodat die hem goed kon zien. Hij had zijn draagdoek afgedaan en draaide de reep stof nu in elkaar. Blijkbaar was zijn arm niet zo ernstig gewond als hij had doen voorkomen.

De ogen van Cirrus werden groot van angst en hij moest hulpeloos toestaan hoe Brokkel de doek in zijn mond propte en de uiteinden vastknoopte in zijn nek. De vochtige stof sneed zijn adem bijna af en hij zoog wanhopig lucht naar binnen door zijn neus.

'Alsjeblieft, Brokkel!' probeerde hij te roepen, maar hij produceerde alleen een gesmoorde snik.

Brokkel wilde hem niet aankijken. 'Het spijt me, Cirrus,' zei hij uiteindelijk. Hij knoopte het hemd van Cirrus open en tilde het wereldbolletje voorzichtig over zijn hoofd. 'Meneer Sidereal heeft me hier zoveel geld voor geboden dat ik gewoonweg niet kon weigeren.' Hij hield het bolletje omhoog, bekeek het even zonder veel belangstelling en borg het toen op onder zijn eigen hemd. 'Dankzij hem ben ik dadelijk rijk.'

Brokkel ging achter Cirrus staan en begon aan de touwen te trekken. Cirrus voelde de schommel wiegen en opstijgen. Een paar tellen later bengelde hij een meter of wat onder het glazen plafond, terwijl buiten de bliksem knetterde en flitste.

'Vaarwel, Cirrus,' zei Brokkel, nog steeds zonder Cirrus aan te kijken. Hij liep langzaam naar de deur en ging naar buiten.

Cirrus worstelde en spartelde, maar de riemen zaten te strak en er trokken hete pijnscheuten door zijn rug. Er was geen ontsnapping mogelijk. Zelfs als hij zichzelf wist te bevrijden uit het tuig, zou hij door de val vrijwel zeker zijn benen breken.

Hij kon alleen maar afwachten tot meneer Leechcraft terugkwam en dan smeken of die hem wilde laten zakken.

Plotseling kwam er een angstaanjagende gedachte bij hem op. Stel dat meneer Leechcraft niet naar zijn smeekbedes luisterde en hem probeerde te elektriseren? Misschien schoot er dan wel weer net zo'n bliksemstraal uit hem als gisteravond bij Brokkel.

Cirrus keek ongemakkelijk naar de Leidse flessen en hervatte zijn pogingen om te ontsnappen.

Op dat moment klonk vlak boven zijn hoofd een oorverdovende donderslag. Cirrus staarde geschrokken omhoog door het glas. De kolkende wolken werden opengereten door zilveren klauwen van licht.

Opeens zag hij vanuit zijn ooghoek een vurige streep langs de hemel scheren. Het leek wel een reusachtige vuurbol.

Hij knipperde angstig met zijn ogen toen het voorwerp groter en groter werd en uiteindelijk bijna zijn hele gezichtsveld vulde. Het kwam recht op hem af... en kon ieder moment het glas verbrijzelen.

Cirrus zette zich schrap en deed zijn ogen dicht.

HOOFDSTUK EENENTWINTIG

Ontsnapping!

'Meneer Hardy!' schreeuwde Pandora, terwijl de donder rommelde en een bliksemflits de hemel liet oplichten. 'Daar! De jongen van gisteren! Hij steekt de straat over!'

Felix en zij cirkelden al de hele avond in het maanzeil boven de stad en hielden het Genootschap in de gaten, maar ze hadden meneer Sidereal nog niet gezien. Hij had het gezelschap uit het museum wel laten ophalen door zijn vergulde koets, maar was zelf nog niet gearriveerd.

Felix verplaatste zijn gewicht en stuurde het maanzeil naar een stuk met koudere lucht, zodat ze laag over het Genootschap scheerden. De wind gierde om hun oren en Pandora moest zich aan de touwen vasthouden om niet uit de mand te vallen.

Ze waren nog net op tijd om de jongen in de koets van meneer Sidereal te zien stappen. Die reed meteen weg en denderde in volle vaart over de Strand in de richting van St Paul's.

Felix wilde het rijtuig volgen, maar Pandora greep hem bij

zijn arm. 'En Cirrus dan?' riep ze. 'We kunnen hem niet zomaar achterlaten! Misschien zit hij wel in de problemen!'

Felix schreeuwde iets wat Pandora niet kon verstaan en even was ze bang dat hij niet zou luisteren, maar toen barstte Alerion in vlammen uit, steeg het maanzeil weer op en zweefden ze op een krachtige luchtstroom terug over het gebouw van het Genootschap.

Pandora pakte de kijker van Felix en speurde de vele ramen af, op zoek naar een glimp van Cirrus. Eerst zag ze alleen flakkerende kaarsen en de weerspiegeling van de constant flitsende bliksem, maar toen ze over het gebouw vlogen, ontwaarde ze de kleine gedaante die onder de glazen koepel bungelde.

'Meneer Hardy!' riep ze en ze wees. 'Kijk, daar! Cirrus!'

Felix boog zich over de rand van de mand heen en keek ook. 'Hou je vast!' zei hij terwijl Alerion haar vleugels vouwde en het maanzeil weer omlaagdook.

Deze keer griste de wind de muts van Pandora's hoofd en wapperden haar roodbruine krullen achter haar aan.

De mand kwam met een smak tegen de koepel en er verscheen een web van barstjes in het glas. Meteen daarna veranderde de wind van richting en werden ze weer omhooggeblazen.

'Meneer Hardy!' gilde Pandora toen ze begonnen te stijgen.

Maar Felix wist wat hij moest doen. Hij greep het anker dat aan de zijkant van de mand hing en gooide dat in de verste hoek van de zaal, dwars door het glas. Dat spatte in duizenden stukken uiteen, die omlaagregenden en Cirrus maar ternauwernood misten.

Cirrus keek doodsbang omhoog naar het maanzeil en deed

nog meer zijn best om zich los te rukken. Het anker zwaaide gevaarlijk heen en weer, stootte tegen een tafel en sloeg een paar stoelen om.

'Vlug!' zei Felix tegen Pandora. 'Klim langs het touw omlaag, zet het anker vast en maak dan de jongen los. Ik hijs jullie allebei wel op!'

Pandora staarde hem vol ongeloof aan en keek toen omlaag. Ze hingen minstens tien meter boven de grond en plotseling voelde ze zich missselijk.

'Dat kan ik niet,' riep ze. 'We zijn te hoog. Doet u het!'

Felix keek even naar het maanzeil en schudde zijn hoofd. 'De wind is te sterk. We hebben niet veel tijd!'

De donkere wolken werden steeds dichter en over de Theems kwamen heftige windstoten aanloeien, die aan de mand rukten. De hemel had een griezelige, groenachtige gloed.

Pandora trilde van top tot teen, maar Felix pakte haar bij de schouders en keek haar aan tot ze weer wat kalmeerde.

'Je kunt het, Pandora,' zei hij gedecideerd. 'Vergeet niet dat ik je over de muur van het Tehuis heb zien klimmen.'

Pandora probeerde dapper te glimlachen, haalde diep adem en knikte toen.

'Zo mag ik het zien!' zei Felix.

Met zijn hulp klom ze uit de mand en pakte aarzelend het heen en weer zwiepende ankertouw. Voorzichtig begon ze omlaag te klimmen.

De wind kolkte om haar heen en gierde in haar oren, maar ze klampte zich met haar door hard werken eeltig geworden vingers vast en liet zich langzaam zakken.

'Zo gaat ie goed, Pandora,' schreeuwde Felix, die haar naar beneden loodste. 'Je bent er bijna.'

Pandora slaakte een zucht van opluchting toen ze door het verbrijzelde raam klom en de relatieve kalmte van de zaal bereikte. Cirrus hing niet ver van haar vandaan en bewoog krampachtig. Zijn armen waren op zijn rug gebonden, hij had een prop in zijn mond en zijn gezicht glom van het zweet.

'Maak je geen zorgen,' zei Pandora en ze klom vlug omlaag. 'Ik laat je zakken.'

Zodra ze laag genoeg was sprong ze op de grond, greep de punt van het anker en haakte dat om de tafel, zodat het maanzeil op zijn plaats bleef. Vervolgens holde ze naar de katrol in de hoek, liet Cirrus zakken en haalde de prop uit zijn mond.

'Ben jij het?' hijgde hij. 'Hoe heb je...? Wat ga je...?'

Pandora begon de riemen waarmee hij aan de schommel was gebonden los te maken, maar drukte toen haar hand tegen zijn mond. 'Sst!' zei ze.

Ze luisterde met gespitste oren. Beneden klonken stemmen.

Ze ging zo vlug mogelijk verder met het losmaken van de riemen, maar die zaten vreselijk strak en haar handen trilden. Ze keek wanhopig om zich heen en zag een scherp stuk glas dat ze als mes kon gebruiken.

'Verroer je niet,' zei ze en ze zaagde door het leer heen met de scherf.

Uiteindelijk knapte ook de laatste riem en plofte Cirrus op de grond. Hij wreef voorzichtig over de plaatsen waar het tuig in zijn huid had gesneden en probeerde de stijfheid weg te masseren uit zijn ledematen. Hij hinkte naar de deur.

Pandora trok hem terug. 'Niet daarheen,' zei ze en ze wees omhoog.

Cirrus keek eerst geschrokken naar haar en toen naar de koepel, waar het maanzeil nog steeds heen en weer werd geslingerd door de wind. Felix boog zich uit de mand en gebaarde dat ze zich moesten haasten.

Cirrus deinsde doodsbang achteruit toen hij Felix zag. 'Nee!' zei hij. 'Die man − je begrijpt het niet − ik heb hem al eerder gezien. Hij heeft het op mijn aandenken gemunt.' Hij drukte zijn hand tegen de plek waar dat had gehangen en trok wit weg.

Pandora greep hem bij zijn pols. Die was rauw door het schuren van de riemen en hij trok een pijnlijk gezicht.

'Hoor eens,' zei ze, 'meneer Hardy is een vriend. Hij heeft je vader gekend en komt ons helpen. Vooruit, sla je benen om het anker, dan kan hij je ophijsen!'

Ze trok het anker onder tafel uit en drukte dat in zijn handen.

'Een vriend?' zei Cirrus vol verwarring.

Het geroezemoes van stemmen op de trap werd luider.

'Alsjeblieft!' zei Pandora. 'Ik heb geen tijd om het uit te leggen. Je moet me vertrouwen.'

Cirrus deed zijn mond open om te protesteren, maar herinnerde zich toen hoe Pandora hem geholpen had in het Tehuis. Hij zette zijn voeten aan weerszijden van het anker en drukte de metalen schacht tegen zijn borst. Meteen begon Felix hem hand over hand op te hijsen.

Ondertussen zocht Pandora iets zwaars om de deur mee te barricaderen. Ze pakte een hoge stoel met een rechte rug die

257

bij de tafel stond, sleepte hem naar de dubbele deur en zette hem klem onder de deurknoppen.

Cirrus was inmiddels door het kapotte raam van de koepel gehesen en zwaaide heen en weer in de buitenlucht, waar het onweer steeds heftiger werd.

Pandora keek zenuwachtig toe terwijl Felix zich over de rand van de mand heen boog en Cirrus aan boord trok.

Op dat moment steeg het maanzeil, dat niet meer verankerd was, plotseling op en zweefde omhoog. Pandora kreunde van ontzetting toen Felix en Cirrus uit het zicht verdwenen.

Ze draaide zich om en staarde naar de deur.

Er klonken nu voetstappen op de overloop en Pandora snakte naar adem toen de fraai bewerkte deurknoppen begonnen te draaien. De deur ging langzaam open –

– en wilde opeens niet verder.

De stoel had zich schrap gezet en was klem komen te zitten.

Iemand slaakte eerst een verbaasde uitroep en vloekte toen. Er werd op de deur gebonsd.

'Wat heeft dit te betekenen? Doe open!'

Pandora deinsde achteruit en haar hart bonsde wild. Ze bleef omhoogstaren en wachtte tot het maanzeil weer zou verschijnen.

De bliksem knetterde en er volgde een donderslag, maar het maanzeil was nergens te bekennen. Felix kwam kennelijk niet meer terug.

Iemand beukte met zijn schouder tegen de deur en Pandora maakte een sprongetje van schrik. De stoel verschoof een paar centimeter en er werd een paarse mouw door de kier ge-wurmd.

Het was de man met de donkere pruik uit het museum.

Door de kier kon ze nog net zijn afstotelijke gezicht zien.

'Wacht maar tot ik je te pakken krijg!' snauwde hij en hij klauwde naar de stoel.

Die begon piepend weg te glijden.

Pandora keek nog één keer omhoog en op dat moment kwam er een lichtgevend zeil aanzweven.

'Pandora!' schreeuwde Felix. Hij gooide het anker weer door de verbrijzelde koepel en dat viel met een dreun op de grond. 'Pak vast!'

Bijna snikkend van opluchting holde Pandora naar het touw. Ze greep het beet, zette haar voet op een van de ijze-ren ankerpunten en begon meteen te klimmen, zonder zelfs maar te wachten tot Felix haar ophees.

Achter zich hoorde ze een kreet van woede en toen ze om-keek, zag ze dat de man met de donkere pruik de zaal binnen stormde. Hij bleef even verward staan en rende toen op haar af.

'Wat heb je met mijn Engel gedaan?' brulde hij.

Felix hees Pandora nu omhoog en zelf klauterde ze ook zo snel mogelijk in het touw, maar op dat moment klom de man op tafel en maakte een sprong. Hij wist zijn vingers nog net om het bengelende anker te klemmen en deed zijn uiterste best om dat weer naar beneden te trekken.

'Alerion!' schreeuwde Felix toen het touw tussen zijn vin-gers door glipte en Pandora weer omlaaggleed. 'Omhoog, meisje, omhoog!'

De vogel sloeg met haar vleugels en blies een golf van hitte in het zeil, zodat het vaartuig begon te stijgen.

Cirrus, die net overeind had weten te krabbelen, viel weer toen de mand plotseling omhoogschoot. Pandora werd door het kapotte raam naar buiten getrokken en keek omlaag toen ze een angstige kreet hoorde.

De man had niet los willen laten en bengelde nu ook in de stormwind.

Beneden, in de Hemelzaal, verdrongen de overige leden van het Genootschap zich onder de verbrijzelde koepel en staarden met open mond naar het maanzeil, dat in rap tempo omhoogrees. Eén persoon holde de zaal uit: een vrouw met extravagant gekruld, zilvergrijs haar. Madame Orrery! Pandora snakte naar adem toen ze haar zag en liet het touw bijna los.

Het maanzeil steeg snel, op een golf warme lucht, maar de mand hing vreselijk scheef. Pandora zag het schuine, leigrijze dak van het Genootschap onder haar door glijden en ze klemde zich nog steviger vast aan het touw, dat onheilspellend kraakte en piepte door al dat extra gewicht.

'Laat los, idioot!' schreeuwde Felix tegen meneer Leechcraft, die verwoed met zijn benen maaide. 'Dadelijk storten we nog neer! We zijn veel te zwaar beladen!'

Maar hij weigerde los te laten en had zijn armen om de onderkant van het anker geslagen. 'Help! O, lieve God, help!' schreeuwde hij terwijl de wind zijn pruik afblies en aan zijn kleren plukte. De panden van zijn lange paarse jas wapperden achter hem aan.

Het maanzeil vloog hotsend en slingerend over de rivier.

Pandora rook het stinkende water: een smerige soep van afval, uitwerpselen en rottend hout. Haar handen werden glad van het zweet en ze kneep haar ogen dicht. Ze durfde niet meer te kijken.

Al dat extra gewicht eiste zijn tol van Alerion, die vermoeid begon te raken en hen niet langer uit de buurt kon houden van neerwaartse luchtstromingen. Pandora voelde dat het maanzeil langzaam begon te dalen en in een langgerekte spiraal op het gore water afkoerste.

Ze had geen keuze: ze moest hoger klimmen.

Ze haalde diep adem en hees zichzelf op, met een grimas van inspanning. Haar hele lichaam deed pijn en ze had bijna geen kracht meer in haar vingers, maar met behulp van haar stevig tegen elkaar gedrukte enkels werkte ze zich centimeter voor centimeter omhoog langs het touw.

Cirrus boog zich over de rand van de mand en moedigde haar aan. Hij stak zijn hand naar haar uit, maar ze was nog buiten zijn bereik. Ondertussen gooide Felix zandzakken overboord, in een vertwijfelde poging het vaartuig weer in balans te krijgen. Alerion sloeg verwoed met haar vleugels.

In de diepte hoorde Pandora water klotsen.

Plotseling veranderde de spanning van het touw en ze keek omlaag.

De man uit het museum had zijn voeten op de punten van het anker weten te krijgen en klom nu ook in het touw, met een gezicht dat vertrokken was van minachting. 'Stelletje dieven!' schreeuwde hij en met iedere centimeter die hij klom kreeg hij meer moed. 'Geef me mijn Engel terug!'

Er ging een golf van paniek door Pandora heen. Ze negeerde de pijn in haar armen en dwong zichzelf om verder te klimmen. Cirrus was nog maar een paar meter boven haar... bijna binnen bereik!

Maar net toen haar vingers langs de zijne streken, voelde ze dat een hand haar bij haar enkel greep en omlaagtrok. Het touw gleed tussen haar vingers door en verschroeide haar handpalmen. Ze viel omlaag en landde op de schouders van de man.

'Dief!' gromde hij en hij probeerde haar af te gooien, maar Pandora schopte naar hem in haar doodsangst en haar voet kwam tegen zijn kaak. Hij was even versuft en gleed zelf ook bijna een meter naar beneden voor hij het touw weer wist te grijpen.

Voor hij bij zijn positieven kon komen, klom Pandora omhoog naar de uitgestoken hand van Cirrus.

'Meneer!' riep Cirrus, die Pandora niet in zijn eentje aan boord kon hijsen. 'Ik heb hulp nodig!'

Felix, die bij de mast stond en het maanzeil door de storm heen probeerde te loodsen, kwam aanhollen en samen wisten ze Pandora in de mand te trekken, ook al kiepte die bijna om. Ze plofte uitgeput op de stapel dekens neer.

Cirrus knielde meteen naast haar en gaf haar kleine slokjes brandewijn uit de fles van Felix. Blijkbaar was hij over de ergste schrik heen, ook al zag hij nog altijd erg bleek. Hij keek steeds ongemakkelijk naar Felix en deinsde een beetje achteruit als Alerion in vlammen uitbarstte.

'Is alles goed met je?' vroeg hij en hij ondersteunde haar hoofd.

Door het vurige goedje kwam ze snel weer bij. Ze knikte en

dwong zichzelf om overeind te krabbelen.

De mand hing niet meer zo scheef, maar de overbelaste touwen kraakten nog steeds en ze zonken nog altijd omlaag naar de rivier.

'Laat los, verdomme!' schreeuwde Felix tegen de man uit het museum, die weer omhoogklom.

'Niet zonder mijn Engel!'

'Nou, goed! Dan heb ik geen keus!' zei Felix en hij haalde een scherp mes uit zijn zak.

Pandora legde haar hand op zijn arm.

'Niet doen!' riep ze.

'Hij trekt ons omlaag! Die schurk is alleen maar ballast!'

'Hij verdrinkt!'

'Maak je om hem geen zorgen. Ratten als hij kunnen zwemmen!' zei Felix en hij sneed het touw door.

Pandora stopte haar vingers in haar oren toen de magere, afstotelijke man gillend omlaagstortte. Bijna zonder plons verdween hij in de rivier.

'Maar we hadden het anker nodig om te kunnen landen,' zei Pandora vol ellende terwijl het maanzeil plotseling weer omhoogschoot.

Cirrus tuurde naar het donkere, kolkende water. 'Volgens mij heeft hij het overleefd,' zei hij toen hij een besmeurde gedaante tegen de modderige oever op zag kruipen.

Voor hij verder nog iets kon zeggen, klonk recht boven hun hoofd een oorverdovende donderslag. Het maanzeil maakte een wilde duik en Cirrus, die half uit de mand leunde, verloor zijn evenwicht en viel.

HOOFDSTUK TWEEËNTWINTIG

De Adem van God

En angstaanjagend moment lang suisde de wind langs zijn gezicht en maakte de wereld salto's terwijl hij omlaagtuimelde naar de golven. Toen greep iets heets en vurigs hem bij zijn schouders en steeg hij plotseling weer op. Cirrus keek reikhalzend op en zag Alerion. De felle, adelaarachtige vogel had hem in haar klauwen en sloeg verwoed met haar vleugels, zodat zijn huid bijna verschroeid werd door de hitte van haar veren.

Een paar tellen later zette de vogel hem weer in de mand en ging zelf op haar metalen paal zitten. Cirrus staarde in het gezicht van de man uit Black Mary's Hole. Even was hij weer bang, maar toen herinnerde hij zich wat het meisje gezegd had: hij was een vriend.

'Voorzichtig,' zei Felix, terwijl Alerion het maanzeil weer liet stijgen. 'Je hebt dan wel de krullen van je vader, maar nog niet zijn zeebenen.'

Er klonk iets van humor in zijn stem, al gingen zijn ogen schuil onder de rand van zijn driekantige hoed.

Cirrus ging moeizaam rechtop zitten, maar voor hij iets kon uitbrengen zei de man: 'En geef me nu het bolletje, jongen.'

Cirrus besefte dat het meisje naar hem keek. Ze had haar bruine vondelingenjurk verwisseld voor een korte blauwe jas en een beige broek en plotseling herinnerde hij zich hoe ze heette: Pandora.

'Het bolletje,' zei de man en hij verbrak de gedachtegang van Cirrus. 'Heb je dat?'

'Brokkel,' mompelde Cirrus en hij voelde zich een beetje een verrader. 'Brokkel heeft het afgepakt... ik dacht dat hij mijn vriend was.'

De man staarde hem even wezenloos aan, maar besefte toen blijkbaar wat hij bedoelde. 'Die kleine schurk!' zei hij tegen Pandora. 'Dat is de jongen in de vergulde koets! Hij brengt het bolletje naar meneer Sidereal!'

Pandora holde naar de andere kant van de mand en pakte een verrekijker. Cirrus volgde haar en stapte heel wat onhandiger over de stapel dekens heen. Hij keek opnieuw even naar het glanzende zeil dat opbolde boven hun hoofd en naar de touwen en kabels die alles op hun plaats hielden en vroeg zich af hoe het mogelijk was dat ze in de lucht bleven.

Ze zweefden nog steeds boven de Theems en volgden het pad dat de wind door de lucht baande. In alle richtingen strekte de stad zich uit: een vormeloos geheel van donkere gebouwen en kronkelende steegjes. De meeste straten waren uitgestorven en alleen hier en daar flakkerde een lantaarn.

Plotseling wees Pandora. 'Meneer Hardy! Ik zie de koets! Ze zijn er bijna!'

Cirrus volgde haar wijzende vinger. Zijn blik gleed langs kades en pakhuizen naar de koepel van St Paul's en toen zag hij de achterkant van een vergulde koets langs het kerkhof ratelen, dezelfde koets die hem en de andere jongens was komen ophalen.

'Hou je vast,' zei Felix. Hij greep de touwen, boog zich over de rand van de mand heen en stuurde hen naar een koude luchtstroom.

Ze doken omlaag naar de stad.

Cirrus hield zich stevig vast en zijn vingers streken per ongeluk langs de hand van het meisje. Hier, onder de wolken, was haar gezicht stralend en levendig. Haar amberkleurige ogen fonkelden en haar roodbruine haar glansde.

Cirrus keek opgelaten de andere kant uit, naar Alerion die met haar gloeiende vleugels sloeg.

'Schitterend, hè?' zei Pandora. 'Ze is een alcyone, van de andere kant van de wereld.'

Cirrus herinnerde zich de as die hij onder een stolp had zien liggen in de Zaal der Wonderen. 'Net als die vogel in de verzameling van meneer Leechcraft?' vroeg hij.

Felix hoorde hem, trok een nijdig gezicht en spuwde over de rand.

'Leechcraft was een vuile dief,' zei hij. 'Een schurk. Hij heeft zijn verdiende loon gekregen.'

Cirrus keek hem zenuwachtig aan maar had geen tijd om vragen te stellen, want net toen ze over een sloot zweefden die zijn vuil spuide in de Theems, zag Pandora een duifgrijs rijtuig.

'Meneer Hardy!' riep ze en ze staarde omlaag door de kij-

ker. 'We worden gevolgd! Volgens mij is het madame Orrery. Ik zie een zilveren horloge op de deur van de koets.'

Felix vloekte en spoorde Alerion aan. Ze zeilden over her-
bergen en binnenplaatsen en in de verte zag Cirrus de koepel
van St Paul's oprijzen. Felix stuurde er regelrecht op af.

Cirrus keek hem vol verbazing aan, diep onder de indruk
van zijn vermogen om zo moeiteloos door de lucht te zeilen,
maar op dat moment klonk er een immense donderslag. Een
grillige klauw van bliksem spleet de hemel open en krabde aan
de onderbuik van wolken. Het begon sissend te hagelen en
alles werd wit, alsof het plotseling winter was geworden.

Felix keek bezorgd naar het zeil.

'Wat is er?' schreeuwde Cirrus.

'Ik ben bang dat de hagel het zeil kapotmaakt,' riep Felix.
'We moeten landen.'

'Ik zou me maar goed vasthouden,' zei Pandora en ze greep
Cirrus bij zijn arm. Ze was bleek geworden. 'Landen gaat
soms een beetje moeilijk.'

Cirrus keek naar de dicht opeengepakte huizen en kreeg een
hol gevoel in zijn maag. Hij voelde aan zijn benen dat ze al
daalden en de schoorstenen en kerktorens rezen steeds hoger
op uit het donker.

Alerion kraste schel en Cirrus zag dat haar gloeiende veren
stoomden. De hagel was overgegaan in plensregen, maar het
condenserende vocht maakte haar veren nat en doofde haar
vuur.

'Zorg dat we lichter worden! Vlug!' schreeuwde Felix toen
ze bleven dalen.

Cirrus gooide alles wat hij maar kon vinden overboord,

maar het massieve silhouet van St Paul's kwam snel naderbij en hij was ervan overtuigd dat ze te pletter zouden slaan tegen de enorme zuilen. Maar op het allerlaatste moment trok Felix aan de touwen en stuurde de mand om de koepel heen.

Ondertussen speurde Pandora de grond af.

'Meneer Hardy!' riep ze. 'Madame Orrery is vrijwel recht onder ons!'

Cirrus keek ook en zag de zilverkleurige koets door een steegje razen.

'Doet er niet toe,' bulderde Felix en hij wees. 'We zijn er bijna.'

Cirrus volgde zijn wijzende vinger met zijn blik en zag een groot gebouw met hoge ramen en een metalen paal die naar de dreigende wolken priemde.

'Wat is dat?' schreeuwde hij boven het lawaai van de neergutsende regen uit.

'Het observatorium van meneer Sidereal,' zei Pandora en ze gaf hem de kijker. 'Daar is je vriend naartoe.'

Brokkel!

Cirrus veegde de regen van zijn gezicht en hield de kijker voor zijn oog. Onmiddellijk flitste zijn blik over de omringende daken heen en door een van de vele ramen van het observatorium zag hij een kleine, gebochelde gedaante in een stoel op wielen zitten. Meneer Sidereal. Flakkerende vlammen verlichtten de muren om hem heen.

Cirrus zag plotseling beweging: Brokkel kwam het observatorium binnen. Cirrus kon even bijna geen adem meer halen, want een vuist van woede kneep zijn keel dicht.

'Wat is er?' vroeg Pandora.

'Brokkel,' antwoordde Cirrus. 'Hij is er al.'

Met bonzend hart keek hij hoe Brokkel iets pakte wat rond zijn hals hing en dat aan meneer Sidereal gaf. Zijn wereldbolletje! Cirrus zag dat meneer Sidereal het bestudeerde en omdraaide in zijn vingers. Langzaam sijpelde er een blauwwitte damp uit, die het observatorium vulde met een zacht, kolkend licht.

'We zijn te laat!' bulderde Felix. 'Hij heeft het al opengemaakt!'

Op dat moment werd het maanzeil opzij geslingerd en Pandora pakte Cirrus bij zijn arm. 'Kijk!' riep ze.

Bijna recht boven het observatorium had zich een draaikolk van wolken gevormd en een gierende wind wierp stof en gruis op. Aan de donkere hemel knetterden grillige zilveren linten en voor Cirrus het goed en wel besefte, troffen meerdere bliksemschichten de lange metalen paal die het Scioptische Oog van meneer Sidereal bevatte.

Het was allemaal in een oogwenk voorbij.

Een intense lichtflits, een knal en een hevige luchtverplaatsing, gevolgd door het gerinkel van brekend glas...

Cirrus had geen tijd om na te denken. Hij dook omlaag, net als Pandora, en hield zich aan de zijkant van de mand vast toen de kracht van de explosie hen omhoogsmeet.

De wind floot door de touwen en dreigde het zeil binnenstebuiten te keren terwijl ze tegen een bijna loodrechte berg van lucht opklommen. Cirrus moest op zijn tanden bijten om het niet uit te schreeuwen van angst en het bloed suisde in zijn oren. Hij was zich er vaag van bewust dat Pandora gehurkt naast hem zat en naar adem snakte en dat Alerion zich krijsend vasklampte aan haar paal. Felix deed ondertussen alles wat in zijn vermogen lag om het schuddende en slingerende vaartuig weer onder controle te krijgen.

Cirrus sloot zijn ogen, ervan overtuigd dat het tumult nooit meer zou ophouden, maar toen schokte het maanzeil en begon het weer te dalen. Met een enorme zucht van opluchting deed Cirrus zijn ogen open.

Een onaards, blauwwit schijnsel verspreidde zich boven de stad en golfde in doorschijnende flikkeringen langs de hemel. Het leek sprekend op de mysterieuze gloed die het bolletje de avond daarvoor ook had uitgestraald, maar dan op veel grotere schaal.

Cirrus staarde er sprakeloos naar.

Op de een of andere manier had de wonderbaarlijke vloed van licht het onweer verdreven. Het regende niet meer en alleen heel ver weg rommelde nog donder. Alles was kalm, vredig en stil.

Maar toen hoorde hij beneden plotseling een gekwelde kreet.

Het zilveren rijtuig was piepend tot stilstand gekomen voor het observatorium en er was een vrouw in een volumineuze japon uitgesprongen. Ze staarde omhoog naar het maanzeil en haar gezicht was verwrongen van woede. Door de verrekijker herkende Cirrus de vrouw die hem een paar dagen geleden achterna had gezeten in het Tehuis.

Pandora was bleek geworden. 'Madame Orrery!' zei ze.

'Waarom is ze zo van streek?'

'Omdat ze de Adem van God alleen voor zichzelf wilde,' zei Pandora. 'En ik denk dat die nu voorgoed verloren is.'

'De Adem van God?' vroeg Cirrus en hij staarde opnieuw naar de sluiers van licht.

'Ja,' zei Felix. 'Dat is wat je vader ontdekt heeft aan het einde van de wereld. Ik denk dat het door die blikseminslag bevrijd is.'

Cirrus zag opeens de ravage beneden en werd koud vanbinnen. Het observatorium was vernield; de ramen waren verbrijzeld en het dak was weggeblazen.

'Brokkel!' riep Cirrus.

Felix legde zijn hand op zijn schouder. 'Ik denk niet dat hij het overleefd heeft, jongen,' zei hij.

Cirrus schudde zijn hand af. Hij trilde van top tot teen. 'Nee!' schreeuwde hij. 'Zet me neer! Ik moet mijn vriend zoeken!'

Pandora wendde zich af, met tranen in haar ogen.

Felix keek even ernstig naar Cirrus, knikte toen, verplaatste zijn gewicht en stuurde hen omlaag.

Het dalen ging frustrerend langzaam, want er was geen wind meer om hen te helpen. De damp die boven hen rondkolkte hulde alles in een koel, kristalhelder licht. Cirrus hield zijn blik op het geblakerde observatorium gericht en zocht zijn vriend, maar zag niets bewegen.

Zodra de mand stilhing naast een kapot raam, sprong hij eruit. Ze hadden geen anker nodig, want er was geen zuchtje wind.

Cirrus klom door het raam naar binnen en baande zich een weg door het puin. Glasscherven knerpten onder zijn voeten, de lucht was vol stof en er kringelde bijtende rook omhoog. Tranen prikten in zijn ogen.

Eerst vond hij meneer Sidereal. Hij lag in het midden van de ruimte, niet ver van zijn stoel, met het bolletje nog in zijn hand. Het laatste licht was eruit weggelekt en het was nu een nutteloos voorwerp.

Cirrus bukte zich, pakte het en draaide de twee helften weer op elkaar. Het bolletje voelde nu merkwaardig hol aan. Hij hing het om zijn hals en zocht toen een beetje wankel verder naar Brokkel.

Uiteindelijk zag hij een berg zwarte stof: een zwaar gordijn dat op de grond was gevallen en waar een mager wit been onder uitstak. Cirrus ging op zijn hurken zitten, haalde diep adem en trok de stof weg.

Er welde een snik op in zijn keel.

Daar, onder het gordijn, lag zijn vriend Brokkel. Zijn pruik was geschroeid, zijn mooie nieuwe kleren waren gehavend en gescheurd en zijn rechterarm lag in een vreemde hoek onder zijn lichaam. Zijn gezicht was omhooggekeerd, maar zijn ogen waren levenloos en dof.

Cirrus staarde naar hem en er werd een zacht, schor ge-kreun uit zijn keel geperst. Hij wiegde heen en weer, met het lichaam van zijn vriend tegen zijn borst gedrukt.

Pandora en Felix waren er inmiddels ook, maar bleven op een afstandje en lieten hem in zijn eentje rouwen.

Na een paar minuten sloeg Felix zijn arm om Pandora en trok haar zachtjes mee. 'Kom, we moeten het maanzeil weer in orde maken,' zei hij.

Uiteindelijk krabbelde Cirrus weer overeind. Hij voelde zich net zo gehavend als het verwoeste observatorium en zijn ogen waren dik en pijnlijk. Hij zag Pandora en Felix aan de rand van het dak zitten en liep naar hen toe.

Alerion, die niet ver van hen vandaan zat, fladderde omlaag en streek op de balustrade naast Cirrus neer. Ze klapperde met haar vleugels en Cirrus voelde hoe de warmte van haar vurige veren de tranen op zijn wangen droogde.

De stad was uitgestorven. Blijkbaar had zelfs madame Orrery de moed opgegeven en was ze naar huis gegaan.

Cirrus keek naar het licht dat nog steeds glimmerde en fonkelde aan de hemel. Het werd geleidelijk vager en stierf weg.

'Mijn vader,' zei hij zacht en hij streelde het wereldbolletje. 'Vertel eens over hem.'

Felix glimlachte triest en staarde voor zich uit. 'James was mijn vriend. We zijn opgegroeid in het Tehuis voor Vondelingen en zijn samen naar zee gegaan. We waren onafscheidelijk.'

Cirrus dacht aan Brokkel en de dromen die ze gedeeld hadden. 'Wat is er met hem gebeurd?' vroeg hij. Het kostte hem moeite om zijn stem niet te laten trillen. 'Waarom heeft hij me in de steek gelaten?'

Felix keek hem even aan. 'Hij had geen keuze,' zei hij ten slotte. 'Je moeder overleed in het kraambed en dus bracht hij je naar de veiligste plek die hij kende: het Tehuis voor Vondelingen.' Hij glimlachte flauwtjes. 'Hij was altijd van plan om je later weer op te halen en zou trots zijn geweest als hij je nu had kunnen zien.'

Cirrus voelde een steek door zich heen gaan, maar Felix stond op en klopte het stof van zijn broek. 'Vooruit. Ik vertel je wel meer over hem als we terug zijn in het Tehuis,' zei hij.

'Het Tehuis?' vroeg Cirrus.

Hij keek even naar Pandora en zag aan haar ontdane gezicht dat ze er net zo over dacht als hij. Cirrus wist niet zeker waar hij thuishoorde, maar hij voelde er weinig voor om terug te keren naar het Tehuis.

'Ja,' zei Felix. 'Ik denk dat de Regent vreselijk bezorgd is om jullie. En dan heb ik het nog niet eens over mevrouw Kickshaw...'

'Kunnen we niet met u meegaan?' vroeg Pandora. Haar ogen fonkelden gretig. 'Naar de andere kant van de wereld?'

Felix lachte ongemakkelijk en schudde zijn hoofd. 'Wat zou ik met je aan moeten, kind?' vroeg hij, maar er klonk iets van spijt in zijn stem. 'Ik heb zelf niet eens een huis.'

'U zou les kunnen geven in het Tehuis,' zei Cirrus, die plotseling een idee kreeg. Hij keek naar de zeemansjas van Felix en herinnerde zich hoe hij hen veilig door de storm had geloodst. 'In zeemanschap of zo.'

'In maanzeilen!' zei Pandora.

Felix grinnikte. 'Wat zou dat nou voor zin hebben?' zei hij terwijl hij hen naar de mand loodste, maar het idee liet hem blijkbaar niet los. 'Ik zal het er met de Regent over hebben.'

Cirrus keek even achterom, naar het lichaam van Brokkel. 'En mijn vriend dan?' vroeg hij. 'We kunnen hem toch niet zomaar laten liggen?'

'Nee,' zei Felix. 'We nemen hem met ons mee. Achter het Tehuis is een klein kerkhof; daar kunnen we hem begraven zoals het hoort.'

Pandora werd plotseling bleek en Cirrus keek haar onzeker aan. 'Is er iets?' vroeg hij.

Ze veegde een traan weg. 'Ik moest opeens aan iemand denken,' zei ze. Haar stem trilde een beetje. 'Die ligt daar ook begraven.'

Cirrus staarde even zwijgend naar de glasscherven in het observatorium en stak toen aarzelend zijn hand uit.

'Kom, dan gaan we terug,' zei hij.

Er verscheen een glimlach op Pandora's gezicht, maar ze schudde haar hoofd. 'Nog niet,' zei ze. 'Eerst moet ik nog iets doen.' Ze staarde in de verte, in de richting die de koets van madame Orrery had genomen. 'Ik moet iets halen.'

HOOFDSTUK DRIEËNTWINTIG

H-O-O-P

Pandora liet zich heel voorzichtig op de dekenkist onder het raam zakken. Ze sprong op de grond, maar lette erop dat ze niet op een van de vele glasscherven trapte. Ze keek om en zag Felix met het maanzeil over de kerktoren aan de overkant van de straat vliegen, klaar om de mand vast te maken aan het standbeeld van St George. Nog maar een paar dagen geleden had hij haar gered uit dit zolderkamertje en nu keerde ze stiekem terug, in het holst van de nacht.

'Haast je,' had Felix haar gewaarschuwd. 'Wij wachten buiten, voor het geval er iets misgaat.'

Ze had geknikt en geglimlacht. Cirrus had aangeboden om met haar mee te gaan, maar dit was iets wat ze in haar eentje moest doen. In het observatorium van meneer Sidereal had ze een scherpe steek van verdriet gevoeld toen ze aan haar tweelingbroertje dacht, die begraven was op het terrein van het Tehuis, en ook het intense verlangen om het versleten lapje stof van haar moeder weer in handen te hebben.

Haar vinger schreef de vertrouwde letters in de lucht: H-O-O-P.

Op dat moment besefte ze wat ze moest doen.

Ze keek vlug om zich heen, liep naar de open deur van de zolderkamer en stapte de donkere, verlaten gang op. Beneden was alles stil. Het zou nog uren duren voor meneer Sorrel wakker werd, wist ze.

Pandora liep zo geruisloos mogelijk door de gang en daalde op de tast de trap af.

In de keuken was het kil en donker en er lag alleen nog maar koude as in de haard. Ze stak een kaars aan met behulp van de tondeldoos die meneer Sorrel altijd bij de haard had staan en hield haar hand in een kommetje om de vlam. Een beetje trillend pakte ze een sleutelbos van het haakje naast de deur en volgde het flakkerende pad van licht naar de hal.

De gordijnen van het Crisiskabinet waren open en ondanks de duisternis kon ze nog net het mesmerismevat onderscheiden, omringd door stoelen. Ze dacht aan de patiënten die ze languit op de grond had zien liggen, bevrijd van hun pijnlijke herinneringen, en liep vlug de trap op.

Ze was nog nooit in de privévertrekken van madame Orrery geweest en toen ze haar voet op de drempel zette, zonk de moed haar bijna in de schoenen. Ze luisterde met gespitste oren, haalde toen diep adem, stak de sleutel in het slot en draaide hem om.

Ze duwde de deur heel langzaam open, stapte naar binnen en snakte toen naar adem. Door de deuropening van een aangrenzend vertrek zag ze iemand naar haar kijken: een bleke, schimmige gedaante zonder hoofd, gekleed in een zilveren japon. Pandora ademde weer uit. Gewoon een paspop, meer niet. De slaapkamer van madame Orrery moest daarachter zijn.

Met de kaars in haar hand sloop Pandora nerveus door de kamer, op zoek naar het lapje stof van haar moeder. Waar zou madame Orrery het verstopt kunnen hebben? Ze controleerde angstig de haard, maar zag geen teken dat er iets verbrand was.

Stilletjes liep ze naar de tussendeur.

In de volgende kamer stond een groot hemelbed met damasten gordijnen. De gordijnen waren open en in het bed lag madame Orrery, met haar haar als een zilveren spinnenweb uitgespreid over het kussen. De luiken waren open en door de ramen zag Pandora nog wat glimmerende zweempjes licht aan de nachtelijke hemel: de laatste resten van de Adem van God. Madame Orrery's gezicht was naar het licht gekeerd, maar Pandora kon niet zien of ze wakker was of niet.

Met de grootst mogelijke voorzichtigheid, zo geruisloos als een mot, sloop Pandora naar het bed.

Er gleden schaduwen over het gezicht van madame Orrery, maar haar ogen waren gesloten. Af en toe trilde er iets heel flauwtjes onder haar oogleden.

Pandora was verbaasd toen ze zag hoe oud en vermoeid madame Orrery leek.

Plotseling verstijfde ze.

Er glansde iets op het kussen, naast het hoofd van madame Orrery: het zilveren horloge, zacht tikkend in de nacht. Alleen al bij de aanblik liepen de koude rillingen over Pandora's rug en ze dacht erover om terug te gaan, doodsbang dat madame Orrery zich misschien plotseling zou omdraaien en haar zou aanstaren met haar kille, doordringende ogen.

Maar toen zag ze het lapje stof dat ze als een bloemblad in haar hand geklemd hield. Heel voorzichtig sloop Pandora dichterbij, terwijl haar hart bonsde in haar keel.

Achter haar kraakte een vloerplank en Pandora maakte een sprongetje van schrik. Ze draaide zich razendsnel om en zag meneer Sorrel in de deuropening staan.

Heel even was ze bang dat hij madame Orrery wakker zou maken, maar zijn blik gleed van Pandora's angstige gezicht naar het stukje stof in de hand van zijn meesteres en hij knikte haar bemoedigend toe.

Behendig plukte Pandora het lapje uit de vingers van de slapende vrouw en volgde meneer Sorrel toen naar de aangrenzende kamer.

'Ik had niet gedacht dat ik jou ooit nog zou zien, beste kind,' zei hij, zodra ze buiten gehoorsafstand waren. Hij staarde bedachtzaam naar het lapje in haar hand. '*Hoop*,' zei hij en hij glimlachte even. 'Iets wat jij toch al in grote hoeveelheden bezit, lijkt me.'

Pandora was zich bewust van het zilveren horloge dat tikte in de duisternis en voelde de verleiding om terug te hollen en het te pakken, zodat madame Orrery nooit meer iemand zou kunnen mesmeriseren. Maar toen herinnerde ze zich dat meneer Sorrel kennelijk echt geloofde dat madame Orrery mensen kon bevrijden van de last van hun verleden. Ze vroeg zich opnieuw af hoe hij bij haar in dienst was gekomen.

'Wat gaat u nu doen?' vroeg ze uiteindelijk. 'De wereldbol van Cirrus Flux is vernietigd. Madame Orrery zal hem nooit meer in haar bezit krijgen.'

Meneer Sorrel zweeg een tijdje. 'Ik blijf madame Orrery

dienen, zoals ik al zo lang heb gedaan,' zei hij, maar toen was hij opnieuw even stil en scheen na te denken. 'Ik kan me helaas weinig van mijn verleden herinneren, Pandora, maar ik ben ervan overtuigd dat madame Orrery me ooit uit een vreselijke situatie heeft gered.' Kennelijk zag hij haar dubieuze uitdrukking, want hij vervolgde: 'Alsjeblieft, Pandora, oordeel niet zo streng over haar. Ze heeft in haar leven veel ellende meegemaakt, maar hoewel ze het leed van anderen kan verzachten, heeft ze nooit haar eigen pijn kunnen wegnemen.'

Hij keek haar opnieuw even aan en zei toen: 'En jij, Pandora? Waar ga jij heen?'

Pandora dacht aan Cirrus en Felix, die op de kerktoren aan de overkant van de straat op haar wachtten, en plotseling voelde ze zich bevrijd.

'Ik ga naar waar ik thuishoor,' zei ze glimlachend en met het aandenken aan haar moeder stevig in haar hand liep ze naar de deur.

Verantwoording

Toen ik aan dit boek begon wist ik weinig van de achttiende eeuw, een periode vol grote ontdekkingsreizen, wetenschappelijke ontwikkelingen en filosofische debatten die ook wel bekendstaat als de verlichting. Enkele van de vele boeken die me geholpen hebben om een beeld te schetsen van deze fascinerende wereld zijn Richard D. Alticks *The Shows of London* (1978), waarin ik een illustratie aantrof van de stoel van meneer Sidereal en een beschrijving van het Holophusikon, waarop de Zaal der Wonderen van meneer Leechcraft gebaseerd is; Emily Cockaynes *Hubbub: Filth, Noise & Stench in England 1600 – 1770* (2007), dat de geuren en geluiden van de achttiende eeuw tot leven bracht; Robert Darntons *Mesmerism and the End of the Enlightenment in France* (1968), waaruit madame Orrery alles heeft geleerd wat ze weet; Patricia Fara's *An Entertainment for Angels* (2002), dat meer licht werpt op de absoluut schokkende behandeling van Zwevende Jongens; Francis Grose's *A Classical Dictionary of the Vulgar Tongue* (1785), waaruit ik leerde vloeken in achttiende-eeuwse stijl; Richard Hamblyns *The Invention of Clouds* (2001), waaruit ik meer leerde over het vreemde weer in 1783 en de verschijning van de allereerste luchtballons; Samuel Johnsons *Dictionary* (1755), waaruit bleek dat 'Cirrus Flux' een uiterst onwaarschijnlijke naam is voor een achttiende-eeuwse jongen; Ruth McClures *Coram's Children: The London Foundling Hospital in the Eighteenth Century* (1981), waarin het leven in het Tehuis voor Vondelingen veel nauwkeuriger wordt beschreven dan in mijn eigen boek en Liza Picards *Dr Johnson's London* (2001), dat me meenam op een fabelachtige wandeling door de straten van Londen.

Mijn informatie kwam niet alleen uit boeken: ik ben ook dank verschuldigd aan Jaco Groot en Elsbeth Louis van Uitgeverij De Harmonie, aan de behulpzame medewerkers van Teylers Museum in Haarlem die me de elektriseermachine van Martinus van Marum lieten zien (de machine die meneer Leechcraft stal en voor zijn eigen doeleinden gebruikte in de Zaal der Wonderen), aan 'The Proceedings of the Old Bailey' online, een verbazend rijke bron van informatie, en aan het Tehuis voor Vondelingen in Londen waar sommige van de oorspronkelijke aandenkens zijn tentoongesteld. Ik wil ook graag mijn familie en vrienden bedanken voor hun steun en mijn vele lezers voor hun bemoedigende woorden. Zonder hen had ik dit boek nooit kunnen voltooien.

Inhoud

COLOFON

Cirrus Flux van Matthew Skelton werd in opdracht van
Uitgeverij De Harmonie te Amsterdam gedrukt door
HooibergHaasbeek te Meppel.
Oorspronkelijke titel: *The Story of Cirrus Flux* (Penguin Books,
Ltd., Londen).
Omslagontwerp: Studio Ron van Roon, Amsterdam
Typografie binnenwerk: Ar Nederhof

ISBN 978 90 6169 920 0
Eerste druk november 2009

www.deharmonie.nl
www.matthewskelton.nl